走进历史空间：李玉史剧女性形象研究

INTO THE HISTORY SPACE:
A STUDY TO THE FEMALE IMAGE IN
LI YU'S HISTORICAL DRAMAS

马思聪——著

文化艺术出版社
Culture and Art Publishing House

图书在版编目（CIP）数据

走进历史空间：李玉史剧女性形象研究/马思聪著.
—北京：文化艺术出版社，2020.4
ISBN 978-7-5039-6896-9
Ⅰ.①走… Ⅱ.①马… Ⅲ.①李玉（1591-?）—历史剧—女性—人物形象—文学研究 Ⅳ.①I207.3

中国版本图书馆CIP数据核字(2020)第094262号

走进历史空间：李玉史剧女性形象研究

著　　者	马思聪
责任编辑	张　恬　崔艺璇
责任校对	曲　静
书籍设计	楚燕平
出版发行	文化藝術出版社
地　　址	北京市东城区东四八条52号　（100700）
网　　址	www.caaph.com
电子信箱	s@caaph.com
电　　话	（010）84057666（总编室）　84057667（办公室） （010）84057696—84057699（发行部）
传　　真	（010）84057660（总编室）　84057670（办公室） （010）84057690（发行部）
经　　销	新华书店
印　　刷	国英印务有限公司
版　　次	2020年4月第1版
印　　次	2020年4月第1次印刷
开　　本	710毫米×1000毫米　1/16
印　　张	14.875
字　　数	170千字
书　　号	ISBN 978-7-5039-6896-9
定　　价	48.00元

版权所有，侵权必究。如有印装错误，随时调换。

目录

绪 论 /1

1. 研究视角与意义 /2
2. 研究现状与理论空间 /5
3. 阐述体系与本文纲目 /12

第1章 史剧女性呈现的历史群像 /16

1.1 李玉史剧的女性群像 /20
1.2 李玉史剧的性别空间 /38
1.3 李玉史剧的作者寄寓 /51

第2章 史剧女性走出内室空间 /73

2.1 在权力缝隙间存留的女性空间 /74
2.2 在才智道德中建构的女性空间 /96
2.3 在个体节义下开辟的女性空间 /142

第3章 史剧女性走入公共场域 /163

3.1 庙观 /167
3.2 道路 /186
3.3 法场 /212

结　语 /223
附录：李玉史剧女性身份表格 /225
后　记 /229

绪　论

当政治的力量重新角逐，社会的天平动荡不安，历史的板块亦断裂重构，文士们总是以笔为刃、以墨为盾，希图拼杀出一片确立自身价值的领地。这种对于自身价值认同的强烈追寻在明末清初的士人这里表现得分外强烈。正是那般激烈尚奇乃至暴戾肆虐的历史境遇，带给了文士在出、处间的深重反思，随之而来的便是对历史本身的玩味与探究。由此，在戏曲园地中，历史题材剧于明清之际的兴盛蓬勃便不难理解了。同时，这种文学形态的展现使得文士们更自由地"想象"历史，带着嬉笑怒骂或深沉叹惋，构筑起一个个自己的"理想国"。而李玉正是这时剧坛上的曲作巨擘，这不禁让我们想要探求在他创作的大量史剧间潜藏了怎样的易代文人之心曲。我们由"女性走进历史空间"的视角切入，是因为女性总是相对"历史"的"小人物"，但有时候"英雄们的世界游戏像一阵风暴似的也把那些平庸之辈卷了进来"[1]。这就使得命题变得愈加有趣。因此，我们从女性角度来对历史空间进行重新审视时，会发现其历史价值的生成和表述方式，便有着许多新鲜的话题。当李玉以男性的笔触来书写种种女性范型，总显示出某种重建"空间"的步履，而这份希冀通过对女性范型和性别空间的本位执守，始终指向家国覆灭的省思和文道的重建。

---

[1] ［奥地利］斯蒂芬·茨威格：《人类的群星闪耀时》，舒昌善译，生活·读书·新知三联书店2009年版，第105页。

1. 研究视角与意义

当我们从"女性"这一视角切入"历史"来结构命题时，我们先要观照两个核心的概念，一是"历史"，一是"空间"。前者决定了我们在什么样的层面上来讨论女性与历史的关系，即剧中的女性形象介入的是怎样的"历史"；后者关乎我们论题的切入视角，即当我们以"空间"为媒介探讨这种关系时，我们就要考虑这是怎样的"空间"——包括其结构层级、具体场域及性质转变等方面的话题，进而勾连起"女性"角色与"历史"的某种关系，也就是"女性"走进"历史空间"的命题。

这里谈论"历史"的概念界定与论题本身有着双重关联：一是涉及视角本身，即女性进入"历史空间"所言的是哪种"历史"；一是关系到文本选定，即李玉历史题材剧所指的是以何种"历史"为题的剧作。因此，无论从论述视角还是选题范围来看，我们都有必要先对"历史"的概念加以厘清。简单说来，便是我们是从日常社会生活史的角度，还是就通常所言的由社会政治所组成的宏大历史来发言。如果将日常维度的生活史也纳入此一"历史"的概念来进行考察的话，我们就会面临如下的问题：女性走入"历史"的独特性何在？以及历史剧的题材独特性何在？就前者而言，从日常层面来讲，女性本身即处在日常生活之中，对于她们生活情态的考察与梳理无疑更与社会史的研究相关联，这一研究路径无法很好地突出文学研究的独特价值。而文学对于女性的书写，在很大程度上，是要在一种模拟"真实生活"的"合情合理"中，凸显其超越日常形态的生存可能与审美价值。尤其对于明清之际的史剧来讲，其所面对的是一段特殊的历史境况，文学承载的正是这种历史语境中独特的命题与思考。因此，我们对于此时史剧女性的查讨,也正应着眼于这种"文学化"的历程中潜藏的是哪些超越常规生活模式与日常情态的可能。因此,从命题的根本价值上讲,我们此处对"历史"的定位乃是一种关乎家国政治的宏大话语,一种可被文本化记录为"正史"的话题范域。再从后者来讲,如果我们从社会生活史的角度来解读"历史",就会发现通常而言的历史题材剧与其他戏剧作品间并无较为鲜明的界限。因为中国戏曲多有观照或反映社会生活的面相,而少架空幻想。因此,很多学者放弃了从题材的横向维度上为"历史剧"进行界定,转而去关注历时维度上的"历史"内涵,即将历史理解为一种"过往性",认为指向前代的题材内容就是一种历史剧。然而,在敷衍前朝旧事之时,也存在多重问题:比如依据真实与虚构糅合的比例不同,既有确有其事的史事搬演,也有凭空架构的故事演义。不单纯指向真实发生过的历史大事,由此带来故事主题的多元化:既可以是日常生活为题的世俗风情剧、才子佳人剧等,也可以是关乎政治兴衰的、对"大事件"的演绎,进而带来诸多学者对"历史剧"概念界定的分歧。"历史题材剧""历史故事剧"等提法也被提出,但远未得到共识。这样看来,从历时的纵向维度上为"历史剧"之"历史"找寻根基,依然不能完全将剧作的题材主题区别清楚。命题仍要回归到对"历史"本身内涵的探讨。但之前谈到,以"社会生活史"来解读"历史剧"之"历史"会带来意涵的泛化,进而导致剧作题材划分的独立性丧失。那么"历史"应作以何种解答呢?这里孙书磊先生对"历史剧"概念的认知或许可以帮助我们将这一问题厘清——"鉴于中国古代社会浓重的历史意识、史学意识渗透于古代戏剧创作的众多方面,剧作家和观众、读者关注剧作时易于对作品作史著化、史学化的理解,因此对中国古代历史剧中情节的历史性材料作较为广义的规定,即由'主要关目'必须为历史性材料放宽到只要'主要关目'所赖以出现的'具体背景'与所体现的人物的'精神'面貌为历史性材料即可,这也符合中国古代历史剧的创作实际"①。由此可见他是将历史题材定义为以历史为背景、描写政治风云际会的剧作。这里所体现的"历史"意涵仍然指向宏大的政治主题，也是我们惯常所谈论的"历史"兴衰。在此层面上讲，我们可不纠结于具体事件在"历史"上的"有无"或"真假"，而以主题的性质论断我们所要讨论的剧作范围。于本文而言，主要包含了《麒麟阁》《风云会》《牛头山》《千钟禄》《五高风》《两须眉》《清忠谱》《万里圆》《一品爵》《昊天塔》《七国传》，以及未有女性出场的《连城璧》残本②（含"时事剧"）。在此"历史"意涵的界定下，方可划定李玉史剧的研究范围和女性走进"历史"的研究视角。

由于我们面对的不是女性与历史二者间作为实物的直接相撞，而更是一种从性别文化来探讨它在抽象虚拟的、被书写所塑形的历史空间中的新的生产轨迹和意涵模式，也是从被男性所主导和塑造的历史场域和历史书写本身来反观女性新的价值维度于其中的生成。故以"空间"为媒介展开这种探讨之时，我们便一方面面临着具体实在的处所，另一方面空间也指向虚拟抽象的场域。明清之际的历史语境赋予女性的正是一种在传统与异变之间，生存空间的重新构筑和价值生成。因此，我们既要查探其具体场所的延伸与拓展，又要关注围绕其所生成的虚拟且关乎话语构筑的历史空间。前者是剧作中特殊"历史"主题赋予女性的新的生存方式与可能；后者则是女性于此"历史"节点所具有的独特社会意涵，进而在此性别与社会的互动间展露生成历史的多重途径与话题。换言之，本书旨在以李玉史

---

① 孙书磊：《中国古代历史剧研究》，南京师范大学出版社2004年版，第6—7页。
② 以上诸剧本文所参考版本如下：《七国传》本于《傅惜华藏古典戏曲珍本丛刊》第10册，影印（清）康熙余庆堂抄本；《昊天塔》本于《傅惜华藏中国戏曲珍本丛刊》第10册串本，学苑出版社2010年版；并参以《口忠杰·求救》（总本）（别名《孟良打棍》），《中国国家图书馆藏清宫升平署档案集成》，第88册，中华书局2011年版；其余剧作皆本于李玉著，陈古虞、陈多、马圣贵点校：《李玉戏曲集》（上、中、下），上海古籍出版社2004年版。文中引用诸剧仅注剧名与折数、页码，版本不再单独出注。

剧为模本，探讨明末清初戏曲所想象的女性与历史的种种可能——将"明末清初"这一特殊的历史节点截留，通过对其横向的空间场域的探讨来建立某种性别与历史间的互动。于此，"空间"既可指向具体的处所，又可指向虚拟的场域；既承载了私人性，又承载了公共性并时刻有着生成历史性的可能。从这一维度上讲，我们才可能以"空间"为媒介，研讨女性由内室日常向公众社会、再向历史维度的进入与建构。而统观前人对戏曲女性形象的研究，可发现这一研究视角还是比较新颖有趣的，也更能从另一个向度上拓展社会生活史之外的对女性与历史话题的言说。

2. 研究现状与理论空间

于元、明、清文学而言，虽各文体皆备，但其中以小说、戏曲最为人称道。在戏曲、小说二者之间，如若以女性形象论之，则戏曲似更能切合表露时代的气息而展现出个体之鲜活、群美之丰丽、众彩之纷呈。而戏曲于群芳竞艳中，则又以明清之际戏曲中的女性最为气韵生动、个性鲜明而有达情今古之咏、光耀文史之叹。因而，对戏曲研究者而言，对戏曲文本内的女性形象之关注可谓一直以来被一而再再而三地加以谈论的热点。统观前人的研究，对三代戏曲文本女性之谈论不可谓不繁盛，其中尤以元杂剧为多，明清次之。即使从长久以来学界热门的明末清初这一段时期而言，亦较元杂剧为少。而将历史剧中的女性作为主体加以通观与探讨，复可见于诸多个体人物的单篇析论中，女性形象研究显得数量不丰而体系单薄。对于明清之际的史剧关注也多是将对女性的论析作以单篇章节的阐发，有虽资料详备却语调单一之虞。因此，从总体上而言，对于明清易代之后的戏曲女性的关注，尤其是史剧中诸多光芒耀目的女性群像的阐发，在前人的研究基础上仍留有较大的学术研究空间。

故而，以史剧创作特为丰盛而与易代感受息息相关的李玉史剧为对象，对其中女性形象加以透析，或许可以做一次比较有趣的借由戏剧打通"历史"与"女性"这两大话题的尝试。从基本文献来看，在前人筚路蓝缕的研究中，以李玉个体的研讨与对苏州派作家群的考察而初步透露李玉所代表的苏州派史剧的某些端倪，但对李玉个体史剧所承载的文化意涵仍未完全彰明。我们面临的不仅是对史剧文本进行逐一析读的工作，更需统观其史剧创作与时代语境的命题，即在性别文化与历史书写的互动视角下进行由微见著的考察。因而，我们下面就尝试对前人的论述视角加以详析，进一步阐明本书以"走进历史空间"为视角下的、对李玉史剧女性整体风貌与文化寄寓加以研读的理论空间。由于从性别文化与历史书写的角度来剖析史剧女性的针对性论著几不可见，所以我们仅能以"戏曲女性""史剧题材""李玉剧作""明代女性"这几个命题的核心范域来对学界的切入视角和研究状况进行整体梳理与普查。

首先，从前人的戏曲女性研究方面看，时间段是以元代为首，题材类型则多集中在婚恋戏方面。而在历史题材方面，能得到学者们广泛探讨的又多是以母题研究的形式集中于历史上著名的或是"箭垛式"的人物身上，比如昭君戏、卓文君戏或是杨家将戏等。单篇微观研究的主题性的论文为多，而宏观范域上对之加以整合统摄的整体性阐述偏少。专著比如在元杂剧方面，有张维娟于2007年出版的《元杂剧作家的女性意识》；至于时代上的第二个热点、对明末清初的戏曲女性形象进行探究的，还有王永恩的《明末清初戏曲作品中的女性形象研究》一书与吴秀华的博士论文《明末清初小说戏曲中的女性形象研究》。吴著之中对小说、戏曲中的女性分而述之，可以说是对这一段时期文学作品中的女性形象进行了成体系的初步爬梳之首作。但其并未再并而立之，将两种文体下的女性面貌加以更深层的

绪 论

理论考察。而在王著之中，则是将戏曲中的女性更进一步地细化梳理，进行了归类而别的析述。在以上三位女性学者的论述体系中，基本围绕爱情婚姻、性格处境、功名美色等话题展开归类，对于贞女节妇、悍妇妒妇、才女侠女、青楼女子等主流与边缘化的群体加以类分阐述，而核心命题则在于这些女性形象与男性作家的创作心理之间的关系。实际上，即使比之于明末清初小说中的佳人研究而言，戏曲女性研究的成体系的探讨尚不算是过热，而论述的视角也少有同一化倾向。因此，总体而言对戏曲女性形象的研究基本上仍是近些年方兴的热门，虽多有前人涉猎而已非"小径不曾缘客扫"之猎奇，但是从某些方面而言，仍然有待于在新鲜视角下进行观照，以便从更深层次对待戏曲中的女性问题。从这一点上来说，戏曲女性形象的研究有待于灵犀一点以启"蓬门今始为君开"之新貌。

其次，要从史剧题材的研讨和其内女性形象的研究这一层面来加以探讨。于史剧题材的研究来看，既然历史剧作往往更深地寄寓作者的幽古之思、承载文人的叹史之情而更鲜明地指向其以古鉴今的情感旨归与文化担当，那么是否史剧之中的女性及其独特的风貌内涵也值得我们另做一番考探呢？既然在女性视角的观照中没有突出历史题材中的女性而对其加以特殊阐发，那么便需我们回顾历史剧自身的研究。与其说史剧是如同悲剧、喜剧一般的戏剧类型，不如说其是具有某种故事的延续与翻写性的题材类型。因此，这里所言史剧可简单指根据历史事实或史书传记、历史传说而改编承袭下来的戏剧作品。孙书磊著有《中国古代历史剧研究》一书，为此类题材进行专题研究，从历时性生成历程（历史剧的发生、发展）以及共时性创作群体（文人剧作、艺人剧作的分别）加以讨论，并从理论上对其批评的内在观念与艺术定位加以研讨。与婚恋题材剧不同，女性形象的主体地位并未得到特殊观照，此后又有刘丽文的《历史题材剧研究》与《历史剧的女性主义批评》二书加以补充。前者不同于孙书磊从理论角度的高屋建瓴之探析，而从题材内各类母题由古及今的梳理入手，进而生发到现代历史题材电视剧的个案析述，以鲜明的现代气息这一视角体验为全书特色。后者则是从女性角度对此类题材加以观照的专门著述，不过也仍然侧重个案的串联与感性的阐发。因此可以说，对于史剧题材内的女性群像的观照，或是出于零散论析而难有体系的深入查讨，或以今人之感加以形象评点、或以现代性理论话语附作阐发，因而尚有可待开辟之空间。进而再从将史剧题材与女性相结合的维度来看，明清易代之际的戏曲，其可供探讨的诸多热点尚未被完全涵尽。虽然有吴秀华《明末清初小说戏曲中的女性形象研究》与王永恩的《明末清初戏曲作品中的女性形象研究》二书，但他们均未从历史题材或其与历史的关系角度以"史学"眼光进行透析。在新历史主义看来，历史与文学具有某种同构的真实性；从中国古典文人士大夫及其所创造的文学而言，又无不是基于意图超越个体生命局限而寄寓历史的情怀。因此，从文学与历史关系上来讲，对古典戏剧的研究不仅仅是做故纸堆爬梳之功，更要以古知今的现代关怀为最终诉求。史剧在这一维度上便成为戏剧题材中极为有趣而蕴涵丰富的领域，而查古人之以古鉴今之思无疑是戏曲研究中虽有历史文化语境之隔膜却终属必要之功。因此，就对戏曲文本中的女性观照的研究而言，将史剧中的女性群像复加更为深入的剖析，也更可揭示其戏曲形象文学艺术性之上的更为深层的某种历史价值。再次，从前文已稍加介绍的女性形象的论析视角上看来，无论是哪一时段、哪一题材或哪位作家（或作家群、流派）的戏曲文本中的女性考察，大多有流于形象浅层的主观性阐发或逻辑体系上的简单罗列归并之虞。在奇思妙想、佳辞流丽之外，理论深度往往不能够尽如人意。这大体是自女性主义以来，随着女性意识觉醒的进程与命题日益提到学者案头之上的缘故。另外，对于女性学者而言，对戏曲中的女性形象进行研究，更有着于脉脉历史长河中找寻独属女性精神家园的情怀。因此，凡言文学中的女性形象，便必然对应男权话语等一系列女性主义的逻辑命题，这往往会遮蔽对古典戏曲女性进行研究的其他维度。即使如李玫女士，通过戏曲"巾帼"的画廊追溯戏曲女性形象的艺术渊源、形象特色与变迁轨迹，这种文学传统层面的溯源也只功在使单一的形象论析颇显丰满。而若是仅从形象自身而言，则多不能抛开对男性剧作家所创生之女性形象带有某种男性文化传统特质的考察。因此，从戏曲文本中的女性介入历史的方式这一视角出发，并以李玉（苏州派之代表）那些颇为丰富且印刻了时代感受的时事史剧为核心，也更利于对戏曲女性与历史的隐蔽关系加以深入探讨，而避免女性主义式的、对两性话语权的单一批判。

再次，在对李玉及苏州派的研究中，对李玉本人及其史剧题材、剧作女性的研究都不甚充分。由于材料所限，我们无法找到单独研究李玉的硕士论文或博士论文，对李玉剧作的研究多隐藏在对苏州派的探讨中。如郭英德等学者在传奇史的论著中对李玉等苏州派作家进行剧作介绍，李玫的《明清之际苏州作家群研究》、李洪梅的《明末清初苏州派新探》、董晓玲的《苏州派传奇研究》、兰香梅的《论苏州派》、康保成的《论苏州派》等论文里都涉及对历史剧、时事剧或是女性形象的片段阐述。然而，对于女性形象，既未将其放入历史题材中做整体的考察，也未从其与历史的关系角度加以剖析。对于史剧题材的解读，也同样流于个体性的零散阐述。如王阳《明末清初时事剧的美学文化及叙事研究》与李江杰《明清之际时事剧研究》这类论文，也对时事史剧中的女性价值缺乏独特观照，仅是只言片语的单个形象的赏析。事实上，在历史剧的研究方面，元杂剧的探讨还显得比较丰厚，至于明清戏曲中则很少体系性论述，遑论对明末清初这一特殊历史背景下的史剧书写的整体挖掘了。目前，较为全面的是孙书磊的《中国古代历史剧研究》和《明末清初戏剧研究》二书对两者的补全。但如书题所见，在古代历史剧的全局论述中，明清之际的关注被悬置，对明末清初戏剧进行讨论时，史剧题材也被悬疑，苏州派及李玉的论述在比例上则更隐没、微少。

最后，是笔者本人在论文写作过程中感受到的目前学界对明代女性自身的探讨存在诸多空白。如果我们前溯宋代，可以发现学界对宋代士族女性的探讨颇为丰富，海外学者率先关注到了宋代女性的独特，尹沛霞《内闱》一书即是一部探讨宋代女性的婚姻与生活十分有名的著作，国内学者后来也有铁爱花《宋代士人阶层女性研究》这般论著，至于论文等讨论更是不胜枚举。如果向后查找，对清代女性的探讨也不乏系统之作，如曼素恩《缀珍录》对十八世纪前后的中国妇女进行了深入探讨。清代前期女性写作的高潮更带来不少学者的关注，如探讨明末清初才女文化的《闺塾师》以及诸多女性文学的论析著作与文章。暂且不说女性与文学的关系研究，除女性写作外，对男性作家笔下的女性形象整体探讨不足，只从明代女性自身而言，学人的关注也远不如宋、清两代。对于明代女性的整体研究比较深入的首推陈宝良的《中国妇女通史·明代卷》一书，其中对于明代整体女性观的转向也有单篇论文析出（《明代传统的女性观念及其历史转向》，载于《社会科学辑刊》，2007年第6期，总第173期）。当然别者则主要针对《列女传》多有研究。我们可看到的论著有《史学与性别：〈明史·列女传〉与明代女性史之建构》及《明代女性复仇故事的文化史考察》这类从《列女传》、文学故事方面对明代的女性的探讨；或结合贞节观念对《列女传》的揭示，如《从〈明史·列女传〉析明代妇女的贞节观念》（载于《殷都学刊》，2005年第4期）。也可以说，我们所能看到的更为繁多的是《矢志不渝》之类的对明代女子贞节观的从现实到文学的考察，但都不是以历史的视角切入对明代女性的宏观面貌的还原。在社会学、历史学的学者这里，我们也能找到一些如《明清时代妇女的地位与权利——以明清契约文书、诉讼档案为中心》这类文章从某一方面的考证，不过也属凤毛麟角。

绪　论

至于大量的明代历史、社会史及古代女性史的研究中,明代女性的论述所占比重也十分有限,并且在"贞节"一词的统驭下流于单一化、片面化甚或面目模糊之研究样貌。甚至如果比较对明末清初和清末民初这两个时间段的女性探讨,也会发现后者颇为兴盛,而前者仅在近代女性探讨中作为源流背景被提及。例如王萌的《禁锢的灵魂和挣扎的慧心——晚明至民国女性创作》、李奇志的《清末民初思想和文学中的"英雌"话语》、夏晓红的《晚清女性与近代中国》、胡晓真的《才女彻夜未眠:近代中国女性叙事文学的兴起》,等等。这些论著无不从史学、文学两方面,揭示了近代女性的价值。相比之下,对晚明清初的女性论述则几乎空白。虽然我们并不意图从社会史的角度对明代女性展开研究,却能在日常空间与历史空间的对比下窥探到一些在男性书写中对于明代女性整体面貌的感知,而这份感知无疑也基于真实生活情态下对明代女性及性别文化的认知沉淀。

所以从整体上来讲,在这些方面的考察中,无论是戏曲女性自身的研究视角,还是史剧题材与女性形象的关系揭示,乃至李玉自身或苏州派整体的史剧题材和史剧女性的研究都大有可供探讨的空间。而在史实层面,对于明代女性关注不足和在相应的文学研究层面上存在明代女性与历史空间的关系遮蔽,都使得我们面对明末清初的大批史剧时,不仅想要探讨其中女性形象构塑的特质,也想要进一步探究她们自身历史价值的维度和文学表现下的言说方式。换言之,由戏曲女性研究来探讨女性与历史的关系,不仅要观照文学化的女性形象与作家创作心理间投射反映,更需揭示在这种女性构塑与写作策略中藏有的对性别文化认知的密码和对易代感受抒发的情志。而我们之所以以"方式"来结构史剧女性与历史的关系,便是要探讨这种文人言说方式中的玄机,这就使得我们的命题在文本之外更有了文化与历史的维度。因此,我们以突出承载着易代之际士人反思的李玉史剧为对象,来研讨其中的戏曲女性介入历史的方式,无疑会成为一个有趣的话题，并可在前人研究的缺失中生长出特定的理论空间与价值。

3. 阐述体系与本文纲目

正如前文所说，当我们意图以"空间"为媒介讨论女性对于历史的介入时，根本是指向其生存空间的日常价值向历史价值的生成，这就涉及对女子而言的性别空间可以分为几个层面。首先是就日常生活而言，无论在出嫁前之娘家"闺阁"抑或出嫁后之夫家"庭室"，她们都被要求静守于家庭之中，而将空间本位建构于"内室"之中。其次，当女子随着明代社会的发展和妇职的拓展有了走出家庭、涉足外界的机会时，她们便来到了"公共"空间之中；而这种走出于明清易代之时，亦因着家园的破碎、内室的冲毁而变得频繁甚至被迫，故而这种易代之际的女性空间的被迫突围与改易也成为值得深思的视角。最后，当人与人在广阔的社会中相遇而生曲折，于易代的卷轴中演绎波澜壮阔之时，女性由"内"向"外"地走出也必然会带来她们对这一进程的参与。因此，来到公共空间中的女性便具有了与男性一样书写历史的可能。当她们介入这些历史的波折中，她们所处的空间场域便立刻有了性质的转换，即公共空间向历史场域生成。在从"内室"到"外室（即公共空间）"再向"历史场域"的空间转化中，女性通过对于空间层级的跨越，最终达成自身由日常之维向历史之维的生成。也是在此超越传统性别文化与空间规约的历史价值的生成间，女性完成其自身介入历史的展演。

因此，全书对于李玉史剧女性"走进历史空间"的观照也可分为：首先是从整体上统观李玉史剧女性形象自身的书写特征，从形象的审美风貌与内涵的文化品质上来探讨性别文化之于李玉的沉淀以及在性别与历史之间，李玉之于历史境遇的思考。其次是具体地从"空间"探讨女性走入日常而走进历史的历程。因此，本书的第2、3章分别以"史剧女性走出内室空间"和"史剧女性走入公共场域"为题，从宏观抽象的传统生活空间和微观具象的易代公共场域这两个维度，来联系女性形象"走进历史空间"的历程——先是从蕴藏着介入历史的潜在力量的日常空间中走出，然后再在对于女性具有特别的文化指向的公共场域中生成历史空间，进而才能反观这种"历史空间"中的女性形象寄寓着李玉作为易代文人的心曲和男性对于女性的书写方式。因此，全书是从整体的女性形象观照与文化寄寓的挖掘入手，再以"空间"的两个维度——传统与易代、日常与公共、抽象与具体、宏观与微观，在此对比观照下，对戏曲女性走入历史空间的历程加以探究。

在第1章对于女性形象的整体观照中，我们分别加以群体面貌、性别空间和作者寄寓这三级，由表及里进行剖析。由剧作内部对女性角色的述评定位、形象内涵中自身体现的情理结构和事件内容里角色披露的行为方式来从文本内容上解析女性形象的群体风貌；后由女性传统社会空间的层级模式、女性走入历史空间的可能场域和两性空间行文对比中的并行模式，来从文本结构上探求李玉史剧对两性空间的结构方式；再由形象特征所体现的文化内涵、空间结构所展露的文化隐喻和史剧整体所蕴藏的作家情志，来揭示在这样的形象面貌、文本结构和性别文化的认知中，李玉所意图达到的是怎样一种"理想国"的建构，以及在其以"剧"为"史"的史剧创作中又潜隐了怎样的易代文人的心曲。此后，问题就回归到在女性介入历史的历程中，其"空间"性质的转化及写作策略中所潜藏的文人心曲。这样一来，我们就要从两个维度探讨李玉史剧的女性群体如何从"闺阁"到"外室"，再由"公共"向"历史"。一方面是从传统稳定的社会空间来看女性群体的层级划分，从而探讨其日常空间向历史维度的跨越中的依凭为何。

这之中藏有李玉自身继承的对性别文化的传统认知，同时也表达着一种重建这种社会结构与文化统序的理想寄寓。另一方面则从易代之际的历史境遇来看女性群落的空间异变，当原有社会结构与生活空间被打碎，女性走出内室后又有哪些具体场域为她们提供走入历史的可能。其选择中又带着怎样的色彩倾向、文化寄寓、时代主题。这即是我们后两章具体结构"空间"视角的方式所在。

前一层面我们是意图揭露在传统社会的稳定结构中，被置于从属地位的"女性空间"所具有的层级关系，女性空间正是以这样的一种形态表征和相应的地位、功用持久地支撑起传统社会。我们将在第2章探讨身处不同层级地位和文化责任下的女性主动介入历史时所赖、所凭究竟为何，即在传统的社会模式和空间结构中蕴含了她们各自怎样的"突破"的可能。通过她们所展露出的"内闱"与"外室"的双重空间中互相对立、互相印证又互相补充、互相影响的形态，来探寻两种性别所属的不同价值空间及女性空间内部差异，揭示女性如何在"内""外"分野中从家室走出、进入社会，进而走入历史。在因性别分级生产出的政治历史场域的话语沟壑之上，由这些女性所架起的桥梁又呈现为怎样的形态、具有怎样的内核、包裹着怎样的命题、产生出怎样的价值、寄寓着怎样的期望……如此种种则是我们意图深化究析的。总之，对于这些因着各种为由，或缘客观形势所推或为个体理念所驱，而以主动的姿态直接参与到历史建构过程中的女性，我们希望将她们走出闺阁而拥有历史性的存在价值的历程加以层层剥茧式的剖析，既希望展现她们披裹华美丰富的外衣走入历史的记录，又意图探究李玉所赋予这外衣下的女性的独特期待使得她们实际代表的文化旨归。

后一层面我们则在第3章中论析，因为于更广阔层面的女性群体（于剧作则表现为辅助性角色）而言，她们既非以一种守望的姿态固封深闺的女子，又非直接走到历史的前台推动转折的人物，因而在她们的身上光影重叠又交相辉映，并非彰显性别空间的并峙与独立，而是标识这两重空间的重叠与连接。虽然从性别空间角度上我们无法赋予她们较为完整的、相对独立的文化空间的意涵，但她们所涉入的具体场所却有更深层的价值。或言，一些特定的公众场域自身不仅对性别文化具有选择性，同时也蕴涵着历史价值生成的更大可能。即从我们所要讨论的文本自身而言，她们在某些特定的场所中与主导性别地位的男性，尤其是在上位者的女性相遇，得到某种救助与救赎，从而推动事态的进一步发展，即她们被动迎来自身际遇与历史进程的某种重合，从而获得进入历史言说的地位空间并被赋予价值。因而可以说，后者更具体关注那些对于女性具有独特文化承载的闺阁外的"空间"，或者说是具有了性别意义的特定空间。

这是我们从两个维度探讨李玉史剧的女性群体如何从"闺阁"到"外室"、再由"公共"向"历史"的空间生成。因此在本书第1章，对史剧女性的形象进行统观与挖掘内涵之后，第2章便通过宫廷、士族、平民女性这三个层级划分来揭示其所处日常空间的稳定社会形态及其中所潜藏的走入历史的可能。在第3章中则选取庙观、道路、法场这三类典型的史剧场域来进一步探究走出日常空间的女性如何在公共领域中交汇生成历史的波澜，而成为一种"历史空间"中的存在。总之，当我们以李玉史剧为窗口，通过"女性介入历史"的话题来建构性别文化与历史言说的价值时，我们在一种重建稳定的社会性别空间和回复传统的文化历史统序的努力中，更可看到某种易代之际文士的"理想国"的寄寓。

第1章　史剧女性呈现的历史群像

在风起云涌的明末清初，在借戏以达情的风气之下，戏剧的社会功用再度被推到了历史的前台，因此历史剧、时事剧大批出现，使得彰表文人气节、惋惜山河沦丧以及兴叹民族兴亡的主题立意被一而再再而三地唱咏。在这些寄寓了大的历史关怀的政治历史的题旨之中，我们看到，男性士人群体从现实的境况到文学的呈现，都被当作构筑社会文化历史的叙事核心而被不断加以审视、反思、拷问以及书写，并于戏剧的舞台上演绎着种种波谲云诡的历史境况与深沉多元的历史省思。无论从正史的书写还是文学的创作来看，男性作为第一性别角色所展露的文化意涵及其文学化的表述方式都有着各个层面的丰富研讨。然而与男性相对的女性角色又在历史中占据怎样的时空，其从历史语境到文学的呈现是怎样的方式，她们以怎样的面貌呈现于后人，诸如此类的文学与女性的话题，则留下颇多讨论的空间。

当我们借文学的桥梁介入女性与历史的关系层面之时，女性于明清的"被"发现往往多被学界以女性文学的抒写这一层面来谈及，似乎只有在女性写作介入了历史实体的建构历程之时，女性对于历史的价值才可能被真正发现。然而，在以戏剧为载体的文学写作中，生与旦不可偏废的地位，为女性面貌的呈现提供了更为广阔的空间——女性不再单纯依赖"情爱"的主题而具有存在的价值，从而使得在才子佳人的主题之外，女性面貌的多元呈现也具有了相应的必要性和持续性。也就是说，相比于诗文小说等其他文学样式而言，在历史题材和时事题材的戏剧中，女性形象的出现与构塑既是一种必然，也是一种需要。这种必然性决定了无论篇幅比例如何，女性于史剧中的出场既要有符合戏曲各种角色设置的群体性，又需要有实实在在的在场性，而不仅仅是简单的虚拟叙事中的"不在场"之"在场"；同时，这种需求性又决定了作家在创作中对于女性角色同样要匠心独运而精雕细刻，尤其在史剧题材中，历史给了女性怎样的精神风貌，而女性对于历史又有着怎样的功用地位，这些都必然成为作家需要考量思虑的命题。因此，这就为我们能够由历史剧来探讨女性与历史的关系问题提供了可能。

同时，从明代中后期以降的女性意识的新变来看，情爱意识的解放同样带来女性主体意识的全面自觉，因而在男性作家的写作之中，女性主体性的提升以及独立性的展露也同样在性爱之外的领域初露端倪。相比于才子佳人剧作中的几种佳人模式，被置身于动荡历史境遇中的女性有了各种繁复交织的现实处境，这就使得女性的面貌变得更为多元，而其所处的空间也更为广阔和复杂。那么，这样的女性在历史剧作中有了怎样层次各异的群落，各类女性之间面对家的壁垒被强行打破后如何自处，新的女性意识又如何延伸于她们自我的言说与面对的姿态之中，诸般盘根错节的问题使得女性这一性别在文学的意蕴与文化的探求上，比男性的性别角色更为独特而蕴藉丰厚。因此，可以说女性意识于明清间自身的发展给我们查讨史剧女性的独特性提供了更丰富的空间。这也带来了她们在戏曲中面貌的展现更为多元与鲜明。

因此，总体而言，明末清初的历史剧，以李玉为代表的苏州派的创作甚为突出。而整体上苏州派的女性角色本身，正如董晓玲在她的《苏州派传奇研究》中所指出的："在苏州派传奇作品中，女性形象不是十分突出……非关至情至理，非涉大荣大辱。然而苏州派作家笔下的女性仍然构成了一道道清新可人的风景。与明末清初其他叙事文学中的女性相比，实为自成风格的一群。因为在她们身上透露着作家们有意无意的复合性女性观念，其中包括对女性的发现，也包括对女性的制约。"① 此固有着如董氏所言的不以"显扬女子，颂其异能"为旨，而以政治风云为要的特点，因而在女性形象的开掘上显现出传统色彩浓厚而新异之处少见的创作风格，但如从历史剧本身探究女性与历史的关系时，我们却仍然能感受到女性新的历史空间的开拓。可以说，明末清初的戏剧，尤以李玉为代表的历史剧作是在女性写作之外，由文学直接呈显的女性对于历史的"被发现"。下面就需先来查探一下李玉史剧中的女性所具有的生存空间有了怎样的分野与变异，及其所标明的女性所具有的历史地位的转移，以及这种空间场域的分化在剧作家的笔下被赋予了怎样的历史功用。

在李玉的历史剧目中，除存本不分出的《连城璧》未有女性出场外，其余均有旦、小旦、老、贴等女性角色的设置。不过，这里我们并不意图以人物的身份等级或社会角色来划分其生活空间；相反，我们所要探讨的正是在乱政乱世的背景下，她们原本依附于男性的人生道路，稳定自足的内室的生存空间是如何被挤压乃至崩裂，从而使得她们由日常性的生活存在走入历史性的存在形态。这种从固守的日常性的闺阁生活中走出，到历史性的公共场域，进而使得自身的存在介入到历史的构筑中来的史剧女性的独特历程，正是我们所意欲探究和品察的。因此，对于内室空间与外室空间的划分，以及对于外室空间细致分类的探讨，便是我们要进行观照的首选命题。

这里我们要注意到李玉历史剧作的特点，首先是其遵循着生活真实的逻辑来展开社会的图景与历史的风云。这包括场景安排的常规性、事件铺排的史实性、人物设置的真实性等诸多方面。诚然，在遵循生活的逻辑之

---

① 董晓玲：《苏州派传奇研究》，博士学位论文，哈尔滨师范大学，2005年，第35页。

外，戏曲艺术自身的某些规律也在剧作中有着鲜明的体现，如上天观念的信仰、神仙救护的情景安排等。不过，由于在对主体性的与天上仙界相对的世俗世界的描写中，李玉不以标新立异为诉求，而以颂扬传统忠义节孝等观念为本，始终循导于社会历史与生活的真实，故而总体上的人物、事件、场景具有浓厚的日常色彩。也是从这一角度来讲，李玉的史剧的确不是展现奇女子们露才显能的舞台，因而体现了被董晓玲视为"对女性的制约"的女性形象上的传统色彩。这也就是说，在除了稍显特异的《两须眉》剧作之外，我们绝少看到叶稚斐《英雄概》里展露的巾帼英雄直接驰骋沙场、立马城头的场景，以及她们主动介入历史大事，而在历史涂抹下女性浓墨重彩的一笔的行动；更多的是社会各级的女子在各安本位的生活中，在种种机缘的交合下，间接对其他主要人物的命运产生改易，从而介入到历史的书写之中。因此，在李玉的剧作中，我们往往面对既有完全处于内室、闺阁空间内的女子，又有活跃于公共场域之中、为历史穿针引线的女性，而且更有连接于两者之间并借由后者间接参与历史进程的角色。也正是这种看似不够反叛张扬的、带有强烈传统观念色彩的女性形象，在面对历史时以其更为复杂的处境、更为迥异的对历史介入的姿态，显现出独特而丰厚的历史蕴含。正因为她们既不是"杜丽娘那样以一腔至情而死而生者"，也不是"李香君那样血染花扇而系兴亡离合者"①，而比之现代的话剧中色彩纷呈、独立张扬的女性形象，她们更多有着某种反抗历史的无力感，然而遵循着现实的真实性构建出的传统女性们，却在面对历史时相当于戴着镣铐舞蹈，她们与历史更为复杂的层级关系、所能容纳她们的公共场域的复杂性，使得我们所探讨的女性对历史的介入及其空间的命题自身，也具有了更多的张力。

---

① 董晓玲：《苏州派传奇研究》，博士学位论文，哈尔滨师范大学，2005年，第35页。

1.1 李玉史剧的女性群像

在朝纲倾覆、山河沦丧、社会动荡的明末清初，士人们或身死社稷以彰其节，或秉笔为文以传其志，在这个弥漫着奇激暴戾之气与痛惋悲烈之情的易代之际，有一批察时局以立诚、明节义以扬志、守文统以显责的戏曲作家们活跃于苏州剧坛，并通过历史题材的戏剧创作彰显知识分子本位下的对家国天下的担当情怀与对社会民生的关切热忱，李玉便可谓其中之中流砥柱。故而，对李玉史剧的研究便可彰显文化的层累和历史的纵深于一代文士心曲上的交织。在探讨李玉在史剧题材及其内的女性群体的描写中所寄寓的文化观照和文人心曲之前，我们不得不首先面对其史剧题材中女性群体含纳的范围、面貌的呈现及境遇的处变等一系列涉及本体形象的问题。因此，厘清李玉史剧内所关涉的女性群体形象，是进一步阐发其内在情旨和作者旨归的前提——唯自其身份地位推其生活面目，由生活环境推其情志定位，由情志自许推其临境之姿，由应变之法推其志节所在，方可由此志节所系知其内在情旨，进而推知作者的深层寄寓。因此，在命题展开之前，我们所面对的不只是戏曲女性与历史题材的关系，而是女性自身的特性群貌所带来的研讨空间。也就是说，在戏曲叙事模式与史剧题材的情境下，我们所关注的并非首先是直接的女性与历史的关系，而先在于女性与其日常生活的空间关系和情志定位。因为，唯有知其常态之下的所处与自立，方可解其临难之处境应变，才可明晓其跨越日常的生活空间而走入历史场域，由内室生活的职责承担到宏大历史的价值生成是如何完成的。故而，下面我们就尝试从三个方面来阐明史剧女性自身面貌的呈现途径：一是由其自身定位见其立意；二是由其所处关系见其达情；三是由其行为方式见其合礼。在表述方式上，其立意又体现于戏曲独特叙事方式中的上场自白与他人评述这两种交代形态中；达情则处于人物所在的更广泛的关系网构中，尤其与叙事脉络及叙事人物的多重勾连，方可见其人物的情旨内核；至于合礼这一面貌表征则指向于更广泛的审美风貌层面。最终，由此"意""情""礼"三者的融合互助以见其女性对历史空间涉入的合"理"性。

1.1.1 史剧女性的述评定位

由于戏曲叙事中总以生之出场为先，故而故事脉络也以生的故事为主线。女性便并不总有机会对自我加以言表，很多时候，女性与其说是一种"出场"，不如说仅仅是某种"在场"。对于那些参与到故事主线中或其介入对事件发展有所作用的女性而言，她们有机会对自我加以交代，往往是由身边男子对其作为、事件加以评述来获得某种较为明确、清晰的定位；那些作为背景式人物或是虽有出场但对主线进程影响不大的女性，则经常在剧内悬置对其自身的交代。例如，以《麒麟阁》一剧来看，虽然这部剧的人物关系纷繁复杂，有名有姓的女性角色从人数到出场也堪称各剧之首，但如秦琼之妻、程咬金之母却仅由男性之口交代其存在，而未对其性格、情志以及事件生发有任何展开，尤以后者为最。相对而言，李渊之女李氏虽则仅在剧作后半段出场，亦仅一折主写、一折涉及，但以其领兵行军及收留秦妻的事件关涉文本主线的进展，故仍给予正面的出场及自我的交代。① 在这两种叙事倾向下，虽其不可截然二分，但文本的构架与笔墨的详略却给了她们各自不同的自我表述的机会。当然，前一类人物之所以在剧作中出现也非全无缘由，她们依然具有如下的作用：一是从人物关系看，她们为男性角色提供必要的关系网构，如程母，即将程咬金赋予了一定的背景话语，而非无根之萍。这样使得主要的配角在剧作中亦为有根之木，且易于再衍生枝蔓。二是从背景内涵看，如程母这样一位寡母，鲜明地代表了"寡母抚孤"的家庭形态，这也是对人物特立独行的性格塑成与此后的行为模式的张本。而程咬金薪柴供母的行为又为一开篇的境况加以了间接交代。三是从剧作的结构关系看，如《五高风》中梅香一类丫鬟的角色，也是士族家庭的必要配有，在穿针引线中可为故事情节的联结提供便捷或使之产生戏剧化的节点。那么，在这些有存在而无出场、有行动而无评述的人物角色之外，为何我们对某些即使是出场一次的次要配角也感到形象突出呢？这就涉及我们所要谈的第二类人物，即在"自述"或是"他评"中获得更鲜明形象的女性。

当我们说剧作中某个女性角色个性突出、形象鲜明之时，其实不如说是剧作的地位与功用带给了她自我阐明的机会，而正是这般对自我定位的言说才使其面貌特征更为突出。这样的"机会"大体可包括两种途径：一是其在首次正面出场中对自我的交代，作者也正是通过这样的陈述确立了

---

① 作者注：但这种区分往往比较危险，因为单纯的背景式人物（如程母）毕竟极少，而剧作家无论从笔墨的节约还是从更根本的演剧经济上来讲，都几乎不会写完全无关无用之人物。即便如程母这类仅由程咬金在叙述剧情中加以交代的人物，可于舞台上作以虚化处理；但秦妻却仍相伴婆婆左右，且有与婆婆相离散而逢李氏的支线剧情涉及，故仍要在舞台上出场。至于介于二者之间的模糊地带，也更非可完全规避，如秦琼之母宁氏，其在剧作中的地位几乎等同于秦妻张氏，而以她为主的关目也只"上寿"一折，而此折虽带来与秦琼有关的友人们各方势力的汇合，但于主线的介入并不深。但若说完全无关，又不全然，因为若无此聚首，则无法引出其后的众人"改文"以求同赴长安、玩灯救人等一系列事件。故而，我们此处或不应拘泥于单纯的"在场"与"出场"的绝对划分，而更应别析两种倾向所赋予人物的不同剧作功用，以及在这种功用下，人物如何获得了自身言说的机会，其自我的定位又是如何。

角色的基本特性——由剧作内部来看，是剧内角色对自我的认定，但更深层的是从观演互动中的戏曲叙事模式来讲，这份交代乃是作者希冀观者所持有的印象统领；二是不由剧作女性本身自述，而由周围人对其只"行"不"述"的事迹进行评点定位——如《麒麟阁》的歌女张紫烟，通折只见对其所处境况的描述，如"因此奴家担着血海干系"，或是对自身身份地位的评价，"奴家一身，与草木同腐"，即便是阐述动机言明"不忍英雄汉餐宝刀"[①]之时，也是围绕事件本身的展开，而非关乎自身内在情志的自述，对其高风义节的定位和彰表则全在其殒身后由秦琼言明。无论是这两类方式中的哪一种，女子都可以通过"述"或是"行"所带来的他人评述为自己确立基本的特征面貌。至少对于观众与读者而言，在这样的表述间，我们总可以抓取几大关键语汇来对其加以"定位"，而不限于由其所介入的事件及展露的情貌对其加以"描绘"。从这样的角度看来，为了使主要女性角色具有"鲜明"的形象，这样的"自述"或"他评"无疑是极其便利有效的方式。然而，从更深层来讲，不如说作者是希望通过这样的"陈述"方式来为观者带来更为明晰的角色印象，通过对于性格"要素"的提供来让观者直达对角色的"定位"，从而更易知其心内之旨——虽然在观演的过程中，这样逻辑性的思考并不会直观地介入观演心理，但在潜移默化之中，这种明晰"印象"的获取无异于剧作之旨的深层传达，无论这种传达是出于戏曲的教化功能还是仅为达作者一己之情旨。所以，作者在这里借助了戏曲典型的叙事范式，来为人物的深层结构铺排了伏笔。不过这里需要区分的是，由于两种"定位"的表述途径不同，因此其所凸显的性情、性质及形象风貌也有所差异，下面试分类析之。

对于有着正面出场，尤其在前几折中就对自己加以介绍阐述的主要旦

---

① 《麒麟阁》第一本卷下，第三十二出《姬泄》，第489页。

角，她们的话语总带有极强的自我表白性。她们不意图以"行"见"志"，而先要向观众阐发某种"立意"，这种"立意"既表明了她们自身的身份特性、地位环境、生活空间等客观条件，更是承载了作者希冀观众事前对她们的主观定位，这主要是指她们对自身性情志节的描述，而这也是人物出场介绍自身的主体所在——虽然男性角色介绍外在条件时会更详细些，使得其后依附于其的旦角可在三言两语间就获得明确定位，但男女对自身志节的阐发都是其自述的根本。比较典型的有《麒麟阁》李氏上场之唱："翠黛不知颦，壮志虹霓亘。雌伏愧须眉，佩剑临妆镜。"①此类唱词鲜明表示了李氏的出场面貌，不过此又仅限于唱词，在随后的自白之中则更是对自家身份和事件缘由的铺陈叙事，反无此类鲜明勃发的自命之语。在自白中对自身加以直接陈述的，则如《风云会》之赵京娘开场自云"奴家性好悠闲，心耽贞静""纵能博涉韵书，不能吟风弄月"②，或《清忠谱》周妻吴氏"儒素守家传，不步豪华径。萧萧四壁伴清风，剩有凄凉媵""身厌绮罗，口茹淡泊。织纴伴藜辉，堪云克相夫子；苹蘩寄中馈，怡然乐守齑盐"③及其女"女红日习，更娴却椒花诵献"④"只识得针指当动，从不惯娇痴成性。愧工容未娴"⑤。再如《两须眉》之邓氏亦先白"颇识诗书，夙慕侠烈。刺血求延姑寿，愿短己年；省甘旨以奉姑餐，躬吞麦饭。佩剑入公堂，期自刎以出夫狱；织边供薪水，勉勤学以就夫名。作则闺门，名传里巷"⑥。诸如此类言论尤使我们对其角色形象产生了某种"固定性"的而非"期待性"的认知。

---

① 《麒麟阁》第二本卷下，第二十一出《惊像》，第564页。
② 《风云会》第三出《送别》，第597页。
③ 《清忠谱》第七折《闺训》，第1323—1324页。
④ 《清忠谱》第一折《傲雪》，第1293页。
⑤ 《清忠谱》第七折《闺训》，第1324页。
⑥ 《两须眉》第三折《课读》，第1207页。

一个有趣之处就是除了她们大多是剧作的第一或第二女主角以外①，更核心的共性则是其基本属于士族阶层。而这样共通的性质到底代表了何种内涵、其内在原因何在，我们在对其他情况加以基本阐明之后，再试做解析。

上述的女性角色的自白主要指向于对其日常生活状态下"稳固的"性情志节的交代，不同于张紫烟一类由男性对其某件作为或事件加以评述所获得的定位。而还有一种情况则近于两者之间，它们由"他述"的形式呈现，但其语意内涵仍指向于"自述"下的日常性情志的自陈。由于女性在现实中对男性性别的依附性和剧作体制内旦角对生角的辅助支撑作用，所以很多时候女性的形象内涵会出自其父兄，甚至公公，尤其丈夫之口。前者如《牛头山》巩兄言舍妹"深闺娇养，昂藏志气多豪爽，英雄武艺真奇创"②或《一品爵》金声评女"只遗一女，小字萃容，行年十五，尚未议亲。工容贞静，事识过人，可慰予怀"③，再如《风云会》赵父向生介绍京娘时用语为"有弱息尤含豆蔻，双全喜才貌，道韫温柔"④，以及在《五高风》里萧家小姐被评"闺阁无双，昭阳第一"⑤。当然后两例已有了特定情境下的泛论之倾向，但其措辞用语仍可为人物的定位透露端倪，其具体内涵便由下文详叙。后者则如《麒麟阁》罗艺言"夫人秦氏，才德贤能"⑥，《五高风》文洪言"夫人赵氏，贤淑齐家"⑦，及《两须眉》黄禹金"夫人贤能"⑧。这里我们可以看到主要的范围群体仍然是士族阶层的女性，或妻或女，且以"贤"

---

① 作者注：但如李氏等带有某种传奇色彩而极次要人物则非此类，故更关键的在于我们下文所论的身份性质。
② 《牛头山》第十八出，第736页。
③ 《一品爵》第三出《寄女》，第1679页。
④ 《风云会》第八出《许婿》，第613页。
⑤ 《五高风》第四出，第1123页。
⑥ 《麒麟阁》第一本卷上，第十八出《见姑》，第440页。
⑦ 《五高风》第二出，第1117页。
⑧ 《两须眉》第十折《锦还》，第1229页。

字为核心，如《万里圆》作为公公的黄孔昭评媳亦"且喜潜心为孝，娶妇颇贤"①。这无疑代表了作者对这类士族女子的定位乃在"贤"及才德等核心要素上，也是世人所普遍认定的范型面貌；但反过来讲，也许正是由于这种公认的、类型化的品质特征刚好符合对此类女性于剧作中的日常情态下持久性品质的赋予，故而借由父兄夫长之口或是直接的自我表白来加以陈述，以使得这样的陈述所带来的稳固定位能够与观众的先验认知相合。由于李玉在此类人物身上，尤其当其作为剧作主要的旦角之时，不求标新立异以动人而以他者感人，故这种已知印象的获取与稳定常态的品性的设定，并不会减低观众观演的兴趣，以及对人物和围绕其所展开的剧情加以探究的愿望。

而与这样的稳定性的性情品质的定位不同，很多时候"他评"所针对的往往是女性角色某一具体的事件或作为，很多女性如张紫烟就是通过自身一次性作为完成了自身全部品性志节的展演，再由男性之评述获得某种定义。而由于这样的评价获取与事件的联系更为紧密，而无关人物所属的阶层身份，也就更指向她们自身的性情个性，而非某种常态下的稳固持久的类型化特征，故而这类女子多可跳脱固有社会等级的框架及某种来自作者、观者双方的预设的文化框架，而含纳林林总总、面貌各异的奇女子。如《麒麟阁》中的沙陀公主靖璇飞一方面"神威试一奋"而使得中军叹其神勇，"金铙片片遮身，弓矢不能射入，好生利害"②；另一方面又在守关时放走罗成被评"君英情，心肠易软，终是小家儿"③。至于婉儿先以拒不从暴到决意赴法场殉夫，便先为靖璇飞赞"你是贞节女子""可怜情重双双陷，

---

① 《万里圆》第二出，第1573页。
② 《麒麟阁》第二本卷上，第八出《郊坛》，第525页。
③ 《麒麟阁》第二本卷上，第十三出《赚关》，第543页。但需注意的是此处已有作者代评之色彩。

果贞坚""可怜你重义轻生"①之语,后又于法场为罗成再由贞节角度叹其"辜负你守节松筠""你果然有此贞节?咳,可怜!"②但由于王婉儿将要陪罗成,故有上升纳入士家女性的潜在身份,故而对其的定位及评价标准已经带有了某种士族女性普泛性的衡量准绳。故如《五高风》萧家小姐殉情后,其父则以"你一死姓名香,吾膝下何人侍养?你捐身殉节,青史上万载流芳"为之树评。此间种种又进一步让人对其整体面貌的定位有了更为复杂多元的省思。

总体而言,在基本面貌的交代和定位中主要有两种情形:一则是以"行"述"志"的女子在单次的事件中获得的他人之评;一则是在出场之中以"述"先"行"的自我表明,有时这种定位表白也借由其父兄夫长之口而出,成为一种开篇的"被"出场。我们更关注后一种,因为它脱离了一次性的戏剧刻画,而代表一种时人所认定或至少是李玉希冀观众产生的某种引导性定位。尤其在李玉这里,这种定位集中表现为对士族女子带有类型特征的范式化描述倾向。这一方面是作家本身基于世道人心而欲求重立典范的意图,另一方面则是士族女性本身对于稳定社会结构的支撑和作为较严格的礼教妇道的主体指向所带来的面貌的稳定性和统一性,这样的性质使得她们也跟这样先导性的表述形式相符合。观众对于此类女性的某种范式化认知也使得这种先行特征的确立不会影响其观演的兴趣,反而与戏曲女性的传统美学有所吻合,而可在观演互动中为角色带来鲜明而典范的认知。

---

① 《麒麟阁》第二本卷上,第七出《侠救》,第520页。
② 《麒麟阁》第二本卷上,第八出《郊坛》,第523页。

1.1.2 史剧女性的情理结构

在之前所提及的对士家女子"贤""德""才"等一系列的述评中,我们不禁在想,如此稳固的核心要素既然有着某种范式化进而也是类型化的倾向,那何以李玉史剧的士族女性仍有着血肉鲜活、不落窠臼的独特性——或言之,其范式化的要素不害其为典型,其类型化的特征不妨其为立体,其缘由何在?即在其立意代表了某种人们对其时女性典范化的认知和理想性的期许之外,又是以何者支撑其为丰富活态、立体多元的戏剧形象?这便要更深层地走入作者构塑这些女性的结构方式:不只唯士族女性,对于其他女子而言,亦是被置入广泛的人物网构中,在动态展现而非静态呈现中避免了其成为某种模范化的静物,而以"情"达人。正是"人情"对"立意"的丰满,使得其戏剧角色不只作为作者理念的寄寓和代表,而更深入于个体内部,解析其深层意蕴与形象的延续生长。

那么下面我们就来看一下李玉选择了怎样的立意与达情的结合模式。统观李玉史剧中的主要女性角色,可以发现有三种情感内涵分外突出:一是江湖道义之"义"情,二是伦理责守之"恩"情,三是母子天性之"亲"情。义节之情乃是剧中女子塑造张扬个性、高标气节的形象之根本,也最具有某种传奇性及戏剧性。而"恩"情则一方面有着本性上的道德操守,一方面又具有更深层的伦理内涵,也是最为复杂的一种。"恩"情糅合了天性本情的萌发和外在责任的承担这两种情感维度的情感模式。最后,不仅"义"归于"恩","恩"统于"伦理","伦理"本身终归也要以"亲情"为本。所以,在以血缘为纽带的母子亲情中,不独"母亲"的身份给予了女性超越性别的地位空间和最崇高丰润的感情维度,同时对于男性而言也是"孝道"伦理的承载。对于这种处于最紧密的血缘联结中的母子双方来讲,这种"亲"情更是代表了个体生命最深层、最直接的诉求,当这种诉求与外在的家国大义、伦理文化相抵触时，它们之间的冲突便升华出某种"悲剧性"。因此，在乱世之中，"家""国"难全甚至因"国"而致"家"的毁灭便成为更鲜明的主题，女性角色也因在这种亲情向度上的承担和冲突、崇高与缺失，而走入了历史的宏观书写。

在关于女子"义"情的描写中，主要突出有两个维度：一方面是贴近于道德本心的萌发，是对正义人情的天然坚守，颇类于江湖之"义气"；另一方面则是沾染了知识礼教之气的对于忠奸正义的是非分辨，更近于家国之"道义"。前者有沙陀国公主靖璇飞、歌女张紫烟（第2章详述）等，后者则以庆成公主为代表。对靖璇飞而言，其先因婉儿而救罗成，后又再次误放罗成及众好汉。其对婉儿言"一则不忍罗公子早丧，二来可怜你重义轻生"[1] 故而法场相救，其中已有与婉儿同"义"相求之心。后在"赚关"一节中，本数度坚守职责而觑破罗成谎言，但至罗成假意以情相激时，便又"我就卖了这点情儿罢"[2] 而放其出关。前者体现出一种江湖性，即同气相求之下的一种江湖义气，这种"义"[3] 的内涵可能指向多面而难以界定，但其显著的特征即一种人在江湖的"集体性"认知。由于江湖是某种虚化的场域和泛化的集群，所以其以某些核心的要素和理念的聚合来形成这种

---

[1] 《麒麟阁》第二本卷上，第七出《侠救》，第520页。
[2] 《麒麟阁》第二本卷上，第十三出《赚关》，第543页。
[3] 作者注：王学泰《游民文化与中国社会》一书中，曾在第六章"游民情绪与游民意识的载体"里讨论了这种作为游民道德指向的"义"与"义气"形成的源流，并指出与"义"相对的"报"的意涵。但更广泛而言，靖璇飞所求之"报"不仅是王先生所析述的江湖人际关系网的建立及其中互利互助的具体行为，这种对"报"的追求，远在实际效益的产生之前就已经确立，即江湖的"口碑"才是这种"报"所指向的内容。即一种同气相求的群体认同，故而以"重义轻生"相赞相敬、惺惺相惜。因此其仗义直行，便更基于英雄相惜的"义气"认同，而非纯粹的怜悯之情。同样的，这样的"义"情赋予也使得婉儿的私订婚盟具有某种基于"报恩"而生的"恩义"，而非单纯的男女爱恋之情，由此具有了更深厚的伦理指向。因为在传统的婚姻缔结中，伦理的恩情范畴才是正统婚姻获得认可的所在，而婉儿由本性之"恩义"到人伦之"恩情"的转化过程，也正是涤除婚约最初的不合法性并最终确立了其合礼性地位。

群体时，他们对于彼此之间的意气相投、情义相和有着极高的诉求。我们在靖璇飞承诺救劫法场之中，看不到什么理性的端由，而纯以内心情感的激发为主导。这种情感又不同于平民女子的某种善良天性，其言"不忍"非为生命之惋惜，而是对于英雄好汉的某种"相惜"。所以无论是其感于罗成公子的早丧还是婉儿的重义轻生，本质上都围绕着某种义气相和、仗义拔刀的江湖情结来展开。至于后一处之误放罗成延宕公事，更是出于纯粹的感情因素，这种对"人情"的看重既弱化了须眉之气，更使得形象内涵进一步向"情"倾斜，从而使靖璇飞对婉儿守节贞坚的赞许，在带有某种儒家礼教色彩之外，更由"礼"转"情"，将立意的基点从礼教的条框转为更深入内心人性的情义相惜。至于庆成公主对于程女和史妻一家的提携则更带有某种政治化色彩，在忠奸对峙中体现出某种对正义的守护。其路遇押送途中的程女而自作主张带回府邸的过程，并未依循法理等社会公正的原则，而依旧处于主情为宗的道德正义判断。因此，即使是庆成公主作为上层贵族知识女性在对待带有政治立场的社会正义问题时，也还是带有很强的"人情味"。虽脱去了一些江湖之"义"的草莽之气和激进之情，但仍基于天性情感的道德判断，因此仅是将其提升为涉及更宏观的家国主题以及政治色彩的忠奸"道义"。而无论是靖璇飞公主，抑或庆成公主，虽都有着某种儒家礼教色彩的渲染，但却正是因这些"人情"因素对人物内在品性的支撑，才使得如她们一样遵守儒家规约和妇道礼教的史剧女子并不呆板，而更加鲜活可爱。

对于在剧作中更普遍存在的伦理"恩"情，则主要指向作为人伦之始的夫妇关系，这里又包含着随剧情发展盟订婚约的未婚男女以及出场时已相守生活的结发夫妻。对于婚约盟誓的守情男女来讲，李玉并不如汤显祖一样标榜"至情"，至少在史剧题材下"佳人"的情感内涵并不同于才子佳人的戏曲向度设定。即使有《五高风》中文洪与萧家小姐这样一对近似

"才子佳人"模式的角色设置,且萧家小姐因感情殉身而又死而复生,但于其所唱"一死谢文郎,待来生了却相思帐"①中,一"谢"一"帐"更含着某种互托终身之信义、情义相守之恩责。而由青年男女的爱恋之情进入到家庭内室中夫妻之情时,这种伦理统序下的人物关系,一方面寄寓着夫妇两相和美、情志相投的友爱之情,另一方面更兼顾其夫外妇内、成业守家的亲恩之情,也是既有内心情感的自然养成又有伦理责任的恩情赋予。后一种作为典范化的人物关系,往往也有着相对固定的伦理内涵,我们后文还会具体研讨。此举其显者则有《麒麟阁》罗艺秦氏、《风云会》赵晋夫妇、《牛头山》岳飞李氏、《千钟禄》史仲彬文氏、《清忠谱》周顺昌吴氏、《五高风》文洪赵氏、《万里圆》黄孔昭朱氏和黄向坚吴氏、《两须眉》黄禹金邓氏等人。前者更可研讨的正是这种盟约与婚姻间的模糊地带,即在文本中多是由青年男女双方私下缔结的婚盟如何取得合法地位,从而获得与父母之命、媒妁之言等同的情礼效力。除了我们之前提到的以法场认公爹而明立婚约的萧家小姐外,更为典型的当数《麒麟阁》中的婉儿。如果说萧家小姐与文家公子的私订终身尚带有某种才子佳人、主情相恋的色彩,那么王婉儿与罗成公子的盟约则更带有某种报恩的性质。一方面婉儿感激情深,另一方面又托言"授受既亲,此身已有所属"②,使得这种恩情里夹杂了某种礼教色彩,然而从罗成答曰"一时公愤"③到婉儿法场所反复陈诉的"感激情深",却仍将这种盟约的内核集中于"恩义"之情上。亦可言,正是这种"报恩"的正当性消解了"私订"的背礼性,使得"恩"情取替"私"情获得盟约的合法性。然而这种盟订在最初却并不牢固,甚至不是双方同时认可的,在婉儿许亲的"报恩"到寻亲的"情义"再到殉夫的"恩

---

① 《五高风》第十九出,第1159页。
② 《麒麟阁》第一本卷下,第二十七出《闹府》,第476页。
③ 同上。

义"间,江湖恩义逐渐向男女情义乃至夫妻恩义转移,从而使得江湖道义之"恩"向夫妻伦理之"恩"转化,才最终带来报恩之盟到婚约之订的成立。可以说在李玉笔下,史剧女性的婚姻价值恰好是通过对"恩"情的晕染,体现出"伦理型婚姻"①在礼义坍塌、情欲泛滥、纲常糜烂的世道中所彰显的"传道""卫世"之价值,这无疑也是李玉于史剧题材内所寄寓的某种理想范型。

"亲"情则是一个更为泛化的命题,它不同于带有伦理意涵的"恩"情,而更指向于血缘基础上的天性情感。对于女性而言,这种情感更极端地体现在母子之情上。甚至对于戏剧而言,寡母抚孤的模式永远有着深层的喻义和相类的指向,在李玉史剧中这样的寡母也数见不鲜,像《麒麟阁》秦琼之母和程咬金之母、《风云会》韩关主之母、《清忠谱》颜佩韦之母,甚至《两须眉》寇贼奚惠王之母。不过与其关注寡母自身的品性内涵,不如关注在特殊的历史情形下她们的际遇所具有的寓意。这种遭遇也并非只限于寡母内部,具有母亲身份的女性往往面临同样的困境,即在史剧内集中表现为法场别子的情景。在法场这一特殊的场域下,由个体生命情感的崩毁来激发家国大义的悲壮,正是一切史剧的冲突高潮之所系。不仅是忠臣个体面临罹难所引发的情绪,而且当母亲角色出现之时,这种最本性的母子亲情的断裂,就更易将生命深层的悲凉绝望凸显出来,而在私人情感的诉求和家国大义的担当中刻下深不可逾的鸿沟。在中国古代"忠""孝"难以两全的伦理悲剧的终极命题下,让人不禁重新省思伦理内在的价值合

---

① 作者注:俞为民在《论古代戏曲中的婚姻描写》一文中曾将戏曲中的婚姻类型划分为"功利型""情性型""伦理型""政治型"几种,文中虽未具体对于"伦理型婚姻"所承载的伦理道德内涵详加解析,但也为我们提供了某种审视史剧婚姻的视角。对于李玉史剧而言,或许正是这种对于"恩情"而非汤显祖所倡之"至情"的突出,可体现出其对伦理价值而非情性价值的侧重。这样的一种偏好,也正可与李玉于史剧题材内对乱世所寄寓的某种理想构塑。载《浙江大学学报》(人文社会科学版)2005年第5期。

理性，对个体诉求与家国大义重加审查，这在我们后文对颜母、罗母法场别子的析读中还将展开进一步论述。

李玉的史剧不仅仅停留在对女性情感维度的表层关注上，在其多向度的观照中，它更通过某些范式化的身份特性与情感内涵的对应来赋予女性特定的文化寄寓，如婚盟的义、恩双重性，母子的家国对峙性等。正因为其文化世道的执守与高标被融汇于这种种的"人情"刻画中，才使得李玉史剧的女性独特而不叛逆、传统而不保守、守礼而不刻板、持节而不单薄，在其"中和"之美的形象色彩下依然具有多元的内涵寄寓和感人情志。

1.1.3 史剧女性的行为方式

正如我们之前所叙及的，在李玉史剧中，女性角色往往带有儒教节义的色彩和温柔敦厚的美学风范，即使如沙陀国公主、唐公之女李氏也都对节义妇德有着赞赏认同，甚至还承担着处于礼教纲目之内的身份地位。这既表露在她们的自述和他评中，也体现在情感色彩的多元化特征上，因此查之其"行"也可发现相类的统一倾向。大体而言，我们可以认为李玉史剧女性的行为方式多合于温柔敦厚之"礼"，而不以极端之行标榜"节义"，是在日常人情中践行"礼""德"，讲儒家书本化的"礼义"规范，落实为生活行事之"理智"方式。这主要体现在两个方面：一是李玉史剧中的巾帼形象，一是就女性角色立节守贞的行为方式。由前者来讲，在李玉的历史剧作中，巾帼群体鲜明而并不突出，相比于同时的其他传奇乃至史剧，李玉并没有着力于塑造须眉式的女性人物，而即使在其典型的巾帼形象刻画中，如沙陀公主靖璇飞、萧国太后和《两须眉》邓氏、《昊天塔》佘太君、《牛头山》巩金定等角色，也会以异域身份或儒教涵养来消解其男性化色彩。在对其余节义女性的刻画中，也不以毁容等极端方式来彰显志节。

先就前者而言，李玉采用了独特的写作策略来弱化女须眉的武力色彩及过度的男性化特征：一方面是通过异域背景的设定来消除女性面貌的极端化色彩，而使其整体风范仍符合温柔敦厚的传统性内涵；另一方面对于其余几者，又通过对其士族身份和文化内涵的潜在赋予来崇文抑武，减少武力场景的描写或采用侧面的概述交代来加以调和。第一类女性主要可由萧国太后和沙陀国公主靖璇飞来看，二者虽都比较鲜明地体现出某种骁勇之气，但在其异域的身份之下便获得了某种合理化情境。但即使自称"俺是个巾帼神尧，羞杀那唐家武曌"①的萧太后也并未描写其直接领兵冲杀战场，她始终尊处军将之后。而靖璇飞虽有对女将兵丁更为直接地率领，但除救劫法场中由军士之口直面称赞其"飞铙神技"，"赚关"一节中仍只集中于其与罗成的言辞交锋。其实在李玉的剧作中，我们极少看见女性直接领兵，即使写到剧中武将的夫人也是传统的士大夫女性的面貌，关于此点我们对比剧中罗老爷的夫人与叶稚斐《英雄概》中的沙陀兵马使夫人刘氏亲领"内管女队"练习"演射"即可知晓。不过，从这里我们可以发现，"沙陀国"这一异域背景的设定的确给了女子以男儿面貌展现骁勇之风、直接参与历史风云变幻的合理平台，而使李玉借由靖璇飞公主于剧作唯一一次论及女儿军的整体风貌。这种对异域想象的合理化应用在李玉的剧作中也多次出现，成为定位很多女性角色（尤其是那些常被学者冠以"女须眉"之名的人物）在公共领域中行为方式与展演特色的身份分界。即使在《两须眉》和《牛头山》里有邓夫人与率领乡勇御敌的巩金定，但是她们所统帅的仍非完全符合观众期待视野的娘子军，而是当时史境常见的对乡勇邻众的集结。也就是说，在这个剧作空间中与其说是由女性所带领，不如说

---

① 《昊天塔》第三出，第170页。

是由其过人的而无性别之分的胆识才略所引领。① 尽管如此，此处由沙陀公主率领众蛮女所生成的某种相对纯粹独立的女性空间，还是在历史的张合吐纳中显得难能可贵地屹立着。这一点与我们下一章详析的汉家公主庆成娘娘截然相反——相对靖璇飞展现出的闭合独立的女性历史空间而言，庆成公主在公共场域里的出席只是偶然零散，而且未凸显其历史主体意识的介入；同时她虽作为历史的关键性节点起串连推动作用的人物，但并不以独立自主的性别空间介入历史，依然体现出内室空间与外部领域比肩而立的特色，乃至从剧目比例上看，更以驸马府邸为后半部的侧重，而使其复以传统内室空间为本位。而奉父命领兵勤王的靖璇飞公主则在二本卷上第八出的法场侠救之后，在第九出中直接受命于杨林、宇文化及二人，体现出女性对男性政治空间的直接参与。这种以军事兵力获取政治话语空间的方式也体现出一定的男性化特质。后文中还将对庆成公主与《英雄概》中镇守皇城的皇妹稍加对比，似乎可以发现对于靖璇飞、沙陀兵马使夫人刘氏乃至《英雄概》中的皇妹而言，她们所展现的多是"男性化的女性空间"，相比之下庆成公主与《两须眉》的邓夫人却是以女性为本位的"历史空间"——当然，于邓夫人而言不如说是隐藏在"男性化"下的"女性空间"更为合适（其空间的过渡色彩与两性空间的隐喻关系下节详析）。第2章中我们既可见沙陀公主异域身份下对礼教的认同，也可看到从邓氏到佘太君及作为潜在士族女性的巩金定的有关评述，也皆从妇德节操方面凸显其定位，其男儿气概的合理展演仅基于无分性别的忠义本心，仍不失儒家女性的本色。

再就李玉史剧女性所处的境遇及行为方式上看，即使是在戏剧冲突最激烈的情节，女性也不以一些过激行为来诠释自身的守贞与义节。如我们

---

① 作者注：关于这一点，尤其是对传统上被视作"女须眉"代表的邓夫人的辨析我们随后将详叙。

上文讨论关于巾帼一类女性角色的空间特征时，可以由其所处性别空间由中性化向女性本位的回归，推测其行事方式也必然具有某种"节制性"，而不求过激之行。这种行事特征不仅是由李玉对人物的定位所决定的，也更以其叙事方式体现出来。究其所写之女性类型，无论是直接统兵的巾帼女子如唐公之女李氏、沙陀国公主靖璇飞、民女巩金定，还是邓氏，在明代亦皆有相类先例；而在参军之外，其写女子参政，无论是宫廷女性的直接干预还是士家德妇的持家助夫，于笔记野史不乏其例。故而我们更关注的是，比之史实，李玉是选取了怎样的叙事维度与描述视角来处置女性行事中所立之风貌，此又有何特性与其情貌特征相合相承。陈宝良曾论析数例关于明代女性从军之事迹：其或与日常军事活动中女军"诱敌"之利有关，如魏禧所记之"乌马寡妇佐胡宗宪平倭"，以应和"北虏""南寇"边患迭起的明代社会现实；或与明末战乱下妇人显才守德而助夫守城，如"二女全边城"之故事，甚至怒而拍案统兵抗敌，又有王次谐之妻刘淑夫人、刘孔和之妻王氏之例[①]。然而同样是写女子之守城，《英雄概》正面描写鸾英公主与敌寇的几度对峙，而《两须眉》则仅一折之内概述击寇而着力于其前持家营垒之建设、其后受题表彰之口碑；同为寇贼来袭时举城女性有如危卵，《英雄概》刻画鸾英公主号召众妃嫔自尽以避羞辱，而《两须眉》却更能以男外女内、男战女助的传统性别分工与空间模式来妥帖排布女子之用。因此，在其他史剧中不仅时有刻画标新立异的巾帼形象来以女子的才识襟怀讽喻当时男性士人，更时以"尚奇"的笔触来描写女性的某些极端之行以彰显其节烈之风。像《英雄概》不仅写众妃之保贞殉节，更写面对强婚邓瑞云"蓬头垢面，割碎花容；啼啼哭哭，寻死觅活"[②]的激烈行径。这种

[①] 详见陈宝良《中国妇女通史·明代卷》第五章"妇女的社会活动"的论述，杭州出版社 2010 年版。
[②] （清）叶稚斐：《英雄概》第二十八折，《古本戏曲丛刊》三集，文学古籍刊行社 1957 年版。

描写方式颇有《明史·列女传》记录"节烈"女性之风，或强调举家女性可依序投水，或言其不从二聘而毁容自缢，诸如此种不胜枚举，颇有"尚奇"之好，甚至求"奇"而过"激"。但在李玉这里却是从"侠烈"而非"节烈"角度塑造最具"须眉"形象的邓氏，究其"烈"之内涵乃在持家保民之刚，而非为一人保贞存身之守。即使在置女性于极端之境时，如《麒麟阁》婉儿之被抢婚，也仅强调其愿殒身以抗强贼之志节，非刻意予其自残之举；同样处境下的《风云会》赵京娘被强盗困于道观而愿为玉碎之决意，也非因所立之婚约而欲为一人全节。这一点在《二胥记》钟离氏反抗伯嚭时则陈述分明，"道不的忠臣不事二君、烈女不更二夫，愿蚤赐青萍宝剑，刎首何辞？"①而在邓瑞云的毁容抗强中，也颇鲜明地体现了此等观念，"我自有秦楼怀凤箫，怎肯又把琵琶抱"②。当然，李玉史剧中也有《千钟禄》里皇后面对乱军将入宫，而未听帝劝不肯露丑投火，也有《牛头山》张皇后从帝逃出宫中，故而是守是躲、殒身抑或保命，李玉允许了个人意志的选择，而非一味强调贞操观念下的殉节之行。甚至可说，即使是投火自尽的皇后，其有殒身之行而无殉节之旨，其有与夫共命之情而无保空名之意，其有死国难之姿而无守节教条之态。包括写太后之流的直接参政与介入历史，也仅《清忠谱》内太后辅立幼主的一句交代及萧国异邦太后的描写。总之，李玉写女子之"刚""烈""节""义"皆求"节制"以行、"中和"为旨。

---

① （明）孟称舜：《二胥记》第十四出"全贞"，《古本戏曲丛刊》三集，文学古籍刊行社1957年版。
② （清）叶稚斐：《英雄概》第二十二折，《古本戏曲丛刊》三集，文学古籍刊行社1957年版，第24页。

1.2 李玉史剧的性别空间

那么,在对李玉戏剧里女性群像进行总体呈现之后,我们的视域便更要集中到她们与历史的互动关系上来。这就涉及女性空间的三个层面:一是她们静守位居的内室空间,这是她们生活的主体所在,也是妇德闺范直接指向的空间,故为其安身立命之根本,而其出嫁也无非是从自家的深闺转移到别家的内室;二是她们偶然涉足路过的公共空间,这主要与明代丰富多元的社会活动和休闲生活等有关,而妇德名声的传扬与母亲身份的确立又可以为她们生活领域的拓展提供更广阔的平台,使得她们名正言顺地涉足一些社会生活,从而获取来到公共领域的机会;三是我们这里所要探讨的女性的历史空间的存在。历史空间与前两者相比,并不是某种稳定的、持续的、可以具象化的存在,它是一种被生成的空间,即当历史性事件展开时,其所处的场域才生成为"历史空间"——这种场域既可以是某处家室,也可以是更为广泛的公共领域,但当其产生了某种独特的历史价值时,其存在形态与性质便从日常的生活空间中被剥离出来,具有了特殊意蕴。女性由于一直未进入正史书写的主体范畴(各朝国史"列女传"也以其日常节行来写,不体现历史价值),故而对于女性历史价值生成和历史空间形态的揭露一直处在半遮蔽状态,这也是我们为何以李玉史剧为例,希望由其性别空间的话题来揭示女性之于历史所具有的多种可能。本节意图揭示女性空间的两个维度,即传统社会形态中常态的层级结构和断裂历史时期中异变的多元空间;以及这样的女性空间与男性空间之间有着怎样独特的联结形态。前一维度帮助我们探讨在其稳定的层级结构中潜藏着怎样走出日常空间的可能;后一维度,则突出探讨在离开日常情态的生存空间之后,其所处的公共场域又以怎样的倾向性模式来生成历史性价值而呈现为历史场域;最终,我们将女性在日常、公共、历史三级空间中的跨越与回归加以统观,进而对比男性展露的空间线索来探讨李玉对于两性空间整体的结构方式——从而在下节中进一步探讨这样的两性空间的关系模式寄寓着作者怎样的文化诉求。

1.2.1 女性社会空间的层级划分

虽然我们意欲讨论从李玉史剧来看,女性角色都有着哪些突破日常生活空间和社会层级的途径,从而在历史空间的展演中显示其多样性的可能,然而,我们却不得不先从明代社会的传统结构上查讨明末女性所处的日常生活与社会空间。从明清的制度组织与社会结构的状况来看,我们不妨先将历史横向维度上的社会空间从宏观上分为三大层级:乡野、城镇、宫廷。当然这也并非是纯粹逻辑上的排他性划分,宫廷自然处于城市即京都之中,而乡野又要与城镇接壤,村镇之间往来交相又非阻隔,也非城乡各自独立(便是居于城中之人置办的田产或继承的祖业也往往居于乡邻),因此我们如此划分的依据也主要考虑到文化等级上的三层分野:贵族文化、士人文化、平民文化。当然不是说这里是完全的一一对应关系,平民与士人的日常生活空间便必然是交相杂错,只是从代表性上而言,宫廷内自成贵族文化,城市平民或是乡野村民都可对应着平民的阶层,但在城市之中文化的整合却又多由士人文化所引导,因此平民自身并非城市文化的主体生产者,无论居于城镇还是乡野或承担着农工商何种的社会分工,均可划归为不同于士人文化阶层的平民文化。这样一种社会空间的层级划分是谈论女性日常生存处境之基点,而在这样的基点下,我们才能更好地知晓李玉史剧内的女性角色面对的是怎样的常态空间,从而探讨其在社会异变与时局动荡中有了走出的何种可能。也就是说，这里我们如此建立起空间的划分与相应的文化层级的对应，并非是要拘泥在其各自的范域内食古不化做孤立性研究，而是想要说明面对不同文化意识的规约与生存空间的赋予，不同生活空间中的女性是如何突破了常态的生活而各自彰显其独特性走入历史之维度的，从她们面对的境况到走出的姿态再到其依靠、凭借乃至自创、建立的微观生存空间之中，有着怎样的重重差异与种种特性。但从根本上来讲，也许这种传统社会空间赋予女性空间的结构模式与支撑地位，无论是作为探讨其突破与新变的前提，还是作为李玉史剧女性独特性的揭露，都更为重要。因为对于李玉而言，其所赋予女性的是从传统到突破、再回归传统的戏剧展演与文化本质，因此即使在戏剧冲突的引动下，女性角色有了种种突破日常、走入历史的可能，有了种种历史价值与多元面貌的建立，但其最初与最终都仍要回归传统。所以，我们探讨女性群体在李玉史剧中体现出传统的社会空间和稳定的层级划分，并非是一种规约，而既是讨论其突破与新变的起点，同时也是讨论李玉史剧女性的特征本身。

然而，当我们以三级的空间结构对应三级的文化层级来查探女性内部不同群体的行为特质之时，是否又会将她们置于各自的层级内部做由内而外的讨论，而忽略了层级之间的涵容性与行动上的跨越性呢？这就既要涉及横向上的空间维度，明代中后期以来城市的发展所引发的城市生活对女性空间的拓展，也要联系到纵向上的历时维度，将明末清初作为特殊的历史节点，查探在那样的历史境遇中，稳定的社会层级和空间结构被打破带给女性的冲击。

在诸多清末民初的研究中，对晚明图景进行回溯时，多认为二者在女性空间的新趋势和女性意识的解放上存在着某种异质同构的曼妙，而晚明也时常作为清末民初女性情状的溯源起点。尤其是对城市空间的考察，更被作为女性生存空间扩张与突破命题考探的重要窗口。因为它是上连宫廷贵族、下接乡野平民的复杂空间。在我们上文所述的女性传统社会空间及层级结构中，各层妇女稳定性支点的交叉及其生活空间的多元延展也往往在城市空间之中——"充当政治、经济、文化和社交中心的城镇，历来被视为妇女活动的'真空地带'。相应的，一旦属于妇女的'性别空间'出现扩张趋势，其征兆往往首先出现在城市空间中"①。尤其对于在城市空间内的士人阶层来讲，她们如同历史的脊梁，上担起皇家宫廷的上层群体，下连接着平民乡野的宽阔社会，织连起家国一体的繁复图景。因此，在李玉史剧中，最可展现女性走出闺阁制约的复杂性与走入公共领域的丰富性这双重光彩的形象，往往对应着士人之妻这一群体。自明代中后期以降，理想层面的礼教严格并不影响在实际生活中，城市女性生活空间的日益多元化，"她们的活动范围并非只有家庭，通常会通过看灯、踏青、看会等机会，走出家庭禁锢的大门，迈向社会"②。因此，各类社交活动、休闲生活和宗教活动乃至一些特殊的事件，都会为她们涉足公共空间并引发历史性事件带来契机，促使她们从日常价值到历史价值的跨越。

此外，还要涉及明清之际的独特历史背景，即在稳定的传统社会到动荡的末世景象之间，对于女性存在了怎样在"打破"中"新生"的可能。如我们上文所提到的一些清末民初的女性空间的研究，在姚霏以上海城市空间为视点对女性新的性别空间加以考察时可以见到，对于还相对稳定的社会（至少从1843年到1911年这一清末民初时间段来看，上海虽面对种种外来的介入和新兴文化的涌现，但大体还处于彻底动荡前的酝酿中，而并未被直接的战火打断而拆散社会的结构与发展进程）而言，女性的生活空间往往伴随新的生活内容与生活形态的逐步建立而进行平面拓展，同时

---

① 姚霏：《空间、角色与权力——女性与上海城市空间研究（1843—1911）》，上海人民出版社2010年版，第6页。
② 陈宝良：《中国妇女通史·明代卷》，杭州出版社2010年版，第563页。

也在扩张的历程中,使得某些容纳性的新兴空间得以建立。然而,总体而言,即使是新的女性活动空间也会带来各层人群更多的交流机会,但她们各自的生活空间仍是相对稳定而并不相互融汇的。比如,我们可以想象上海滩的贵妇小姐们更多地乘坐拉车出入茶园戏馆等娱乐性场所,并在路途中与辛劳的洗衣妇、卖花女相遇,甚至可能会从小女孩儿的手中买上几朵鲜花来为即将步入戏园的自己增添几分娇娆,但她们基本的生活空间却要在各自稳定的乃至相对封闭的层级上分别运行。① 那么,如果当社会的稳定结构及其内在人群的固有层级被动荡的时局乃至战乱打破时,在这种变动性激增的空间格局下,女性又会处于何种状况并有何新的话题呢?当各级地理的边缘都不断地有空间碎片生成之时,原本紧密联结的各级结构所组成的空间网格便会开始出现裂缝、移位与错层,社会空间的缝隙使得女性自身由内室向外界的空间延展与突围成为可能,而社会空间衔接的错位更使得不同社会文化层级的女性处于同一历史场域的可能性大大增加——也就是说,这种不稳定的社会空间结构一方面含混了私人领域与公共领域之别,一方面又制造了人群内部层级的杂糅,这就使得女性既有了跨越内室空间的多重契机,又有了直接走入历史场景的诸般可能。

　　故而,当李玉面对易代社会而选择那些以乱世题材为背景的史剧、时事剧时,本身就给形形色色的女性参与历史事件、推动历史进程并创建自身的历史空间提供了可能。因此,明清之际史剧女性的生存空间更为有趣的讨论,便在于这多种多样的"跨越性"上。这里,我们既可以看到士人之妻走出城市闺阁去往村镇乡里营寨垒堡、抵御匪寇(《两须眉》的邓夫人),也可以看到村妇民女领兵乡勇,来到城市将府救护太后(《牛头山》

---

① 作者注:就内室空间看,虽下层女性为谋生会到公馆等高档住宅中与上层妇女发生关联,但劳动结束后便回到属于她们自己的生活场所中,同时她们对于出行的空间有着各自的指向(如我们很难设想卖花女或洗衣妇会去参加茶园戏社的活动)。

的巩金定）；既能看到太后为村女乡兵所救的情节，也会见到更广泛的民女为出行的公主所帮扶（《麒麟阁》的婉儿与沙陀公主，《千钟禄》的程济之女与庆成公主）；可以发现避世山中，自结佛庵而救得皇帝脱难的夫人（《牛头山》中的严氏），也能看到投奔京中的侍妾居处，而得以暂避祸患的母子（《五高风》中的张姨）……如此种种都给我们展开了纷繁复杂的历史图景，女性不再以"静守"的姿态伫立其间，而是同样在各级社会空间的断层中奔忙"行走"，她们或是主动掌握或是被动行至历史转折的节点处，成为在社会历史碎片中穿针引线的关键身影，她们面对男性建构起的政治历史的空间坍塌这一历史境遇，如同那道纤细却柔韧的红线，不断牵连交织，承载作者深沉的历史寄寓。

所以从总体上来讲，李玉史剧是一曲对传统社会的挽歌，其中蕴含着对于稳定社会的溯想和对传统文化的回响，因此其所构塑的女性群体不求标新立异，而意图以其背离传统生活空间、走入公共领域并在完成历史场域的生成与展演后回归原本的生存形态与空间模式，来表明一种传统社会的稳定结构和层级次序的重建。换言之，李玉在史剧中不仅展现了女性传统社会空间、生活领域的被打破，更着力于其对最初稳定的传统性别空间的回归，以这种性别空间的对峙模式和其内部层级秩序的恢复来重构理性态的社会家国。

1.2.2 女性历史场域的多元生成

在探讨女性空间的传统社会结构之后，既然我们希望从历史价值层面揭示李玉戏剧女性于明末清初这一特殊的历史节点上所具有的别样风貌，自然就要从时间外的空间维度对其情致性格、经历事件、结局意义加以解读，也就是要进入更具体的微观场域查讨女性空间的历史维度的具体展开。

可以说，从明清之际这一时间节点上延展开的是对空间广度的探究。这里，我们暂且不谈论那些为学界所热衷的士人心态与文化内涵的命题，在思想纵深的维度上，我们先要直面的是文本自身所编织出来的时空的经纬脉络。当时间的节点确定，女性与历史的关系便在空间的舞台上得以多元、立体地展开。这里不仅关注传统的生活"空间"，也看具体的公共"场域"，如何在公共性向历史性转化的过程中生成女性的历史价值，即哪些"场所"更具有从公共空间到历史空间生成的可能。

从这一视角来说，我们仅从传统社会的稳定结构上划分女性群体的层级关系和生活空间是不够的，还应进入具体的场域来查探哪些地点、何种情形为她们拓展内室空间提供了条件。例如，在我们所研讨的李玉史剧中，庙宇作为宗教性空间、法场作为特殊场所、道路作为社会性场域，都是我们所要特殊关注的女性介入历史的典型性场域。正是人物在这些场域空间中的会合交融、事件在此些地点的叠合冲突，才带来了历史空间的多元生成和这之中女性对历史叙事的介入。然而，在这之中我们可以注意到，除了场域的独特性带给历史空间多元生成的可能，在女性自身内部的生活空间中也蕴含了多种因素帮助其跨越内室闺阁而走入历史的书写。也就是说，有哪些因素潜隐在女性传统的生活空间和原则基础之中，带给她们走出家门而来到道路、法场、庙观等公众场所的正当性。比如说，母亲身份或才德之名的获取便为她们走入男性主导的政治历史的疆域和社会公共的生活提供了最大的便利。在这一方面，传统的文道统序既是她们生存空间的制约者，也为她们留了几条通往外界的路径，并在其中成为这些女性最大的保护。这种壁垒与屏障的双重存在，才是女性虽在传统社会中居于次级的性别空间之内，却仍然具有鲜活多面的社会生活和多维立体的面貌情致，从而对社会历史有着多元的支撑并潜藏了丰富的言说空间。

从与历史关联最为紧密的政治领域和上层女性来看，其母亲身份的获取往往可衍生出直接的权力场变动。这一点最鲜明地体现在太后与皇后身份分野上。虽然同为后宫，在明典中被明确规定不得介入政治空间，但太后不同于皇后的母亲身份带来了政治话语权。从历史真实上来看，由于皇帝的年幼或生病，太后在儒家孝道原则里取得了甚至高于皇帝的地位统序，使太后的直接参政有时便可得到男性阶层的隐曲认同——虽然这种认同并非理所当然、经常发生。① 而皇后则即便是由于皇帝的软弱或多病而得以辅佐政事，也须隐藏在帝王背后，而极少能够有直接参政的正当名目——除非她们有朝一日也成为太后。这其中的分野，大体在于中国对"母亲"这一角色的极力推崇，这一角色的文化统序地位可视为女性一生中提升自身地位的最佳途径与其展现自身价值可获得的最大褒奖。"做母亲不像其他女性角色那样谜一般地模棱两可……别人只可能批评某种做法，但不会批评妈妈的动机。做母亲还是女人可以期待通过努力收到回报的主要领域……的确，作者们常常暗示一个儿子永远没有办法充分报答他们一直以来欠给母亲的恩情。"② 因此，由于较高的文化等级赋予"母亲"名义的地位，使得女性可以获得远超出其性别地位的话语空间，从而就使得她们能够进入到更高可能性的历史空间当中。当然皇后也并非绝对在帘幕后喑哑无声的角色，例如，在《昊天塔》中作为皇帝丈人的潘仁美即是通过其未出场的"女儿皇后"来为自己谋划军中要职而获得陷害杨业的机会（《昊天塔》："我想军中尚少招讨一员，被我打通关节与我女儿皇后，教他在圣上面前说将此职授我。"③）。但是，只有当"皇后"凭借"母亲"的身份（无

---

① 作者注：这里我们且不论像汉武帝那般为防止母后专权而未立太子、先诛后妃的极端事件，即便是得以因时局所迫而名正言顺"垂帘听政"的太后们，也还是必须以这样朦胧的面庞出现于朝臣面前、历史之中。
② ［美］尹沛霞著，胡志宏译：《内闱：宋代的婚姻和妇女生活》，江苏人民出版社2004年版，第165页。
③ 《昊天塔》第八出，第199页。

论是血缘上或是法律上的）升级为"太后"之时，她才能将手中的权力明面化、合法化而具有直接介入政治历史建构历程的正当名目。皇后虽尊为"国母"，却并不比太后为皇帝之"母亲"，究其根本原因，仍在于家国体系中对于孝道原则的重视。从宫廷女性中我们看到的是以"家"为"国"之表率的诉求，不同的是皇后乃是这种规约要求的承担者，而对太后而言，这种角色身份则由皇帝承担——在前者中体现的是夫妻之道，后者则是孝道原则。前者只是为天下之"家庭"表率，而使万户千家皆归礼正而家安国泰，在家国之间体现出表象层面的一体化诉求；后者则为更绝对化的原则，以"孝"为"家"之根本，进而也为"国"之首端，故乃是家国一体化建构过程中根基上的同构。因此，于上位者而言，以"孝"为"国"之先则成为后宫直接参与政事的端由，也是在文化统序的次第间留给"母亲"的一种超越本位空间的规约裂隙。这种"家"与"国"之间的原则对抗进入士族、平民阶层时，则突出体现为一种"忠孝难以两全"的家国伦理的冲突。此在第3章对法场别子的析读中，还可看到"母亲"在法场这一特殊的公共领域中出席，所代表的"家""国"之间深刻的对峙与纠葛。虽则文化伦理中总是希望以"求忠臣必于孝子""资于事父以事君"等理想逻辑来协调忠孝一体，但落实到实践层面，却"说起来容易做起来却难上加难，周处慨叹：'忠孝之道，安得两全？既事君，父母安得子乎？'（《晋书·周处传》）于是历代便有忠而不孝、孝而不忠者，小说戏曲更是记载甚多。《不认尸》中的杨兴祖、《秋胡戏妻》的秋胡、《衣锦还乡》中的薛仁贵……有的母亲牵衣顿足，有的妻子满脸愁云……违背父母之命，乃是不孝；然而他们驰骋疆场，屡建奇功，为朝廷立下汗马功劳，对皇帝则是大忠。保国却不能全家，选择忠就是要放弃孝，不能不说是摆在士子面前的一种尴尬的选择"①。这仅是在人生选择上的矛盾交织,母亲法场作别尽忠之子时更极致化了这种生命冲突。"母亲"身份尚只是女子表层名目的获取,每一位女性都有可能由此进入到执掌家族而涉足社会活动、公共事业的更多元的生活空间中来;"妇德"名声则是女性深层认同的建立,它将某些女性从女性群体中划分出来,作为某种社会范型而使其获得更自由的言论空间。如《明史·列女传》所记胡氏"守节严苦,内外重之"而可以帮太守断狱达到"一言而决"②。虽然,德行名声对女性生活空间广度的拓展上不如前者直接,但正是古代文化中对里巷乡评的推崇,使得女性也可经此而达到对周围社会资源的某种整合与应用,如下一章对《两须眉》的解读可见。母亲身份是使女性通过家族内地位等级的提升来使其依托家族而产生涉外空间,德行之名则在更广泛的区域空间内赋予了女性一些潜在的公共资源。

1.2.3 两性叙事空间的并行结构

在探讨过女性自身社会空间的稳定性层级与公共场域的历史性生成之后,对李玉史剧性别空间的研讨还有一个无法绕开的话题,即两性性别空间之间的结构形态。这绝不是一种简单的对立交叉就可以概括的,而是在其或分离、或合流中承载了作者对于两性不同存在形态、社会功用和文化内涵的寄寓。在传奇的叙事模式下,它既从体制上要求了生旦二元的叙事形态,又允许了生旦之间不同的叙事地位和剧作功用。因此,作者赋予了两性各自怎样的叙事空间,就成为其叙事结构中极为值得注意的一个核心

---

① 秦佩、王永建:《古代小说戏曲中由"孝"引发的悲剧思考》,《安徽文学》(下半月) 2008 年第 2 期。
② 张廷玉等:《明史》卷三〇二列传第 190,商务印书馆,据乾隆武英殿刊本影印,1936 年,第 3185 页。

命题。与其说我们在对李玉的史剧进行叙事线索的步步梳理中来探讨其叙事结构，不如说在其主线与辅线的铺陈间，两性空间的双线脉络以怎样的文本比例、关系形态和戏剧功能来架构叙事是其本质的命题。所以我们从表层结构和深层模式二者来探讨其两性空间之间的关系。

从表面归纳上看，李玉坚持以男性性别空间为主导的叙事模式，从而带来了较强的现实性和传统性，因此女性空间虽在占据比例上有轻重之别，但总体仍为辅助功用。比如写末世之风与忠义之节的《清忠谱》《牛头山》《千钟禄》《七国传》皆以众男性的叙事空间为绝对主体，而对女性的描写仅压缩在几折之内，大多只是作为剧中的男性必有的家室亲眷和背景人物出场，对于整个历史事件进展起到穿针引线作用的，也仅庆成公主一人面目较为分明。再如晕染时事风云与忠奸斗争的《一品爵》《五高风》《万里圆》之剧，更明确地将女性空间的叙事作为正面时局冲突的辅益，虽然一般也仅占据叙事空间三分之一左右的比例，但对于男性正面叙事空间的展开却有着互补与呼应的作用。旦的叙事线索在主体上是与生分隔的，即使是固守家园而立于事件波澜的背面，也仍不像《牛头山》《清忠谱》里的女性，基本处于事件主体空间之外被动等待，而是有着萧家小姐法场明志、吴氏家中忧夫等鲜明的叙事节点来补充主线。无论是萧家小姐殉情守节的决意过程中所回顾的事态发展，还是吴氏家中卜卦所虑及的寻亲途艰，都是对主线矛盾的再次强化和突出，不再是《牛头山》岳飞之妻李氏与皇后的待守家中（虽也有牛皋传信于家，但其叙事功能仍以织连起岳飞与岳云一线为主）。随后便是《麒麟阁》《昊天塔》这类虽写乱世风云、但主题却不再直指忠奸矛盾的剧作，这些剧作更写出了纷繁复杂的乱世英雄录，也同样刻画出更多样且鲜活的女性形象，这点在《麒麟阁》中尤为突出。这类女性角色叙事比重的增加并不以主要旦角来体现，也就是说叙事还未有以旦角一人为集中叙事，但却穿插了一批个性鲜明的女性来增加女性的叙事空间。这种叙事地位的提升最显明的表现就是女性形象自身更为丰满而独特。这样的特征从《麒麟阁》的王婉儿发展到《昊天塔》的佘太君时,就已经体现出针对主要旦角而展开集中叙事,即使在辅线的叙事空间中,佘太君这一角色仍被刻画得深刻而鲜明。这样的叙事风范在《风云会》和《两须眉》这两部剧作中得到了完善,女性叙事空间几乎被提升到了与男性主线叙事等同的地位上。这并不是从文本的比例统计上来讲,而是从两性空间并行呼应的关系和互补对峙的功能上看。《风云会》以赵匡胤救助京娘、郑恩护送韩素梅的叙事结构产生了一种生旦间交叉并行而对称呼应的空间模式;而在《两须眉》里这种并立对称与互补应和的叙事结构,被更为明确化为生旦二人之间的双线分行。从剧作之题名来看,也可知无论具体的文本比例分配为何,作者是将黄禹金与邓氏置于对等并立的叙事地位上,从而在双线平行的分离叙事与节点交叉中完成两处事件场域的交代。然而,虽则戏剧冲突在两条脉络上次第展开,但其内在的叙事情节又是集中于流寇与忠臣这一条主线上,因此邓氏的作为也被再次统归到黄的抗寇功业中,以保证主要戏剧冲突的一致性。而在夫妇两线的叙事间所暗藏的两性空间互为补益支撑的关系,我们在下一章对《两须眉》的析读中将详加交代。不过从整体上看,李玉史剧从文本比例上看,虽一直以男性叙事空间为主而以女性线索辅之,但从叙事地位和功能上看,女性空间却有着不同的层级比重,这样的差异自然也带来了女性群体各自风貌的不同。下面我们就从其两性空间各自的展开模式及两者间的对照行进上,来探讨这种空间的结构方式及其表述特征中所具有的情旨指向。

从深层模式上看,生旦双线的空间展开基本处于由共处到分离、再到团圆的叙事脉络中,一般开场多由生交代其家室结构以确立男女两性共同支撑的内室空间①，而此后在寻求功名的离家中带来夫妻内户家室与公共领域的分隔，最终再由女性空间的回归、内室空间的重新确立带来最终生旦两性空间的重合团圆。在这中间随着事件在"外""内"空间——往往也就是男女二元空间的分别展开，多有着"花开两处，各表一枝"的叙事方式，然而女性空间作为辅线所有的不同地位和功能则带来两条线索间不同的结构模式。其中最传统的类型就是男性在简介背景之后离家求立功名，而在暂时的归家（如《两须眉》《麒麟阁》《七国传》）或由家讯传递（如《清忠谱》《牛头山》《两须眉》）甚至怀亲念家的思绪中（如《麒麟阁》《万里圆》）带来两处性别空间、家室内庭与外界旅途的一处里交叉或两下里呼和。在此之上，则是女性空间自身更为丰富的展开，不仅是呼应于男性主线疆场的波澜，更衍生出自我的枝蔓，如《两须眉》《风云会》《昊天塔》都颇为典型，如《麒麟阁》则以不同女性多元维度的展开来体现。最终较为一致的性别叙事模式则是由女性线索的交织聚合带来最终两性脉络的重合团圆，以重回各安本室、各得其位的稳定社会结构和传统统序。如《麒麟阁》李氏为轴的秦琼妻母的会合及与秦琼重逢，《风云会》京娘母女与韩素梅娘娘馆驿相逢到最终的封妻荫子，《牛头山》皇后张娘娘与李氏的相守到与巩金定聚首后同与皇帝、岳飞一线团圆，《千钟禄》围绕庆成公主所展开的程女、史妻于驸马府婆媳相会而终至完婚团聚。当然，这样的模式突出以士族女性为代表，这主要是因为她们是社会文化统序与现实结构中最稳定的支柱，因此也承载着最深厚的文化内涵。而这种文化规约中所施加于她们的最严格的礼教节义、妇德规范的期冀，使围绕她们所展开的"内""外"

---

① 作者注：一般情况下，应是生、旦双方的交代，如《两须眉》《万里圆》《五高风》《一品爵》中对为父续弦的介绍；而在寡母抚孤的情形下也可由母亲角色顶替，如《麒麟阁》。当然，她们也并不一定是剧作最主要的旦角，而仅是为男性角色确立可以依托的内室空间，从而为后文"内""外"两重空间的各自展开张本。个别也会有《风云会》中生角孤身出场的情形。

对峙更为分明，也就使得内外两性空间的探讨有了更广阔的余地和文本的张力，这是乡野村妇或宫闱女子所不能展露的复杂性。这里的士族阶层以知识女性为本，不分文臣武将，因为在李玉笔下即使是武将之妻女也多为才德兼备、颇识闺范之流，如《麒麟阁》罗艺之妻秦氏、李渊之女李氏、《昊天塔》佘太君、《牛头山》岳家李氏等。也正是这样的品质内涵既使得女性被定位在传统文化的礼教框架和情志规约之内，也为她们最终"回归"内室确立了根基——她们从一开始就注定了驻守内室或是离开后的复归的空间模式。所以在两性空间的分离中，女性空间似乎总是相对稳定或指向唯一的目的地，使交错杂糅的空间线索显得杂而不乱、动而有定，并始终指向对文化统序与社会形态的重构与回归。

总而言之，这种由确立到分流再到团聚的两性空间的线索结构，蕴含着女性空间内部由持守到分离、再到回归的发展脉络，这种叙事模式的深层指向就在于一种重建崩毁的社会结构与文化统序，使一切"复归"本位，令男女空间各正其位，才使个人能各司其职、各安其位、各得其所。在这一层面上，李玉并不是打破性别统序的先锋军，而是传统家园的瞭望者与守护者。

1.3 李玉史剧的作者寄寓

无论我们怎样言说李玉史剧女性的情志面貌和空间的结构特征，最终还是要从中窥探李玉自身暗藏的文化寄寓，这种深层的文化指向既是探究传统的文化因子在他体内的沉淀承传，也是考量其个人情性理念于剧作的呈现，甚至尤其是要辨析这样的一种情怀寄寓在明末清初的言说中所占据的价值，其与明清之际的同代文人有着或代表或背离、或同化或批判、或认同或反思的关联。而只有我们最终诉讨于那样的一种真实繁复的历史情境与文化语境之时，我们才能更明确精微地感受李玉剧作到底言说了什么样的旨意，又选取了怎样的言说方式及这一切的根由所在与价值所系。换句话说，我们不希望以那时文人的群体面貌来揣测李玉可能具有的品性风貌，而是意图从剧作自身重构李玉某些特性与面貌，再放入其时的历史语境中重新认知李玉所具有的价值维度。而女性的话题之所以在此中饱有丰厚意涵，就是因为从他对性别与历史的揭露方式中，使我们可查讨在人心之改易、社会之变迁、历史之断裂等诸多命题上，李玉对传统的社会文化的体认与希冀。

那么，我们如何从性别空间与历史言说的角度来探讨一个"独立"而"独特"的李玉呢？这就要追问这种性别与历史的关系风貌中承载了其怎样的文化沉淀，二者的建构视角体现了其怎样的时代特质，而在这种承传与异变中又披露了李玉怎样的文人心态。所以在本节的讨论之中，我们先从文本女性形象的特征内涵上，探讨李玉之于传统性别文化的解读；再从结构性别空间的模式隐喻上，查探李玉之于时代世道主题的关注；最后从作家情志旨归的心态寄寓上，探究李玉在他的题材选择到形象构塑、结构方式到写作策略中潜藏了怎样的文人心曲——这样的一支大厦倾覆时的挽歌和重构理想国的恋曲到底有何特质，就要我们从两个向度为其定位：一是对于传统的社会与文化的统序而言，他承载了什么、筛选了什么、表现了什么；一是对于异变的时局与断裂的历史来讲，他与其时文人有何趋同、有何新变、有何反思。故而，我们先讨论其文本所体现的女性群貌中稳定的特质，就是体察其对层累的文化传统的传承与摘选；后研讨其结构所展现的空间模式中独特的寓含，便是揭示其对新变的时局现实的体认与反思；在这两者基础上，再从作家的写作方式与风貌特征来宏观地查讨李玉深层的文化寄寓，才是在新旧的交替下、群构的网络中对于李玉独特性的初步窥探。

1.3.1 女性形象的文化内涵

我们在前文中，通过他评与自述两种叙事方式来概括李玉史剧女性总体的面貌群像及其风格特征，但还未从文化的整体观照上挖掘其内在的文化本质。这就不得不先看李玉史剧女性所得到述评的具体内容（见书后附表）。从表格中可以看到，虽然描绘女性的词语林林总总，但仅以单字为完整的语义单元来看，其核心措辞莫过如下："才""德""节""义"及围绕其采用的风格特征的描绘语词——"贞""静""英""烈"。前二者指向女子之"文"、之"柔"，后者针对女子之"武"、之"刚"，以此来构塑文武全才、刚柔并济的品质特征。

不过，如我们前文所说，这里的"武"不独指女子之武艺、武力乃至武略，而是泛指女子遵守妇道、安居内室之外的能侠义立节、刚烈自守之风。虽然，在李玉史剧中我们看到靖璇飞"飞铙神技"、巩金定"武艺奇创"、李渊之女"壮志""佩剑"等直接的武女侠风，也有不仅指向个人武功和领军的邓氏的"武略"，但更广泛的是要注意到如黄妻严氏、歌女张紫烟、侍姬金花宝带这类英风侠烈、节义无亏的女子。因为李玉并非以塑造鲜明的女侠、女杰为匠心所系，所以在他的笔下，武女依然受儒家文化的浸润熏陶，甚至大半面貌都仍以知书识礼、才德双备的士家女性为本，如李氏、邓氏、佘太君等；同时，那些柔弱无势、本居内室的女子又可内心刚烈、持节守义而超越平淡日常的生活、显出特立独行的眉目，如严氏、张紫烟等。或可以说，李玉并未将二者明确分隔，但从整体上来看，这两类群体俨然各自分明。这与晚明以降戏曲女性的整体书写风格不尽相同。戏曲女性形象自晚明以来，在学者的论述中有两大流向是比较突出的：一是围绕守贞与情爱的观念所展开的关于女性意识新变的研讨。像"明末清初的社会生活及思想文化领域出现了几次大的变化，这些巨变导致了现实生活中女性的种种变化，因此这期间的女性形象与以往的女性形象是有着显著的不同的，其中最令人注目的地方正在于女性主体意识的觉醒"①或"以热情奔放的痴情女来取代传统束缚下的节烈女，并且以追求理想中的幸福生活来对抗现实生活中对人性的摧残，在精神领域里也是以人性的解放来对抗传统的礼教"②这一类语词在对晚明至明末小说戏曲中女性形象的特征研讨中比比皆是，无论是才子佳人之剧或是教化社会之剧，哪怕是在历史政治剧中，"作者通过对历史传说中女性的描写或杜撰，寄托着作者的爱憎，传达他们对于女性的道德观、爱情观"③。所以，这种晚明女性意识的觉醒萌生也成为解释男性作家笔下至情至性、逾越礼教的女性形象的万通根由。二是巾帼英雄和女须眉形象的大量涌现，使人注意到这批或显奇侠或扬才智的独特形象并加以研讨。像梁辰鱼的《红线女》、更生子《双红记》、凌濛初《北红拂》、张凤翼《红拂记》、冯梦龙《女丈夫》、尤侗《黑白卫》、裘琏《女昆仑》以及王夫之《龙舟会》、孔尚任《桃花扇》、清文康《儿女英雄传》等均属有前朝本事传说的侠女④，其他有侠义心肠的配角女子又有如《翡翠园》赵翠儿、《渔家乐》邬飞霞、《血影石》梅墨云、《芙蓉峡》小涛、《赠书记》魏轻烟、李玉《一捧雪》雪艳和我们所要探讨的张紫烟、金花宝带也属此类。至于不独以一己武艺而统一方武力来驰骋沙场的女杰，则有《赠书记》魏轻烟、介石逸叟《宣和谱》扈文姬及扈三娘、邹玉卿《双螭璧》一莲夫人、朱素臣《锦衣归》十八姨、张大复《金刚凤》铁金刚等绿林女子，以及范希哲《双锤记》琳娥、琅英，《万全记》"洞蛮"

---

① 王永恩：《明末清初戏曲作品中的女性形象研究》，文化艺术出版社 2008 年版，第 21 页。
② 梁莉：《论明末清初传奇戏曲中妇女贞节观念的嬗变》，硕士学位论文，四川师范大学，2008 年，绪言。
③ 蒋小平：《晚明传奇中女性形象研究》，博士学位论文，苏州大学，2006 年，第 10 页。
④ 此部分主要参考了王永恩《明末清初戏曲作品中的女性形象研究》，文化艺术出版社 2008 年版；陆学莉《唐代小说侠女形象在后代小说戏曲中的衍变》，硕士学位论文，安徽大学，2005 年。

女子无左和无右等番邦女性，和《雌木兰》花木兰，冯梦龙《女丈夫》柴郡主、《桃林赚》吴素芳、张四维《双烈记》梁红玉、《重重喜》的飞奴等将门军中女子，李玉《昊天塔》杨拍风、《牛头山》巩金定及《麒麟阁》靖璇飞、李氏也当同属。不过，无论是女性情爱解放的波及，还是巾帼英雄侠风的塑造，在女子刚柔并举、出守相承上的融合似乎都以李玉更为主动而完全。在情爱意识的女性形象的主体新变下，"历史剧中女性形象塑造呈现出言情与道德教化两种倾向……敷演或风情、或道德教化女性似乎是一种唯一选择"①，因此多有为情爱而大胆的至情佳人，却少张紫烟这样为侠义而舍命的义烈女性，此中"柔中有刚"不独为一己情思而有道义担持故而文弱中"英风""劲节"独彰。而到了特标须眉之姿、巾帼之雄的女杰形象中，又多《英雄概》《雌木兰》中激烈极端之行、隐女性本体之色，而少《两须眉》邓氏以持家教子为情志根基、佐夫成业为功业指向的儒家特质（第 2 章详述）。可以说，在李玉这里，对女性的划分有两重维度：一是传统女性室家本位下的品质特征，即由"才德"兼备而有"娴静""贤淑"之风；一是巾帼女子特定情境中的情性风貌，即以"节义"为本而彰"英风""劲节"之姿。但二者间又有着融合互包而非全然抵触，便是异邦公主可知贞节、巾帼武将可守礼教、闺中弱质可有英风、士家智妇能立功业，如此种种使得李玉史剧中的女子总是在鲜明独特的形象下、特立独行的风姿中更显示出一层儒家本位的底色——虽然柔中带刚的至情佳人或刚中有柔的巾帼女雄在其他史剧中也或有端倪，但以颇为明晰的意识来将女性的性别复还"正位"（如庆成公主之静守驸马府，邓氏重回内室纳妾佐夫等）、审美面貌统于"敦厚"、情志品性归于"雅正"，此般面貌内涵则以李玉之作最为典型。

---

① 蒋小平：《晚明传奇中女性形象研究》，博士学位论文，苏州大学，2006 年，第 16 页。

这里潜藏了一个命题，即这种对于"文武"的统合、"刚柔"的融合、传统与特异相并的内涵特征如何成为可能？这就要回到老生常谈的女性"才"与"德"的命题关系上来。从明代以来女子的生活情状与礼教规约的对比上看，我们似乎可以看到在才华与道德间的二律背反，就日常而言，"女子无才便是德"①的世俗理念似乎在这二者之间划分了不可逾越的鸿沟；而在史剧文学中，我们却反复发现以"才"为"德"的言说以及在历史的动荡中以"才识"成全"道德"——这不仅仅存在于李玉剧作女性的自报家门中，即使是《英雄概》里的邓万户之女邓瑞云的自白，也是以村女之身自言知晓儒学（"生长农家，颇知儒学。"②）以便匹配此后渐成大器的牧童安敬思，这无疑较为极端地展现了文士心中对于士人阶层女性典范形象的要求：她们不可目不识丁，否则难以知书达理；她们不可仅识句读，否则难以明晓礼义；她们不可无有妇才，否则不能辅夫示贤。而且这里还存在着明代女性的教育与妇职的问题。一方面明代有着为使妇德纯洁而"妇女不识字，《列女》《闺范》诸书，近日罕见；淫词丽语，触目而是。故宁可使人称其无才，不可使人称其无德"③"女子勿使之学书，勿使之观史"④这样的观念；另一方面又有"妇人终老深闺，女红之外，别无事业。然耳口见闻，不能及远，则读书明理，其大要矣"⑤一类的认知。尤其是对于士族女性而言，她们在家族中也时常是子侄启蒙教育的老师，因此士族对知识

---

① 关于此语的产生参见陈东原《中国妇女生活史》第七章"元明的妇女生活"中的"'无才是德'一语产生"一文，上海艺文出版社1990年版。这里陈先生指出了历代女性观念的变化，与明代社会现实中才女或沦落娼门、或红颜薄命的状况导致了这一提法的产生与迅速普及。
② 叶稚斐：《英雄概》第四折，《古本戏曲丛刊》三集，文学古籍刊行社1957年版。
③ 周亮工：《因树屋书影》卷一，上海古籍出版社1981年版，第1页。
④ 艮斋主人辑：《寻乐堂家规》，载窦克勤《窦退庵遗书》，清康熙间刻求善居藏版本，第3页。
⑤ 蓝鼎元：《女学》卷六，载《闽漳浦鹿州全集》，清光绪六年（1880）重修跋闽漳素位山房代印本，第22—23页。

女性的需求亦随之提高①。加之"明清时期女子文学启蒙教育基本上采用家庭教育的方式,主要由家庭长辈和闺阁塾师充当教育者,旨在达致女子的知识养成和性情陶冶"②。这样一来,女子便需要在知书达理以显妇德之外,以能教子诵读为妇职本分,使得她们自身才识的教育也自幼而始,并同男子一样赖于"家教"。由于"家教"形式的主导地位使得男子和女子(即未来教导者)的启蒙多系于家中女性,故而女子"才德不相妨"观念逐渐被士大夫们看重而流行。这不仅带来才女写作的涌现,更使得明末清初这一特殊的时代境况,当历史易代和家国政治的主题被推向戏剧创作的前台时,涌现了一大批深明家国大义,甚至兼备文韬武略的女子形象,其构塑有了更为合理的文化语境。

除了"才""德"二者间日益由背离向合流的演化趋势带来了女性传统品性内核的扩大,使得女性的性别文化有了向男性领域延展的合理性之外,我们还要考察在"才""德"的具体内涵,从日常到易代有了怎样的延展,才带来女性由本位向历史的跨越,以及再复归内室的逻辑根基。这里要说明明朝时人观念中的"妇才",其内涵是一件颇为烦冗的事情,既有陈东原先生针对"无才是德"的语境提出的"不过是狭义的知书识字之谓"③的说法,也有着高彦颐、曼素恩等学者指出的更为宽泛的、包含着刺绣纺织等女工指向的"妇才"内涵。不过,如果考察于明代社会实际的生活状况以

---

① 关于明代知识女性的研究可参考徐春燕《明代知识女性论略——以江南地区知识女性为考察对象》,《黄河科技大学学报》2008年3月第10卷第2期;陈小香《明代的知识女性》,硕士学位论文,辽宁师范大学,2010年。关于明代女性教育主要有郭英德《明清女子文学启蒙教育述论》,《北京师范大学学报》(社会科学版)2007年第4期,总第202期;郭英德《明清时期女子文学教育的文化生态述论》,《中山大学学报》(社会科学版)2008年第5期,第48卷总215期;刘洁挺《闺阁书香——明代妇女的文化教育与社会生活》,硕士学位论文,华东师范大学,2007年。
② 郭英德:《明清时期女子文学教育的文化生态述论》,《中山大学学报》(社会科学版)2008年第5期,第48卷总215期。
③ 陈东原:《中国妇女生活史》,上海艺文出版社1990年版,绪论第13页。

及士人阶层的生活状态与其家庭内的女性实际所承担的"妇职"等情形来看，我们不妨更宽泛地把一切符合妇职要求、能够帮助其出色完成工作的"才能"都算作此处对于"妇才"的界定。而由于明代本身的社会经济状况使得士人阶层妇女操持中馈的"持家"之务本就跨越于"内""外"场域之间，因此她们相应的才能也就不仅局限于内室之中，而具有了主理内外的双重属性。同时，随着外向性实践活动的增加，她们面对外界时的才能也越发得到历练与彰显。而对把"妇才"也作为含义外延一部分的"妇德"来讲，道德不能只把女子完全地关押于内室之中，而对她们介入外室的合理性多有默许。

女子知书达理为才。而在晚明，尤其明末风云中，文韬武略不独限于男子，女子能备者亦为"高才"，这在诸多称赞才识远过男子的女须眉的戏曲剧作中已可看到。在徐渭的剧作中尚且是一写驰骋沙场的《雌木兰》，一写领军文苑的《女状元》，到了明末清初的戏剧里，世道沦丧、国事难图，则武才文英两种特质更合流为一，在《两须眉》邓氏身上明显体现出"扫眉亦文武才"（况周颐《汇刻传剧序》）。换句话说，此时史剧的才女不独为诗文之才，也融合了学识之见，乃至武略之才，如邓氏持家教子时可教其子侄兵书。而从"德"的方面来讲，妇德的指向也不再仅为一人的贞节之守，虽然世风撅乱而使女子贞节的问题前所未有地得以激化凸显，但在李玉等一批史剧文人那里，女子对于更广泛的道义气节的坚守更成为根本性主题。所以，虽然我们也可看到王婉儿、赵京娘为贼所掳时对自身贞节的看重而不惜一命，但在这种个人意志下并未过多展现其殉节毁容等极端之行或为某人所保的守节观念，更显出对自我生命与意志珍视下的愤怒抗争。当然，似王婉儿、萧家小姐也有欲殉夫之举，但或从于恩情、或基于爱情，有了情感道义与伦理名节的双重承担。到了张紫烟、靖璇飞这里，这种私情恩义更泛化为道德正义或江湖道义，使得内室"妇德"中的坚贞守节更提升为道德节义的公共"品德"。再至《牛头山》严氏这里，则更升级为指向君主的政治伦理，即与男性同化的臣节"忠义"，更将一种天然的德性道义升华化为家国"大义"。如此一来，"节义"的命题则包含了由一己到公共再向历史转化的三重命题，使得妇女之"德"有了超越性别的含义——它既可以是指向传统的内室"妇德"，也可代表天然民性的公共"道德"，更可以在政治历史的特殊境遇中，以妇代士来彰显带有政治伦理色彩的家国"道义"。可以说，正是在明末清初特殊的历史语境下，女子的内在品质规范与道义承担才有了超越性别的意义，便使得"才"与"德"文化内涵也随之外延拓展，带来了女性不失本位的、对公共空间介入与历史价值生成的可能。

1.3.2 性别空间的文化隐喻

在之前对空间结构进行文本解析的过程中，我们大体归纳了两性空间线索的几种关系状态与演进模式。在这样清晰而分明的脉络分别中，两性文化与形象特征仍各自分明。从上文所述女性形象的文化内核上看，也是固守传统的形象价值和空间本位，而未向男性特质过多转化。换言之，这种趋向带来的结果便是两性内在的文化特质并未过多相融，少有模糊地带而泾渭分明。这让我们忍不住问，不仅是关于李玉对于男女两性的文化认知的根基为何（这在上文我们对于女子"才""德"的本位辨析及其向男性领域的拓展延伸中已可窥端倪），还有在此认知之上，李玉所采用的空间结构策略又有何深层的文化寓意。这就要从女性本位的视角中跳脱出来，更宏观地查讨两性性别文化在此通过空间关系的构制所展现的联结及内涵。总体而言，在两性空间分离合流、并行呼和的叙述间，其所承载的是一种士节与女贞相对应的时代命题。

性别除了稳定承袭的传统文化意涵和维系社会、文化的伦理价值之外，面对鼎革之际的动荡现实、家国倾覆的时局哀思，更具有了某种高于个体的家国指向，即带有了某种政治寓言的色彩。当我们回顾明清之际的士人书写和文案记录，甚至是清末对于晚明印象的再度追忆，在斑驳的历史记忆中，我们既会慨叹于士人殉难的前赴后继，也会惊讶于女子节烈的浓墨书写。从《明史》到草野笔记、士人文录，对于女子守贞殉节的记载真乃蔚为大观，更使人惊诧处乃是其求新尚奇可至惨烈、扭曲的地步。其有妻女同从死者、举族列次而殉，其殉之决绝惨烈、自虐残酷之处不亚于士人，有更过之。于是，如同日常上山进香般，男女并行殊途同归，带着自愿或不自愿的宗教式的"疯狂"同求节殉死——"自虐而为人所激赏的自然还有节妇烈女，亦乱世不可或缺的角色。本来，苦节而不死的贞妇也是一种'遗民'，其夫所'遗'，倒不为乱世、末世所特有，也证明了女性生存的特殊艰难。失节者则另有其自虐。读吴伟业文集，你不难感知那自审的严酷，与自我救赎的艰难。这一种罪与罚，也令人想到宗教情景"[①]。在这种不分士妇的节烈推崇和殉身激扬中，甚至连文本的书写也带上了超越性别的同构特色，不独在男性自我的书写中。"在当时的士人、尤其儒家之徒，更可怕的是，是士论、人心普遍的嗜酷……你更由当时的文字读出了对残酷的陶醉——不止由野史所记围观自虐的场面，而且由野史的文字本身。那种对暴行的刻意渲染，正令人想到鲁迅所一再描述过的'看客'神情。这里有压抑着的肆虐、施暴愿望。在这方面，士文化与俗文化亦常合致。"[②] 而在对女性进行镌刻的殿本《明史·列女传》序言中，编者自己也对文人墨客所嗜之"至奇至苦"有所点提："盖晚近之情，忽庸行而尚奇激，国制所褒，志乘所录，与夫里巷所称道，流俗所震骇，胥以至奇至苦为难能。而文人

[①] 赵园：《明清之际士大夫研究》，北京大学出版社1999年版，第12页。
[②] 同上书，第14页。

墨客往往借俶傥非常之行，以发其伟丽激越跌宕可喜之思，故其传尤远，而某事尤著。"① 这是从表层文字记录上看到的同构。而到了深层文学的演绎中，这种"士文化"与"俗文化"的异质同构也极为鲜明。在明末清初戏曲的构塑中，对于这些记录在案的节烈形象和奇激事迹也颇多借鉴。像李玉的《两须眉》之邓氏便有所本照，乃总戎黄鼎之妻而有"夫人城"本事。至于我们之前所言《英雄概》之邓瑞云，有面对贼寇"割碎花容"的过激之举，此在明末清初关乎"节烈"的记载中屡见不鲜。最鲜明的有寡居金陵的史可法弟妇、史八夫人，在遭受求亲之胁迫时，因"拒之詈之，皆不去"而割得"血淋满一耳一鼻"，文称"玉梨花碎八夫人"②。无论是文字的记录、文学的演绎，对于男女书写的情致之无别、事迹之同重，无疑会造就或至少是回溯了这样一种历史情境：草泽荒野之间、城池寨垒之中无不充斥着以求殉死明志的士人、妇女，他们被周遭的士论民风、乡里称议所"围观""激励""胁迫"，而他们知道，他们的死将为时人所"传诵""称扬""辩论"，或者对于那些更可能隐没于无名的女子来讲，还可以帮助她们逃避在全生之后的纷杂"质疑"和漫长"赎罪"。

这是一种近似于狂欢化的病态社会，游戏的价码是自家的生命，而你只要被游戏的转盘卷入，就面临极其严厉的赌局，在"命"与"名"之间，往往只能二者存其一：或是以奇激暴戾的惨烈殉死换一个"慷慨赴死"的名节；或是因藏匿逃遁的惜命全生而担起"懦弱失节"名声下的一切惩罚——来自时论，更来自自身，永远循环往复地在儒家伦理体系内为自我找寻的开脱和进行的罪罚。甚至于士人对于女子节烈的要求愈极端，而女

---

① 张廷玉等：《明史》卷三〇七列传第189，商务印书馆，据乾隆武英殿刊本影印，1936年，第3167页。
② 此事之记录可见于汪琬《史八夫人传》，载姜泣群辑《虞初志合集之六虞初广志》卷三，上海书店1986年版。

子殉节的处境也就愈艰难，还要面临无所回报的后果。也因此，在以妇人之殉节激励士人之殉难的历史语境中，以臣死忠、妇死节为本分的逻辑体系下，甚至有归有光之辈论"天地正气，沦没几尽，仅仅见于妇女之间"[①]，"明清士人常以两性的忠烈作为对照，特别是借女德来讽士"而"比较男女两性死节的难易，认为妇死尤难，其乃出于天性，她们的殉义就如寒而衣、饥而食，并非沽名钓誉"。[②]（此乃基于娄坚关于"妇死贞"的评论）。故此看来，"明际学者认为系因女子之天性，而造就殉夫烈节之行，在道德实践上甚且优于男子，这种说法似以偏概全，而不周全。也许只是明代文人假借女子殉夫，以一而终的行为，来讽刺那些于国难时苟且偷安之二臣，抒发内心不平之声罢了。不过，这也可以看出男子于潜意识之性别焦虑。在某些层面上，或许男子对于女子之节，潜意识甚为恐惧，因为妇女过节，反倒突显男性之懦弱；再者，男性通常将女子看做作衬，而非主体……这是一种偏颇的、双重价值的鼓吹。如果男性书写者认为女子天生优于男子，为何无人鼓吹妇死夫殉？"[③]当然这里提到了又一重问题，即丈夫之殉节，其实在晚明以降已经有了关于"义夫"的观念[④]，或可看作明代男女性别文化的内在同构和隐喻对应的第一步。总之，在明清易代的历史节点上，女贞作为士节的对应被提到了历史的前台，甚至由于一贯对于女性的严格规范和价值期冀，使得女贞节烈的主题愈演愈烈，甚至有远超男性之势态，实不可独以"贞节观"简化论之。

当然，女子贞节得以有替代男子的文化价值，除了特殊历史时期男子

---

① 归有光：《答唐虔伯书》，载《震川先生集》（上），江苏古籍出版社2007年版，143页。
② 衣若兰：《史学与性别：〈明史·列女传〉与明代女性之建构》，山西教育出版社2011年版，第329页。
③ 徐惠廷：《明代女性殉死行为之研究》，硕士学位论文，台湾"中央"大学，2009年，第133页。
④ 此可参见陈宝良《明代传统的女性观念及其历史转向》，《社会科学辑刊》2007年第6期，总第173期。

自身的表现之外，更关键的是女子之"节"的外延远大于男子，故而既使她们常处于认同殉死、需要从死或不得不死的境地中，同时也让她们一切行为的动因因更为简化而显得纯粹，也就获得了更绝对化的表彰价值。于男子而言，尚有当死与不当死的论争、死封疆或死社稷的辨别①；对女子而言，如前所述，"节义"可以有三个层面：个体性的从夫殉节而循夫妻之伦；公共性的抗辱全贞而遵礼教道德；历史性的忠烈殉国而守家国大义。这三者在明季女性贞节义烈的抒写中皆不乏其例。从个体之"节"到公共之"节"的转化，便是个体规范与心理补偿到公众伦理与社会礼教的理念生成。在这过程中，"烈女贞妇们视守寡殉夫为理所当然，将束缚的痛苦转为顺应的轻松，把生命的付出化作践约的骄傲……男性炮制的性别权威话语在化作女性的集体无意识后，又促使她们把个体的内在的自然本性外化为社会的外在的道德理性，女性的信条又形成新的更符合男性要求的新的性别权威话语。"②再加上从家族到乡里、再到官方的经济保障与名节褒奖，更使得此贞节观念最终通过"旌表"制度在私人空间与公共领域中达成妥协。甚至在旌表扬名的制度下，男女更达成了某种历史境遇的相通，即同以殉死立名节。在国难当头、国事难图的绝境中，那些平日于朝无用的士人，便有如养在深闺无人识的女子，唯求能以名节之立而"有用"于报君国社稷，故而如何处"死"，又如何死得当宜、当时，便成了他们繁复的"旌表"审批。面对着明末清初的战乱时局，女性的生命与贞节受到极大挑战之时，朝廷便通过"省去复勘程序，准予立碑集体旌表，显示出旌扬这些烈妇的急迫性。一方面通过旌表烈女来教育广大女性，强化其贞节意识，

---

① 此部分论述可参见赵园先生《明清之际士大夫研究》，北京大学出版社 1999 年版；何冠彪《明季士大夫殉国原因剖析》，《汉学研究》1993 年第 11 卷第 1 期。
② 王传满：《中国古代妇女地位的历史变迁》，《哈尔滨市委党校学报》2008 年 9 月第 3 期，总第 59 期。

巩固社会秩序与国家治理，另一方面通过柔弱女子坚贞不屈、壮烈殉难的形象来激励男性，一扫士风萎靡疲软、推卸责任、不敢任事的现状，激发他们忠贞不渝的爱国情感，以及以身殉国的英雄气概和同仇敌忾、铲除贼寇恶匪，恢复重建祥和家园的战斗精神"[1]。在此旌表节妇与洗涤士风的同化中，女性之"节"超越了个体与公共的层面，提升了它的历史价值，产生了一批忠臣之门、诰命之妇以身受"国恩"或因家族"忠烈"之道，而认为不当受辱故能舍生取义、杀身成仁，主动殉于国难，其慷慨之姿、英雄之气便与男子无异。或许可以说，在历史的维度上，女性之殉难、也即家国之大"节"，可带来超越性别文化内涵与空间本位的效用。例如吴伟业评刘文照之母，即言其"并不是单纯的殉夫或殉节行为，而是带有浓厚的忠君爱国色彩，超越了一般的女道、妇道、妻道、母道"[2]。故而，虽然在女子节烈的刻录中，其为夫殉节甚至因夫要求而先夫从死者触目皆是，便是患于流寇强贼之辱而损贞节之名故寻死者亦处处皆遗，但在此两大宗的事例外，士大夫书写女性节烈的更高文化寓旨，则应在家国政治与历史道德的宏大话语上。也就是说，只有在对家国大义的终极执守的层面上将"女贞"与"士节"对比照应，来感喟、呼唤文化道统，对伦理理想进行重构，这才是他们对性别空间内在文化寓言的最终建构。

这里李玉对于"士节"与"女贞"间隐喻结构的写作策略选择也颇为有趣。对比李克对于明清遗民戏曲中所见巾帼形象的考察可以发现，李玉这里将女性的写作策略释为"赏才"与"伤才"的糅合——"他们在处理女性题材时，融入自己独特的心理体验和情感内涵，一方面表现了对巾帼

---

[1] 赵秀丽：《明代女性教化体系的建构》，《山西师大学报》（社会科学版）2008年3月，第35卷第2期。
[2] 赵秀丽：《略论明代中后期女性新特征及其意义》，《扬州大学学报》（人文社会科学版）2010年11月，第14卷第6期。

英雄的知赏，真切地表现出建功立业的渴望；另一方面也对女性的不幸命运感到哀伤，从而在情感纠葛中表现出自己的复杂心态。具体而言，在剧作中凸显为"赏才"和"伤才"的对立统一①。但我们更可发现，如果说这种"突出女性的将才、史才和才识等过去只有男性特有的能力，从而丰富了清初巾帼英雄的画廊"②的写作倾向，是因对"才识"的极度推崇而跨越性别之分；则其对女子身世的万般感伤与对张丽华、冼夫人这等一死一归隐的结局构制，未尝不藏着自身感时伤命的喟叹和对士人可能的生存空间的思考。所以，在这类直接代替男儿来直面历史、展现才智的女性身上，我们看到的是一种男女性别的同化，巾帼于剧作乃成为明季士人时命感喟和节志出处的"代言"。那么，比之于李玉男女分离而以"女贞""士节"互应互喻的空间结构来看，我们可以看到，性别之于历史的两种言说和其写作策略：一是通过女性外化为男性，表达赏才伤命之情志；一是李玉式的比照男女性别空间，不逾本位，在各自的文化统序和价值空间内各安本位、各守其节的文化隐喻。

很有意思的是，这种文化寓言建构的余响，似乎在清末民初的时间点上再次甚嚣尘上，历史仿若走入了某种轮回——"清末，民族革命兴起，大量革命者、文人对明清之际江南女性殉节事迹进行大肆渲染，带有鲜明的历史重构的味道。民族主义是清末革命者的主要论调，他们对于女性死节的解读，必然成为其进行排满运动的一个政治工具。清末对明季妇女有很高的评价，《警钟日报》曾刊出文章《妇女不降》把明季殉难妇女赋予'为民族献身'的至高意义"③。此外，在秦燕春的《清末民初的晚明想象》

---

① 李克：《"故国"意象·寓言·女性关照——论清初遗民戏曲的书写策略》，《贵州师范大学学报》（社会科学版）2009年第5期，总第160期。
② 同上。
③ 沈雪莹：《死节：明清之际江南女性的抉择及其原因分析》，《金陵科技学院学报》（社会科学版）2008年6月，第22卷第2期。

中对此也有丰厚的论述。包括其对晚明以来女性意识的新变是否开启了清末女性空间开拓的先河，明末节烈书写之对于戾气血腥的激赏，在女子节烈与士子殉难的反复书写与戏剧的再度演绎中藏着怎样的文化心理，晚明与清末的时局迥异却又在人们的想象间建构其怎样的同构命题。这些都成为后来研究清末民初的学者们对于晚明加以追溯的缘由，似乎明末清初那些对于士人民性、时局国事的思考还未完成，注定要留待后人来进一步追索。诸如此等，或许也可作为一个有趣的话题，在历史洪钟大吕的玄妙回响间留待后人品评。

1.3.3 作家情志的文化寄寓

关于作品与作者的关系总是绕不开一个话题，就是如何从作品去还原、重构作家本体，甚至当我们倾尽全力去复原，哪怕仅仅是无限接近作者所处的时代情境和文化语境时，也是希求从那里找到蛛丝马迹来建构作家可能的面貌特征和为文理由。这大概是因为我们与文学的沟通总是在寻求与文本背后的那个人、那颗心产生共鸣，或在种种文化历史的差异断裂中碰撞出喟叹。所以，当我们面对李玉的诸多历史戏剧时，也难免要对其人、其情、其志进行研讨。在戏剧作品中，我们不仅要从其文体独特的叙事方式中找寻李玉的文情才思，或是从其人物形象的风格面貌里窥探李玉的人情经验，而更应该在这些主体形象与作品情旨之外，查讨李玉自身的文化层累和情志寄寓。那就不仅要对李玉的表层文本内容（写了什么）加以概述厘清，而更需从其潜层写作策略（怎么写的）来进行归纳解析。对于前者，或许学界已有讨论；而于后者，也许现今的论述尚不完全。所以，我们从女性形象来探讨性别与历史的命题在李玉史剧中是如何展开的，就不仅有了探讨性别文化与时局特征的意义，而更是从全新的视角对李玉本人的再次解读反思。

在此前对于李玉的认知中，学者的研讨并不寡见，也揭露了诸多具有共通性的问题。除开对李玉身世和剧作的文献考察，凡言李玉之论，多与苏州派一体相承，既以李玉为苏州派之中流砥柱，又或以苏州派之共性论李玉、以李玉之面貌言苏州派之特点。例如，从人群身份上说，以李玉为代表的苏州派乃文士阶层，故而剧作中带着浓郁的传统观念与精英意识；从剧作题材上讲，与其时才子佳人之剧流行的剧坛相殊异的，乃是他们侧重历史时事题材剧作的创作倾向；从内涵风貌上言，他们既带着鲜明的市民趣味，又饱含教化之旨。他们立于案头与舞台的中间，兼顾了情辞文采与声韵唱演；他们处于上层与平民的中间，希图以文化上的精英观念引导风化；他们忙于回溯与展望之间，面对历史的断痕却期冀以统序的重构恢复理想的国度。这些共性让李玉似乎永远被淹没在对苏州派的泛论中，而言及苏州派也似乎总是以李玉为代表，对李玉剧作的解读就是彰显苏州派群体的特征。康保成论李玉，除了说他"案头场上，两擅其美"的艺术特质外，从文本情旨而言，既说到"李玉的全部作品，渗透着一种对于现实世界的密切关注，渗透着作家自觉地把国家命运与个人前途结合在一起的忧患意识。李玉是如此敏锐地捕捉时代变化的信息，紧跟着时代的步伐"，又言及"李玉的全部作品，都与儒家文化的伦理型特征相吻合。儒家文化本身所具有的自我补充自我完善的机能，使李玉作品中产生了两种截然不同的价值观念的奇妙融合"[①]。因此，他一方面写着士人观念的"节""义"救世，一方面又刻画市民阶层的生活风貌。而顾聆森论李玉，也是从市民社会和节义观念上来揭示其内容旨归，再以雅俗共赏的艺术风貌加以概述——"李玉成名后，作为一个社会底层的市民剧作家，却与士大夫阶层

---

① 康保成：《论苏州派主将——李玉》，《中山大学学报》1987年第4期。

保持着密切联系，同时他把笔锋深入于市民社会……作品内容着重于市民道德和贵族精神的张扬，或从儒家的道德层面对明亡教训作深刻反思，对于社会因忠、孝、节、义的缺失而酿就的见利忘义、腐化堕落进行了无情鞭挞。""在承接前朝'汤沈之争'的学术成果的同时，完成了传奇形式结构的改革，导致了昆曲艺术真正的雅俗共赏，开创了昆剧一代风格流派——'苏州派'，从而迎来了昆曲的新纪元"[1]。不仅对于李玉自身，从这样一种现实关注和价值体系上被加以了趋同的认知，而且连带他所代表的群体也愈发与之一体化起来。故康保成说"李玉如此，苏州派其他作家也概不例外"[2]，而顾氏亦言"他生平创作传奇 42 种。形成了众多同时代剧作家竞相效仿的风格"[3]。在郭英德先生所论《刺世伤时 显微阐幽——论苏州派传奇的文化内涵》一文中，将这种共通的创作倾向更明晰地概括为"讥切时弊、关注现实的现实精神，事关风化、劝善惩恶的教化目的，和'天下兴亡，匹夫有责'的平民色彩"[4]这三点。至于其他更明确的以李玉为核心论析苏州派之文，如俞为民《李玉和苏州派的戏曲创作》、顾乐真《李玉和苏州派的戏剧主张》等[5]，则更是不胜枚举。李玉身后的阴影太重，叠了太多群体的重影，以至于李玉自身的面貌不清、独立性不足。在这种双向遮蔽中，我们在研讨苏州派与其时士风、文风、语境的关系时，就成了研讨李玉情志面貌本身；在解析李玉之时，又常常要不自觉地将其放入苏州派的归属中去论他的地位价值。然而，如果我们真的将李玉作为个体来看，就不仅仅要厘清关于他生平地位等方面的基础文献，而更要深入其观念体

---

[1] 顾聆森：《李玉论》，《艺术百家》2011 年第 5 期，总第 122 期。
[2] 康保成：《论苏州派主将——李玉》，《中山大学学报》1987 年第 4 期。
[3] 顾聆森：《李玉论》，《艺术百家》2011 年第 5 期，总第 122 期。
[4] 郭英德：《刺世伤时 显微阐幽——论苏州派传奇的文化内涵》，《北京师范大学学报》(社会科学版) 1996 年第 3 期，总第 135 期。
[5] 由于李玉是苏州派得以命名、形成的中心，故而二者的主题往往一体化，谈苏州派则必解读李玉，论李玉又必提及苏州派，故此无法穷举，仅以整体观照者的略举大端以见。

系的内部，还原其多维的面貌——而这种"还原"并非是从群体的共性中为其找寻立足之地，更非要以与群体相合的共同特征来证明其对群体的代表性。

当我们发现想要揭示李玉"独立"而"独特"的面目是如此困难之时，却发现无论我们是从苏州派看李玉、还是从李玉看苏州派，似乎都要面对一个问题，概括说来，即如何评价这些文人及剧作内的传统色彩的问题。这种传统性既可从文本的微观找到例证，如以保守性被批判的平民女子的自视如草芥，如《麒麟阁》张紫烟、《党人碑》刘琴、《人中龙》木匠之女等；同时从剧作的宏观来看，从题材内容、情志旨归、形象风貌等方面讲，也都有着传统的现实精神、教化目的和文士色彩。评其为保守封建者固非罕见，而言其有道义担当、精英意识、救世情怀者，亦有时惋惜于其固守传统伦理道德而一味缅怀旧有的社会朝代，难以建立自身新的文化统序或作出实际的社会建构，使得他们的一腔热情流于理想主义的一曲悲歌——如郭英德先生所指出的，"面对重大的社会问题，苏州派作家既不可能进行彻底的社会改革以医治专制制度的痼疾，也不可能建构崭新的道德体系去拯救社会危机，于是就只能以复兴封建传统道德为旨归。他们以对挽救世风颓靡的忧虑和对复兴封建道德的热忱，取代了晚明时期进步思想家、文艺家力图超脱、抗拒或叛逆封建道德的渴望，这实际呈现出一种社会观念上的向后倒退。而封建伦理和黑暗政治的严重错位，更使苏州派的传奇大多染上悲剧色彩"[1]。可这种固守传统中所带有的保守色彩乃是倒退的趋势，是否意味着在明末清初这一历史节点上毫无思考呢？恐怕也不全然。从李玉传奇来看，其以女性为代表的、对性别文化本位的固守及其体现出的"温柔敦厚"的审美风范，从当时的士人群体上看乃是对"暴戾"之气

---

[1] 郭英德：《刺世伤时　显微阐幽——论苏州派传奇的文化内涵》，《北京师范大学学报》（社会科学版）1996年第3期，总第135期。

的最好洗涤；而在对比女性文化的稳定内涵与性别空间的本位回归中，其于男性空间纷繁多元的展现和其中生存处境、文化旨归的错杂艰辛，未尝不是对士人个体命运选择的再度反思。因此，无论从群体的士风时论还是就个体的命运出处而言，李玉史剧中的女性群体由于展开了性别文化与历史语境间复杂多维的关系层级，而富涵了许多独特的命题。

在赵园先生对明末清初士大夫境况出处的研究中，开篇便点明了当时士人所处文化语境中极为致命的特色，即"戾气"。其于世道，则显人性、人心之恶坏；其于士林，则彰时论、士风之偏激。故而，虽为虚化之"气"，却在明清之际的特殊境遇下，也能化为杀人之"刀"。这种由"戾气"向"利刃"转化的弊端于其时已有王夫之、钱谦益等大儒明辨，而于其他文人为文之嗜"血""暴""激""奇"等倾向则无不是此一特征的折射。它上自暴政与廷争之下养成的苛责士风，下自时局与处境之中趋同的自虐体验，故而便凝塑成了"戾气"弥漫的"时代氛围"[①]。在这样一种文化语境所引导出的审美情致下，可看到无论野史笔记还是小说戏曲，在实录与虚构中最为统一的，便是对于奇激形象的推崇、暴戾场景的描述和流于偏狭的主旨情调。故在李玉笔下的这些以温柔敦厚为旨、传统伦理为纲，固守本位空间和文化层级的女性形象虽时有显得保守，却不能不说也为一种历史断裂中的坚守，甚至是士人经验反思的投影。当然在与女性相对的男性空间中，这种反思更为直接，在指向个体命运的选择时显出更鲜明的时代特征。不论是其两剧写到的史可法据守进谏、《一品爵》的三将"谏抚"，还是《两须眉》写黄禹金国事难图之下的挂印隐退，抑或是《五高风》写汤木天之守臣节而百姓劝降的冲突对峙，如此之中，李玉不止写出了士人出处、时局感受，甚至还将为士人所争论的一些先锋性话题铺陈台面——

---

① 参见赵园《明清之际士大夫研究》，北京大学出版社 1999 年版，第一章。

虽明末士人自身可以"平日袖手谈心性,临难一死报君王"来作为臣节的最后退守,但在那些可守城以为责、率民以相抗的官员那里,是否能够如此通脱的仅以一己之命为君作献、为社稷作祭,还是有必要以城池百姓为陪葬,士人于时的出处选择又面临着在"仁""暴"之间的理念抉择。在王夫之所记的张巡、许远的一段历史公案中,其于睢阳守城虽为人臣之责之节,然至于百姓相食的地步,同境之下尚有李栎之守贵阳,金声桓之守南昌等。到底是一场士节奇激的演绎还是人间惨剧的循环上演?个中激辩自有易代之后的一些大儒士人复加反思。而李玉写汤木天与百姓之各执其道,其守节与存民的尖锐矛盾便在二者的争执间被摆上了历史的前台。虽李玉于此并未给出某种终极性的答案,但其民散不从与汤氏守城孤忠间既激扬出一种惨烈的悲壮,未免也是给那时士人们指出一条人格与人性最后退守的底线。故有王夫之论不死守而全民命之道义"守孤城,绝外救,粮尽而馁,君子于此,唯一死而志事毕矣","无论城之存亡也,无论身之生死也,所必不可者,人相食也"①。这其中包含着对于"志"与"行"、"节"与"势"的时代感知,国事已不可图而唯能奋节孤争的明季士人们,如此执拗、偏激地强调"立节",怕是也因此等精神之事乃其唯一可行之事而已。至于所立何"节"、如何立"节"则更为仁者见仁、智者见智了。不过这里,李玉与王夫之似有着某种情志上的同调相和、殊途同归之感,主要表现在他们一以剧作、一以论辩来推崇"中和"之境。"王夫之所向往的理想人格、理想政治性格,自然是'戾气'、'躁竞'、'气激'等等的对立物,如'守正'、'坦夷'、'雅量冲怀'、'熙熙和易'等等。他一再说'中和'之境……他的'中和',自然不止于政治关系,而且是社会生活的全局,大至朝政,细微至于个体人生的境界。他几乎是醉心于有关的意境、气象。"②

---

① 王夫之:《读通鉴论》卷二三,《船山全书》第10册,岳麓书社1988年版,第870页。
② 赵园:《明清之际士大夫研究》,北京大学出版社1999年版,第19页。

故而当命题直指明末清初的历史语境下士人生存的话题时，在传统的固守中便也显出了李玉别样的思考。他同样醉心于文化统序、伦理道义的重构，以期望恢复传统社会的稳定结构形态，故而对于性别空间讲求各安本位，对于其性别文化赋予传统内涵，至于其写女性则尤为突出其温柔敦厚、回归本位之风。因此在对两性"节别之和"的关照中，蕴藏了其对重建社会统序的理想；在人物"中和之美"的构塑中，展现了其对士相摧激、戾气充斥的明季绝境中，所具有的独特思考与持守。故其写女性，相较其时大半史剧之激烈尚奇者，能尽脱戾气，至刚而不激、烈而不愤、儒而不板、雅而不古之境，有静而能守、守而能贞、贞而能烈、烈而能礼之姿，未尝不是"保守"之下，将"传统"演绎成了时代命题的新的生长空间。虽剧作唱念搬演间无议无论，不做空谈，但在某种程度上，却已为李玉做了无言之辩。

第2章 史剧女性走出内室空间

在统观李玉史剧女性的群体特征和情志寄寓之后，如果我们从更具体的"空间"来解读她们"走进"历史的历程，就不得不先探讨她们走出内室的过程。这个内室空间既有稳定的层级结构而支撑着传统社会，又蕴藏了各自不同的楔入历史的力量与契机，这些为女性走出内室而最终达成历史价值的生成提供了可能。故在本章中，我们从这一视角来解读女性对于"空间"的突围。

在第一章中我们探讨了女性稳定的空间层级及其对于重构稳定社会文化的统序所具有的内在旨归，那么这里我们暂且也可以以三分的模式来谈论李玉剧作中的女性群体，并将她们分化为皇室公主（太后、娘娘），士人之妻（母、女）以及民女村妇等。这里需要注意的是，从剧作本身来看，在皇室宫廷领域与政权关系更为直接、紧密的几类女子中，以公主身份出场主动介入历史的较为鲜明突出；而太后等人则无论是从现实或是从剧本内部来看，都常常是更换皇帝时的直接操控手，她们仅仅在幕后被间接提及，而不做出场处理。并且这批人中可宽泛包含出嫁后的皇族女眷，虽然她们并不再直接与政治相关联，但是由于她们所依附的男性阶层又与位于政治权力中下层的、需要进取努力期待功名的士大夫阶层有别，与意图通过封妻荫子途径而获得封诰的士人之妻迥异。而对于士人群体及其家属女眷而言，虽然母亲的身份总是古代社会女性所可获取的生命价值的最高表征，但从夫妻乃人伦之始的伦理观念来看，妻的身份才是女子多重社会属性载体之中的核心。在内外之别的社会结构下，她们承担与夫君对应的那一部分的内室职责，并以之为本位（虽然她们的职责在明中后期以来有了极大的扩展而并不仅局限于传统闺阁门庭内）。母亲可算作是上一辈的妻子，女儿则是未来某个年轻人的妻子，因此从剧作自身来看，我们看到的往往是以妻子的身份与丈夫并行、走入历史空间的女性形象，似乎妻子的身份使得她们对社会、历史有了直接的承担责任。因此，至少从李玉史剧本身而言，我们从妻的角度来探讨，由男性分隔的内外空间被打通连接而使得女性走入公共性的视野中来应该是大体恰当的。而其余广大的平民女性，则包括了多种多样的身份，如民女、乡妇、歌姬，等等。她们既不是依靠政治地位而获取直接的权力来突破传统闺阁空间的限制，也并非如士人之妻那样依靠文化才智在乱世的罅隙中建立自我的一隅空间，而往往是要被动依附于境遇命运，在历史大势的洪流中力图保命全身，但她们之所以能走入历史，也是因为自身理念下主动的选择，以一己之义成就历史之名，因此也显得尤为难能可贵。所以总体上看，在这样的层级结构和传统女性空间的本位与新变的研讨中，李玉构塑的女性群体不求于标新立异，而意图以其背离传统生活空间走入公共领域，并在完成历史场域的生成与展演后回归原本的生存形态与空间模式，来表明一种传统社会的稳定结构和层级次序的重建。换言之，李玉在史剧中不仅展现了女性传统社会空间、生活领域的被打破，更着力于其对最初稳定的传统性别空间的回归，以这种性别空间的对峙模式和其内部层级秩序的恢复来重构理性的社会、家国。

2.1 在权力缝隙间存留的女性空间

如果说女性一向是被排除在政治体系之外，而不入正史书写主体范畴的群体的话,那么或许还有一小部分女子可被视作例外,也就是据守宫闱内闱之中、在重重幔帐之后的女性。相比于日常生活空间中的平民女性而言,宫廷女性往往因与历史的进程关系紧密而被直接收入后妃、公主以至外戚传记中,作为历史性角色而被加以记录。"其他与政治无关的女性,则以德行为采纳标准,收入《列女传》中"而形成"作为特殊教化目的的女性传记"。① 因此,在宫廷之外的绝大部分女性,由于疏离于政治的权柄,并不在对历史进程的叙述中占据空间。不过从史书的书面记载上来讲,女性也并非是被完全隐没、隔绝在历史记载之外的——"自从刘向《列女传》问世后,陆续有女性类传的出现,而在范晔《后汉书·列女传》中,女性便被集体地、刻意地安排在史册的特定场域视之"②。而如果我们同时查讨于《列女传》自身的演变,更可以看到"女性社会角色日益淡化、贞节观念日渐强化"③的书写倾向。因此可以说,被作为道德理想范型而收录记写的女性,远远偏离了其本应具有的社会属性。在极强的文化指向中,她们作为观念性的存在也远多于作为现实性的存在。隔离于政治,使得她们在宏观历史的建构过程中很难确立空间;而偏离于日常,也使得她们对于微观历史空间的展现有了局限,也就无从真实地体现出女性对于社会历史的真正价值。她们一方面通过走入历史书写的唯一方式,即按照儒家的节孝理想凝塑成型而被历朝历代《列女传》收录,来表明自身作为历史组成一部分的地位,但另一方面却又在成为"历史中的人物"的过程里,失去了自身历史性的存在价值,而不能成为真正的"历史性的人物"。可以说她们往往是在展现出自身历史记载的价值同时,也让渡出了进入历史叙事的价值。

---

① 衣若兰:《史学与性别:〈明史·列女传〉与明代女性史之建构》,山西教育出版社 2011 年版,绪论部分第 1 页。
② 同上。
③ 参见高世瑜《历代〈列女传〉演变透视》,载张国刚主编《中国社会历史评论》第 1 卷,商务印书馆 2002 年版,第 136—146 页。

与她们相反的是那些高高居于人群上层，而与权力相比肩的宫廷女性。虽然从历朝历代祖训上来讲，没有官方法规会明言赞许女性参与政治而站到历史的前台上来，她们理应被更深地隔绝于"后宫"，但她们又确实常常能触碰到权力的手柄，而对历史有了某种程度上的主体性操控。这就使得她们日常生活的空间与历史记录的空间显得非常有意味可言。从日常存在场域而言，她们本该是位居于层层女性群体中最幽深的"闺阁"之内的，然而她们又时常有着更天然的优势，进而可跨越重重物理性空间的阻隔由"后宫"迈入历史记录的前台（虽然这只是对于极小一部分人而言，基本也就局限于与权力顶峰的人物直接相连的女性：太后、皇后、少数的公主以及一两个宠极一时的妃嫔）。而从历史记录的空间上来看，虽然她们的作用往往不可忽视而被夹杂于种种男性传记之间，但是她们也总是要裹着层层面纱、隔着层层帘幕来面对历史。从形式上看，她们似乎不像《列女传》中的女性们那样，以群体的面貌而标明出一定意义的性别空间，而多是依附于男性话语的体现，如列于"外戚传"或与依凭"皇帝"而存在的"后妃传"，从语词到编排都似乎比《列女传》中的女性更加性别难分、面目不清，但实质来讲，她们才是真正进入"历史"的存在，并显示出历史在女性手掌中的特殊面目以及女性之于历史的独特作用。

所以，如果说李玉通过历史题材戏剧的创作是意图传达自身的文化寄寓与历史感觉，而其中的女性也显示出种种乱世背景下生存空间的独特之处以及走入历史空间的无限可能，那么，这部分可以经由政治权力在历史的裂缝中扩张出自身价值空间的宫廷女性，无疑是我们需要详加考察的首要群体。从李玉剧作自身来看，这部分女性又可以分为三种身份：太后、皇后和公主。其实，从本质上来说，前两种女性应该属于同一历史的层级，而公主则与她们不同。这不单单是指皇后与太后的身份可以在时间序列中由前者向后者转化，而是指从她们主体性的生存处境来看，她们是由外而内的进入宫闱，并在此后的一生，都要被限制在宫廷闺阁之内的；而公主虽则生长于后宫闺阁，却可以凭借嫁入王侯之家而离开这一闭守的宫廷空间。当然，这种离开也会使得本就与权柄并不亲密的公主进一步地远离政权的中心（这主要是相对太后、皇后以至后宫妃嫔而言）。因此，从权力的等级上看，由太后向皇后、再到公主是一种依次递减的次序关系。换言之，从常规的历史进程来讲，她们的政治能量、对历史的干预空间也应该呈现递减性的关系（无论这种干预是站在男性背后的、通过与皇帝的密切关系得以实现，还是由其自己直接站到权力的顶峰来开辟出的空间，虽然这两种方式本质上也都因与皇帝密切程度的不同而使过程难易、历史效果有别）。这其间又往往再次体现出空间的悖论，凡是承载的政治身份越高，其生活空间所受的局限性就越大，而越是处在闭锁宫闱最深、最顶尖的女性，也越是有机会突破日常性物理空间的局限而走入历史性存在的空间。因此，面对遵循传统社会运行逻辑来结构其史剧的李玉的剧作，我们似乎也可以抱有这样一种预先的期待：在历史大事的风云面前，我们可以看到太后、皇后、公主这三类宫廷女性所发挥的历史效用，与其所占据的比例应循导于这种递减性的历史关系。然而，如果从剧作中、比之其余两者更加大放异彩的公主、娘娘们的形象来看，实际似乎远非如此。那么，在探讨公主、娘娘们所具有的历史空间独特性及其原因之前，我们可以稍微概述一下更具有传统面貌的太后与皇后这两类的女性角色。

2.1.1 太后：身份赋予的统序层级

从文本比例上来讲，太后与皇后这两重身份并不是李玉在史剧中对女性群体描写的重点所在。可以说相比于占据故事、史事主线的男性空间，女性空间本就居于次级的位置，这也是历史题材剧与才子佳人剧在故事结构中一个颇为巨大的差异特征;而在女性空间内部,又要分为居守内室的传统女性形象与直接、间接进入到公共领域的女性角色。在公共场域中出席的各类女性中,最上层的女性群体多是以公主娘娘为代表,而非传统的太后与皇后的角色。因此,就结构与人物划分来看,太后和皇后似乎也随着在朝政日非的乱世时局中偏安一隅的皇室宫廷一样,同时退居到了次之又次的层级空间上。不过显然,她们的政治作用以及对历史某些时刻的直接性的决定性作用仍然不可忽略。如在《清忠谱》一剧中,就借由魏氏阉党的爪牙毛一鹭与掌织造事李宝的愁议,交代出在这次的时局变动中太后的政治力量。

[末扮家丁、杂扮塘报上]一心忙似箭,两脚走如飞。[末向付介]禀上老爷,塘报到了。[付]快唤进来![杂入见,叩头介]塘报叩头![付]起来说,皇爷怎么样了?
【赚】[杂]龙驭仙游。[付]驾崩了?[老]崩了便怎么?[杂]懿旨飞传五凤楼。[付]太后什么旨意?[杂]真天授,信王登极掌金瓯。[付]原来信王做了皇帝了。[老]厂爷呢?[杂]魏家休。①

这里通过短短几句话,就将这位未出场的太后在帝王更替这一历史节点上的决定性作用展现了出来。我们可以看到,对于太后角色空间的赋予是合乎历史真实逻辑的,既是对于历史事实发生的合理化叙述,也是对太后作为权力顶层所获得的独特性别空间的揭示。对比后文可知,这由于可以将皇后、太后区别开来的"母亲"身份的获得,才使得太后能够凭借其文化等级中的优先权来突破常规性别空间的限制,进入到男性执掌的政治

---

① 《清忠谱》第二十一折《报败》,第1385页。

第2章 史剧女性走出内室空间

话语领域,进而直接地建构历史进程。因此,在某些时候,太后可以与帝王本身并称,指代皇朝政权本身。如《风云会》的《第二十四出·陈桥》一节中,被下属众人推举而黄袍披身的赵匡胤,便有"太后、幼主,我曾北面事之"一语。这种以太后身份参政当权的合法性也同样在另一位在剧中出场的辽国太后的身上得以体现。这便是《昊天塔》全剧起因与焦点所在的辽国萧太后。

> [付扮贺驴儿上]口似悬何笔似刀,心如怪蝎状如猫,胁间谄笑全无骨,图得安身处处牢。下官原名王钦若,本是南人流落北地,更名贺驴儿。在萧太后驾前做一个左长史。舌辩能言承颜顺旨,授职参谋好不炫赫。俺娘娘因思中国的花花世界,不能亲临游览,特抢幽州地界,造成一座宝塔。那塔上有三十六层,高有一百余丈。上与天通,故名昊天塔。一登绝顶,遥望宋室江山、历历如画。目今塔功造成,昨传圣旨,今日文武百官率领六军,护驾前往幽州登塔。①

这里通过对"昊天塔"建造缘起的交代,把宋辽两国间对峙角力的图景蕴含其间,并将时局环境、历史大势铺展开来。作为整部剧作事件焦点所在的象征,昊天塔从表面上看来,仅是在满足一位太后或者说是女性猎新好奇、艳慕美景的心理,但如从实质上来讲,却是隐喻着任何一位执权者对于拓疆开土、扩展政权空间的渴望。虽然乍一看,昊天塔的建造似乎有些无聊,甚至好像主要是由于一位女性当权者饕餮的奢靡之心而耗功颇巨的建成(虽然这种奢侈颓靡的风气并非女性当权所独有,而好新猎奇的奢靡心理也绝非男性所无,但女性一旦执掌政治权柄便往往会在此方面被

---

① 《昊天塔》第三出,第169—170页。

万般挑剔，而使得似乎被"花花世界"所俘获成了女性当权者一种天然的心理与恶习），但实际上，如果考校后文出场的萧太后的自叙形象，可以发现她更是一位骁勇精明而与男性无别的合格的当权者。因此，事实上，昊天塔既是她对中原锦绣山河正常的艳羡心理的披露，也是一位当权者对染指宋室国土的政治欲望初露端倪的展现。那么作为一个突破了自身的性别局限而执掌权柄、由此楔入历史空间的女性，萧太后又是怎样的一番面貌呢？我们可由她的志向自叙稍加查讨。

> （旦萧后、老旦女将、外末小生丑番将）（粉蝶儿）阿保根苗远接着阿保根苗，休道俺一裙钗，身应大宝，镇日里脂粉临朝，列文臣排武将不住却官闱廊庙，俺是个巾帼神尧，羞杀那唐家武曌……不幸德光皇帝宾天，有子隆绪年幼，孤家遂登宝位。将勇兵强，雄视中国，今日寡人驾幸幽州登昊天塔，观看宋室江山。未知军马可曾齐备？（净）六军已排队伍，请娘娘上马。①

这一段叙述包含两方面的信息：一则交代了萧太后执政自代为帝的事件缘由，依然是凭借母子关系而获得从政的根基与名目；二则展露了萧太后自身对于自我的认知及其连带的剧作形象的构建，乃是不甘"脂粉临朝"而自比"武曌"。作为一位异邦的太后，萧太后显然更有一丝骁勇巾帼之气，而不同于李玉剧作中其他的宫廷女性。异域文化所赋予女性的特质与儒家文化本身规约的减少，都使得李玉在塑造异邦女性之时，能够更大地跨越性别空间的局限，使得这部分女性的创作显得更为大胆，而非墨守成规。一方面显示出巾帼男儿之面目在某种程度上有叛离传统的气质，另一

---

① 《昊天塔》第三出，第170—171页。

方面随着性别空间界限的被模糊与被跨越，带来了女性对于历史更为能动的关系展现。同样的人物特质还出现在我们后文将要对比的两位公主身上。可以说在《麒麟阁》中大展风采的沙陀公主之所以能够直接将领女兵，于各级公共性场域间奔走，也是由于异邦文化下女性空间的宽松性，使得剧作家可以将女性性别角色下的历史空间作合理化的拓展。因此，总体而言，在李玉的剧作中，太后这一类宫廷女性既是与历史的关系最为直接，而体现某种对常规的女性空间突破性的角色，同时也是最遵守历史真实逻辑来被加以构塑、在某种程度上恪守历史本位的角色形象。

2.1.2 皇后：宫闱象征的家国一体

现在我们再来考察史剧中皇后角色的出场。对于不以求奇立异为女性创作旨归的李玉而言，这类女性生存空间在乱世的背景中又应该有何变动和特质呢？在李玉的史剧中，明确出场的有两位皇后，一是在《千钟禄》中，一是在《牛头山》中。其中一位随着燕王兵入京城而殉身于宫闱烈火中，一位在偏安扬州的王室内因金兵突至而随帝出奔。从共通的基点上看，比之于太后对于政权直接的彰显，皇后更作为夫妻之道的象征而远离权力。然而，她们的生活空间却又最为直面政权动荡后的破碎局面。

【五更转】国运艰，遭阳九，萧墙起祸尤。[旦白]阿呀，万岁爷吓，不想事势直至如此！[生]阿呀，梓童吓，这也是天运数遭，叫寡人也无可奈何！……[旦]如今万岁爷早寻一避祸之策便好。[生]避什么祸？避什么祸？国亡与亡，孤惟一死而已！[唱]国君死国心参透，怎做得衔璧偷生，千年贻臭！

……[外]兵马看看杀入宫中来了，更兼火势滔天，如何是好？

[生]再去打听![外下。旦上(跪白)]万岁爷在上,妾身有一言相告。[生]梓童有何话说?[旦]万岁爷一身,系社稷宗支之重,急宜暂往别处,以图恢复。只是妾身呵!

　　【水红花】[唱]朝阳印掌被恩稠,伴龙楼,尊称母后。[生白]你自放心,他们决不害及于你。[旦]阿呀,万岁爷吓![唱]一朝罹变祸临头,怎俾因,生招乖丑![白]万岁请上,待臣妾拜别![拜介,唱]辞别龙颜肠断,地下早遨游。[内又火四起]弃则向火窟把身投也啰!①

　　在此情节构设中,处于国祸临头、宫闱失守的时刻,皇后娘娘的殉身行为有着三重的文化寄寓:首先,作为夫妇为人伦之始的代表,身为国母"朝阳印掌"唯一的选择只能是与君王同进退。既然说到宫闱,或者说应该是中国古代最幽深闭守的"内闱",那么,面对战火,宫廷内部天地的崩塌陷落,实际就代表了某种男性想象下的桃源神话的最终覆灭。"'闺阁'在这个纷纷扰扰的残酷世界上仿佛是一处世外桃源。士大夫家的男子必须逐日面对物质世界(或如他们所习称的'尘世')的腐败堕落,而女性却可以得免于此。女性端居在凝然不动的一点上,男性碌碌不已的生活全都是围绕着这一点而建造的。'闺阁'的形象,作为尘世之外的一方无始无终、无忧无咎的天地,作为男性心力交瘁时可以暂时避入或者彻底退居的一处休养所。"②因此,当原本封闭也安全的内闱被打破后,男性自可由室内空间回归到公共领域,并且这种反向的"退守"又可自然而然地处于他们社会职责的名义之下——因此皇后献策劝"国亡与亡"已欲"死国"的皇帝留存此身"以图恢复"就显得极为合理且合乎道义。而皇后作为"国母"的身

---

① 《千钟禄》第五出,第1023—1024页。
② [美]曼素恩:《缀珍录:十八世纪及其前后的中国妇女》,定宜庄、颜宜葳译,江苏人民出版社2005年版,第64页。

份，却象征着女性闺阁的典范。这种典范性的获取便是在于，她必须成为内室空间之内女性最典型的代表。也就是说，在由性别划分的社会分工领域中，她代表着女性所指向的家内空间，并且由于她在这种内外相别的社会分层体系中处于女性的最高层级之上，因此与执掌权柄之人最近的"皇后"，同时也须是最远离权力的"国母"。这样一来，没有权力为支撑来开辟独立的历史空间的"国母"，又必须留守在已经破碎的原本的内室空间之中，其生存空间自然面临着挤压碎裂乃至最终覆灭的前景。因此，她几乎不可能选择像"宫女、内官们尽皆走散，影儿也不见了"这一道路来为自己谋求祸福难测的新空间。当然，并不是说皇后完全没有离开逃难的可能，在《牛头山》中我们将看到，与帝王一起出逃的皇后娘娘虽走向外室，但其道路依然困难重重、危险甚多。

其次，在皇后作为女性闺阁典范的"国母"的背后，不仅隐喻了其对内室空间固守的责任，同时也寓意其须严格遵从女性本位即妇德的规约。通俗来讲，对于"贞节"的执守也限定她不能像其他宫娥妃嫔那样留待宫中任人鱼肉。面对万岁爷"他们决不害及于你"的宽慰，皇后依然要用以死保身的方式来展现在乱世中对"女贞"的某种道德寄托。白馥兰谈论宋代女性时曾经这样表述用"道德"使"闺阁"疏离于男性"尘世"的必要性："宋代的道德主义者急切地坚持女性隔离的重要性，可以将之看成是他们察觉到社会失序的威胁而做出的反应……关于社会动荡或男性美德失堕的焦虑就投射到女性身上。"[①]可见内闱的隔离性与道德的隐喻性相辅相成，"国母"在面对需要其固守"内闱"的境况之时，也要同时承担起道德寄寓上的责任，即一样要成为"女贞"的典范。在阴阳相辅中，居守坤道的女性在"厚德载物"间所代表的，是一种德行与秩序的双重稳定。对男性而言，

[①] [美]白馥兰:《技术与性别：晚期帝制中国的权力经纬》，江湄、邓京力译，江苏人民出版社2005年版，第133页。

"妇女是稳定、秩序和纯洁的守卫者"①。因此,当男性无法阻挡、坚守或重建日益崩毁的男性世界时,他们就会分外将希冀寄托于女性身上,即使她们也只能为随之被侵入打碎的内室空间作以陪葬,而并非守卫。但至少在观念与姿态上,她们不可避免地被赋予了坚守的职责。因此皇后既要持守夫妻之道而言"岂能独生",也要坚守女子贞节的妇德寄寓而不能"生掐乖丑"。

最后,从整体历史境遇的塑造上来看,宫闱作为最严密的内室空间的失守及皇后殉身这一情节本身,彰显了社会秩序与历史空间的整体混乱与坍塌。高彦颐在考察"内闱"之时指出,"'内'(女性领域)与'外'(男性领域)的分野,不但不是'父权'的宰制,反而是女性装扮纯净的'女性空间'的保障"②,而剧作乱世的主题背景,则是撤销这种保障、展现从社会空间混乱到性别空间紊乱的绝佳途径。这就意味着,女性通过特殊的历史机遇得以打通内外有别的公私领域之时,往往就暗示了其本初的生活空间的失守及其所面临的新的危险。因此,内外分隔的空间被打破,使女性暴露于重重危险之中,也就代表了历史空间的整体紊乱。

与此相对比的是,《牛头山》中恳请皇帝携带避难而逃亡出宫,又在离开宫闱后辗转投靠的皇后娘娘。

【前腔】[外上]邦家颠踬,苟且偷安,又受灾危。[见老介]阿呀,娘娘,不好了!靖康前辙在须臾。[老]万岁爷若是逃难,乞带了妾身同行。[外]这个自然。同林鸟,怎分飞?[老]只是往那里去?

---

① [美]曼素恩:《缀珍录:十八世纪及其前后的中国妇女》,定宜庄、颜宜葳译,江苏人民出版社2005年版,第65页。
② 姚霏:《空间、角色与权力——女性与上海城市空间研究(1843—1911)》,上海人民出版社2010年版,第31页。

[外]长江一棹悠然逝、长江一棹悠然逝。

　　[老]可要换了身上的服色？[外]娘娘和宫女改做村庄打扮,寡人扮做客商模样,一等左相黄潜善来,就同行了。[老]既如此,快些更换起来。[外]把些金珠,各人揣在身边。[二旦]晓得。[各改妆。丑急上]忙忙好似丧家狗,急急浑如漏网鱼。[作入介]娘娘叩头！[拜介、向外介]万岁爷,快些去罢！金兵将到城外,百姓们都已逃奔出城了。[外]我们也打点就行了。你如今不可称我为万岁爷,竟称我为家长,称娘娘为奶奶便了。[丑]晓得。

…………

　　[外、丑、老、贴上,小生、末、旦、净八人共挤,撞走散奔介,老、贴下。丑、外]奶奶那里？奶奶那里？不见了奶奶,怎么处？[丑]方才出城人挤得紧,一时被人冲散,如今不免一路寻去,定然遇得着的。[外]只索寻上前去。①

此段写出奔逃亡之景况,以另外一种方式展现了皇帝与皇后之间对于夫妇人伦的恪守,身为同林之鸟但未临难分飞,而是共同抛弃了一同生活的内室空间"宫闱"的局限。首先从剧本中的君王形象来讲,通过后文中其对岳飞欲依军令而斩杀山上救驾的独子岳云这一节的处理来看,李玉是意图将此处君王赋予某些辨是非、知伦理的明君因素,也就决定了这里所采用的皇帝与皇后患难与共、一同避难的处理方式。其次,再从此处的"宫闱"本身特质来看。此乃南京即位的康王"移跸扬州"后所确立的偏安一隅的皇室,因此从统序性上来讲,其并不像《千钟禄》中的京畿"宫闱"那般承载着厚重凝滞的历史感,而更加闭锁严合,这也就给予了娘娘弃宫

---

① 《牛头山》第八出,第696—697页。

出走一定的合理性。而接下来的情节转折则更为有趣，离开宫闱的君王与皇后在出城时被挤散，这使得进入到广阔公共空间之中的男性与女性的生存道路再次被隔离相岔开来。如果说皇帝本身是政治权力的终极代表，他所走入的历史空间既会因其政治身份而危机重重，但也意味着在种种转折关口，其也可能通过其政治身份与权力获得救赎，那么皇后与皇帝的分离实际就表明了她将远离这种以政治权力为核心所转移、改换的历史空间，而要像普通的女性一样，独自面对走出内闱后的种种境况。我们可以查看此后皇后娘娘寄居场所的转变，一为"亏得宫女刘翠华之父便舟载归，寄居六合乡间"①，一为因水寇"杨么作乱"而离开"六合宫人家中"，至"相州汤阴县岳飞住处"②寄居宅上。前者正是褪去"国母"政治身份后的皇后像普通女子一样离开闺阁庇护后的处境书写，当其与自己的宫女这一社会身份与性别属性同化后，其所依凭的便唯有宫女所在的普通人家，代表的正是乱世中大部分女子内闱失守后的出路方式——无非是从破碎的闺阁中逃出，在短暂的处于公共场所种种危险之下，以后便尽可能迅速地找到另一处暂时保得平稳的内闱而躲入其内，直至这一处庇护所也再次碎裂。当然，当这种情况发生之时，张娘娘第二次的选择便在某种程度上借助于自己的政治身份了。她因虑及"况他忠孝著名，寓彼必无他虑"而"特到宅上借居"（《牛头山》第十五出），通过进入将军府邸而再次躲入"内闱"的庇护之中。不过，这里虽然得益于其身份政治上的"名义"，但并无实质的权力可以借力。因此，综观张皇后于各级"内闱"中的几番辗转，中间虽有着短暂的暴露于公共场域重重危险之下的经历，但由于其仍呈现出对政治权柄远离的身份色彩，因此并没能为自己在历史的断层中确立起一方独立、稳定、自足的自我空间。当然，她的政治身份如果有一定的历史作用，

---

① 《牛头山》第十五出，第724页。
② 同上。

那么一来从直接的事件发展层面来看，岳云身携其给皇帝的亲笔手书有着在皇帝面前证明身份、叙述来由的作用；二来更根本而言，她的存在使岳府本身变成了一处深有意味的历史空间，此后的金兵来围与乡女巩金定的救驾便得以在此中展开（下一节将详细讨论）。

2.1.3 公主：内室空间的转移特征

相比于太后、皇后这两类在剧作上切近于政治、却边缘于历史的人物而言，李玉的史剧独对公主的特殊地位与历史功用加以了匠心独运的描写，这主要体现在两位公主身上：《麒麟阁》中的蛮族公主靖璇飞与《千钟禄》里的庆成公主。她们同前面所谈论的两位皇后一样，也是一对具有对比性特征的人物。她们与皇后大相径庭的是，其对于外室空间的介入和后者对内室空间的固守截然相反；不过也同皇后一样，她们在展露女性日常生活存在形态之外，其历史性价值的呈现也有着同样迥然有别的对比性方式特色。

《麒麟阁》中的靖璇飞开场即自报异域公主的身份，但耐人寻味的是，靖璇飞等众蛮女一方面是以异域文化为基点下进行女性主体空间的建立，另一方面却又显露出对于汉家道德伦理文化的内在认可乃至被同化。

［靖璇飞领众蛮女上，唱］小云环，铠甲金珠嵌，缀结鸾花燦。［白］奴家沙陀国公主靖璇飞是也。只为西魏人马破了泗水关，因此靖边侯罗老爷传檄俺国，星夜勤王。为此奉父之命，统领五千人马，往江都保驾。军士们！来此甚么地方了？［众］幽州地界了。［靖］头目过来！你具一禀揭，到罗老爷帅府，说俺军情紧急，不能进第叩谒，多多禀上。［众］晓得。［靖］军士们！趱上前行！［众应介。合唱］女

楼兰，奉檄勤王，敢把军机慢？［众白］启上公主娘娘，前面有两个妇人冲导……［唱］只为投亲到此间、投亲到此间，谁料做觚簠进退难，因此上意彷徨不觉临岐叹。

［靖白］既是投亲的，放了他的绑。那女子不要惊慌，慢慢地说上来。叫那老妇人起过一边。［陆旁立介。婉跪白］公主娘娘在上，容奴家细禀，念奴家呵！

［靖唱］可怜情重双双陷，果贞坚。［白］女子过来！我一则不忍罗公子早丧，二来可怜你重义轻生。我如今赶到郊坛，救他便了。①

在这一小段的叙述之中我们会发现，虽然婉儿母女起初以"冲导"被缚，却在说明缘由尤其是誓死"全贞"的心迹表明之后，愈加得到公主的敬重。而这种对女贞节操的推重与对君父伦理的认同，不难使我们感受到一种儒家化了的文化姿态，也使得这位异域公主在须臾之间似乎被蒙上了一层汉家女子的面纱。在这种异域色彩的退让之外，李玉笔下的沙陀公主也并非一位纯粹以男性的面目驰骋历史场域的"女须眉"，其骁勇之气、男儿之色也时常退守，回到女性的特质中来。在《第十三出·赚关》一节中，我们可以看到，其在事件波澜转折点上所带的几分女儿情质。从罗成领众英豪意图闯出关的一波三折上来看：其先是谎言入场不得而被斥责"敢道我化外蛾眉，任意相欺虚词？"；随后又于恼怒之下愤欲恃武强闯，却为公主所笑"公子，你还不晓得奴家的飞铙利害哩！"；最终乃是"以情动之"而骗得靖璇飞"我就卖了这点情儿罢"，方才保救了众好汉出关。我们可以看到，无论是领军者的英明才识，还是男儿的英气武艺，最终都让位于"君英情，心肠易软，终是小家儿"。因此在异域与儒化、男儿与女性双重

---

① 《麒麟阁》第二本卷上，第七出《侠救》，第519—520页。

特质的矛盾交织中,李玉笔下的这位沙陀国公主在历史场域中的种种观念模式与行为方式,在历史真实与戏剧化间就显得尤为具有张力。而这种张力更在与现实的差距中体现出男性书写下对于女性理想范型的塑造特征。

想来在群雄争起、易代鼎革的历史空间里,无论夫妻伦理、君臣等级或性别空间都可以变得纷乱颠倒,最为稳固不变的便只有最为原始的血缘关系,这也就使得公主凭借其与皇族的血亲关系及边缘于男性政治话语空间的自身性别,成为支撑历史大势的柔力,而在历史的断裂处黏合着男权空间崩毁中的种种缝隙。而这一点在忠烈惨壮的《千钟禄》里庆成公主身上表现得尤为鲜明。因此可以说,相对于沙陀公主更符合戏剧空间的闯入历史场域的方式来讲,庆成公主则更代表一种真实历史境遇下的王朝公主之行为模式。对于这种传统中的新鲜特质,我们可从两个方向加以考察:一是文本内部的内室空间与公共场域的双重并立与内室闺阁的主导性;二是以《英雄概》这一剧作中的皇妹公主作为他者比对,探讨其历史空间中的存在性与内在特质中的传统性。这也有助于我们从文本内部,在与剧作对比间厘清李玉史剧中公主介入历史中所保留的情志特色。

首先,我们可以先将庆成公主娘娘于剧中的几次出场及在室内外空间场域间的转换勾连稍加梳理。一是奉太后旨意来到燕王朱棣军帐中闯营陈词;二是在进香道路上遇见被擒拿请功的程家孤女而救回府内;三是法场行刑之时入宫苦奏而救得史家一门,并将夫人以发配府内服役为名提携回府。这在戏剧展开的空间线索上就显得颇为有趣,从第四出闯军营到第十六出进香途中、再到第二十出的法场奏救,直至第二十一出王侯府内的程女、史夫人婆媳相聚及第二十四出遣奴婢代奏使程史两家团圆,伴随公主娘娘而逐一呈现的场域有着由公共领域渐趋转向内闱空间的明确脉络。从燕王军帐中来讲,其很鲜明地以公众性的政治身份出场,介入到政治历史的公共空间中来,而从随后的途中救孤来讲,"道路"意象本身即带有一种连通性与过渡性，使得公主娘娘以伫立于内室与外室之间过渡地带的姿态，展现出其政治权力身份的两面性。这里虽交代了公主将程家孤女带回府内，即以回归于内室空间的方式来暂时躲避祸尤，但公主府邸本身尚隐藏在浓雾群山之后而没有被直接地展现。与此相对的，正是对史家夫人营救的一段，外在的公共空间展现的舞台退居幕后，而让位于对其"内闱""王侯府"内场景的直接描写。第二十出的法场一节中，虽然公主娘娘以女性的身份入宫面奏，介入了男性的公共话语空间，但这是从传旨人口中间接交代说明，而公主并未出场（《千钟禄》："今有庆成公主娘娘入宫面奏，此事尚属矜疑，合行减死。除将建文另缉"①）；在此后第二十一出的府邸聚首中，庆成公主更以一种中国古代已婚妇女们静守内闱、焚香诵经的生活常态出现：

【滴溜子】［生领老上］云阳市、云阳市，重生喜遘；王侯府、王侯府，内传钦授。行行，琼枝宫右，萧然日掩关，焚修静守。疾速低恭，非同浪游。

［白］此是庆成公主娘娘府中了。门上那个在？［末上］玉叶金枝府，天潢贵戚家。原来是公公。［生］咱奉圣旨，拨遣犯妇文氏，送到公主娘娘府中服役。［末］公公，娘娘今早入宫见驾，方才回府，在佛堂诵经，待小监传启……［末执纸上］公公，娘娘传说，佛堂中念经，老公公不消面见。已写收管在此，送上覆旨。［生接］领命！我就此入宫覆旨去也。②

这种"焚修静守"的姿态正是古代女性日常化的内闱生活的主体内容，

---

① 《千钟禄》第二十出。
② 《千钟禄》第二十一出《宫会》，第1092—1093页。

对于那些深居宅门内的士家妇女来说，当"进入老年的妇女转而进行那些独处内省的宗教修炼"①，既是代表女子"静"的美德由始至终的展现与象征，又是能"把妇女平缓地送进一个人生阶段，若不如此的话，她便可能觉得自己已经没有用处或被抛在了一边"②这样一种追求个人精神生活过程中有着实际功用的活动行为。也是从这一层面而言，身为皇族贵戚的公主娘娘已然抛却了以血缘为缔结的政治身份的象征与介入历史公共场域的利器，转而化身成一位最为典型的士家妇人的形象代表，也就寓意着对外室空间的全面放弃与对传统女性私领域的全面回归。而这样一种以内室为本位的汉家公主姿态下，又如何几番在剧作中展示其历史功用呢？从其所居住的王侯府及日常生活来看，这样一位出嫁了的公主应该是与政治的权柄，也就是历史的中心更加远离才对，又何以保障其在历史的叙述中屡次出场促成转折，而占有了如此频繁重要的历史地位呢？这就不得不说到在独特的改朝换代的乱世中，直系血缘对插入政权空间的重大历史作用。

[白]愚妹庆成公主谒见王兄殿下！[末]王妹少礼！[贴唱]麾前敛衽，天亲还忆同胞？[末白]贤妹，你到此何干？[唱]兵戈窟里，问金枝何事匆匆到？莫不是劳王师远捧壶浆，早难道识天时倩驰降表？

（君臣坐）[贴白]愚妹奉太后娘娘懿旨，特来面启兄王。[末]有何话讲？[贴]当今御宇，一遵先皇遗命，并无失德，前者兄王手疏，致怒于左右大臣齐泰、黄子澄；谨如兄王之命，即将二臣罢斥。望兄王念一本至亲，速赐回车，以全叔侄天伦之好。

---

① [美]曼素恩：《缀珍录：十八世纪及其前后的中国妇女》，定宜庄、颜宜葳译，江苏人民出版社2005年版，第86页。
② 同上书，第85页。

【千秋岁】劝回镳，莫作燃萁闹；念一本请和合调。玄武宫墙、玄武宫墙，空贻着万载千秋嘲诮。［末白］有何嘲诮？……若不得贼臣之首，怎肯罢兵！［贴白］愚妹奉太后之命，愿以长江为界；江以北属于兄王，江以南归于朝廷，南北各自为帝。［唱］长江险波涛渺，鸿沟界封疆保，南北相和好。愿一家分帝，两国兵销。

［末大笑］哈哈！哈哈！这些话儿哄谁？不过是缓兵之计……早是俺兄妹至亲；若不是同胞妹子，教你性命不保！（齐立）①

在这样一段历史关键点上两方政治势力的交锋之中，既让我们看到了血亲关系对政治空间的切入，也同样看见亲缘关系与政治空间的背离。面对着君臣统序的断裂与权势力量的不均，直系的血缘作为政治车辂的润滑剂而淌入历史交锋节点之中，庆成公主作为这种政治柔力的代表，而介入到钢铁锋芒的军营之内。不过，这种弥合历史缝隙的柔力也同样有着两重的属性，一方面是直系血亲间亲缘关系的屏护，另一方面是女性性别空间于男性政治空间的疏离性，这也成为这种柔力的另一层基础。从公主所奉乃太后之命、而非皇帝之旨可以感受到，作者在有意无意之间使这里成为一个纯粹化的女性空间，来对政治势力的角逐加以介入。因此，庆成公主的出场代表着一种女性性别空间在依凭血缘关系时对历史的直接切入，而比之于稳定的王权统治中太后凭靠政治权力楔入历史而言，这种由公主参与的历史场域呈现出更为明确的女性特质，而非以隐藏于男性化面纱后的姿态显扬。最终虽然以"兄妹至亲"得以保全身退，但仍被作为"裙钗辈岂得强分器"罢斥出政治的历史空间，这使得这种以亲缘为纽带的女性力量转化为面对历史力量时的无力感以及这种女性空间介入到历史空间时的背离性。

---

① 《千钟禄》第四出，第1020页。

虽然这一次直接于公共空间中的出场并没有促成历史的转折，而其对政治空间的参与以及促成的事件的转机，都是随后几次未出场的"奏请"，这样一种以回归内室空间的女性面目的方式来显露出历史的力量。相比《英雄概》中的皇妹鸾英而言，似乎庆成公主大部分时候对于外室场域和事件演进的插入总是隐藏在婚姻所赋予的内室职责与姿态之下。《英雄概》中的公主以胆略才识为基点，部分代替了男性所属的疆域，并直接承担起匡扶皇室的责任而更加纯粹地直面历史。

> （女步云端）（外净太监引小生上）丑汉黄巢，跋扈跳梁无道，闻报忧心愈悄。
>
> ……朕想迁都一事，古虽有之，但虑巢贼闻之，乘势来袭，愈速其祸。满朝臣子，俱无定议。御妹鸾英，虽系女流，颇有知略，不免传请到来，与她商议……
>
> （引）玉鼎初调，国计关心多少，朝堂事巾帼恒操。
>
> 皇兄传唤奴家，有何商议？（小生）贤妹，做哥哥的心上有事未决，特请贤妹商议。（占）请道其详。（小生）
>
> ……（占）哥哥，那田令牧之言，决不可听信。哥哥若车驾播迁，不惟民心摇动，将九庙皇陵，六宫嫔妃，唾手付与贼人，遗笑千年，岂不为恨？若决意信从田令牧之言，只一帝一后，悄避西岐，暂把兵符印信，付与奴家，权为执掌。若祖宗有灵，退得贼兵，仍可保全社稷。若唐家天下数绝，奴家以身殉之，决不偷生。（小生）贤妹，你乃区区女流，若果能如此，我唐家社稷有托矣。（占）事已如此，不得不走。快请皇嫂出来，急往西岐便了。（小生）贤妹，孤家没奈何，只得要撇你去了。我有宝剑一口赐予贤妹，以为信验。快请娘娘出来。（占）皇嫂有请。（旦上）宫中闻报，大厦已将倾。皇爷怎么处？（占）

皇嫂，贼势十分凶勇，快与哥哥逃出宫去罢。(小生)御妻快快更换衣服，潜避出宫便了。(合)①

此后玉鸾英公主一方面"速调羽林军八千围护皇城，不许一人出入，违令者斩"，而"仗金牌，传京卫，把皇城绕"(《英雄概》第十七折)；另一方面则向宫内妃嫔言辞相告"你们有志气者，早早自尽，莫想偷生，致遭凌辱"，并对自尽的两位娘娘赞许有加。最后抱着"仝登五凤楼，与朱温打话。倘我三言两语，激得他反邪归正，唐家祖宗有幸也。他若不肯，你便向六宫四围放火。我也即投火自焚便了"(《英雄概》第十八折)的刚烈之心于楼上与朱温大军对峙激辩，利弊相陈之后以身许诺而终换得退兵。统观这位鸾英公主从出谋划策、独撑大局、训话嫔妃到指挥官军、节烈自保到献身退兵，几番作为无不显扬出一种不让须眉的刚烈节气与堪比志士的韬略胆识。虽然同样是以主动的姿态展露识见，在历史的车辙间书写个体，但将鸾英公主直面历史的大势与庆成公主曲合历史的缝隙两相对比，不难看出两者所立足的性别空间已经有所变异。比较来讲，先从出场契机上看：鸾英乃为皇兄所请且主动地出谋划策，力陈奸臣险恶、力担社稷宗祧；而庆成乃是奉旨至军营陈叙懿旨，以叔侄至亲之情、同源伦理之义以图能两处兵弭。次从出场方式上看：鸾英公主调划军队、训理宫闱、亲临城头而仡立于政治风云的前线、成为两方对峙势力中的直接代表，这是一种直面历史大势的主体性的空间建构；而庆成公主相对而言则在王朝兴替的风云稍为消歇之后，以归隐内闱、间歇奏禀的方式以"不在场"之"在场"参与到历史的行进中来。再从历史功用上看：鸾英公主鲜明地脱离闺阁而迈入历史的公共场域，其所建构呈现的空间本身即是历史空间的组成，

---

① 叶稚斐：《英雄概》第十七折，《古本戏曲丛刊》三集，文学古籍刊行社1957年版。

虽终是以缔结婚姻的联姻方式除敌弭兵,但这却也是属于传统王家皇女的责任的体现,因此从空间的力量对峙与事件进展的因由来讲,仍是遵循于男性政治空间的法则。可以说鸾英公主此处乃是以将女性性别置换为男性空间的方式,获取了直接刻写历史的正面力量;而庆成公主则是退守于女性本位下的对历史裂隙的柔化弥合,她并不直接成为对峙角逐的势力,双方也不能对历史的大势再加改移,而多是以间接在场的方式介入对峙的两方力量中间加以调和,也可以说她由于没有放弃自身的性别空间(鸾英公主虽然也通过与内宫妃嫔的训话体现出传统女性的贞烈节气,但这种气节本身已经淡化了对男性而言的"贞节"观念,而转化成为一种危急关头对自身志气信念的一种普泛式的坚持;同时,抛开从此性情志节所作的论言不谈,单从存在的场域空间而言,从出场开始的鸾英公主就已经褪去了私人的性别属性,而转换成矗立于历史公共场域之中的历史性存在),因此庆成公主就缺失了被纳入历史的主流力量,而只能作为某种黏合润滑的边缘性的历史力量存在。如果单从鸾英执宝剑遣兵、庆成持谕旨传信,鸾英临城楼对阵、庆成因进香存孤,鸾英许诺姻亲退敌、庆成面奏传令救忠而言,似乎庆成公主与历史面对之时远为柔弱与被动。不过,从反面来讲,当鸾英公主以融入男性空间的方式取得建构历史的主体力量之时,也等于部分放弃了女性作为历史力量时的独特属性;庆成公主正因为未被直接对峙的历史势力所同化纳归,故反而使其所代表的历史力量与存在空间保持了女性性别空间的特色形态,并成为独立自足的历史性存在。因此,从庆成公主来看,我们更可以窥见历史对于宫廷女性的更为常规的开放空间。

总体来讲,在李玉的剧作中,我们可以看到处于政权边缘而与历史比邻而居的宫闱贵女们是如何在面对自身的重重困境与面向外界的种种姿态间取得平衡。从根本上讲,这些女性无论是固守着宫廷闺阁的内室空间,还是间或走入历史的公共场域,她们都没有以放弃自身性别空间的方式来换取影响历史的直接力量（虽然在这方面，以异域文化为背景的沙陀国公主靖璇飞会显得有些独特），而是通过了种种附加的关系来与政治缔结盟约，从而建构其介入历史的空间。在多数时候，虽然这种空间是由女性主动建立的，但对历史而言，却又时常有着边缘化的色彩。而这种边缘性也来自其历史力量本身构成的不纯粹性——无论是以"母亲"的身份也好，还是以直系血亲的关系也罢，其得以为主流的政治势力与历史力量所容纳的关键，仍然在于女性性别空间疏离于政治历史话语的本质属性。但不管怎样，这些宫廷女性们的存在形态与生存空间的双重性，向我们展现了女性在政治的缝隙间由内室走入历史的多种可能。

2.2 在才智道德中建构的女性空间

除开上述我们所谈及的特殊城市空间——皇城宫廷中的女性不论，在传统的儒家文化规约下，更占主体地位的是将门士族里的士人女性。这些士人阶层女性主要的生活空间是在城镇之中，但与宫闱女性不同的是，当大的历史变动对其原有空间进行侵入或挤压之际，她们不必殉身或彻底抛弃原有空间，而可以向平级的、与原本家庭有所联系的空间中转移。当然，同之前我们所论述的宫廷女性的多种情况一样，她们的出走同样分为对公共领域的主体建构与介入，以及向另一处的闺阁空间转移躲避，而回归到内室的庇护中来这两种情况。因此，我们从她们的身上不仅可以以城市空间为窗口，窥探其日常生活中的连通内外之别的种种行为空间，也更能够看到在动荡局面下地理空间界限被打破，而带来她们在城市之间乃至是由城至乡之中的多重空间的联通与构建。她们形象的双重性与所涉空间的丰富性即在于，一方面她们是从严格密闭的内闺之中走向了开放混乱的公共领域；另一方面，则是通过在公共领域中凭借士人阶层的才智妇德，建立起历史场域中的特殊空间，从而能够进一步地走入历史性的存在。这里涉及了两个问题，一是她们想要从闺阁走进历史中所要跨越的两层障壁——从私到公的领域跨越，从公共领域到历史空间的超越；二是她们所能依凭构造自身历史空间的屏障，也源自她们本身的阶层属性所带给她们的才智道德，而非外在的权力。那么，从这一层面来说，我们所要研讨的更是她们对社会资源加以整合的途径和间接建立自身历史空间的方式。

从前者来讲，尹沛霞在分析刘松年的一幅"向茶贩买茶的女人"的画作时，曾对这幅宋代的作品中反映的市民女性生活做出如下结论："这幅画里，女人明显不担心男女混杂有什么后果，在场的还有两位男人。画家显然知道严格的男女之别只见于深宅大院里的富人和跑腿当差的仆人中间。因而社会性别差异与阶级差别之间存在着紧密的联系；或换句话说，上层阶级用以表示自己特殊的另一种途径是把自家的女人藏起来。"[①]这里虽然作者是对宋代妇女所发之论，但从古代中国儒家教化在女性空间中的延续固守性上来讲，我们不难推知，维持着内闺稳定存在的这一观念于明清妇女而言也仍是常态。而将明代整体的贞节妇德观念再考之于家法族规来看，作为家法渐成风气的宋代而言，"从现仍保存下来的宋代成文家法中可以看出，宋代家法仍主要流行在士人家族中，并未在社会大众中普及"，而"在宋元以后至明清时期得到了充分的发展，不仅在士人家族盛行，亦影响至普通民众家族"。因此可以说，"其最大的特点是强化了国法所不可涉及的男女两性的角色定位与男女大防的界限"[②]。所以总体而言，明代城镇妇女不

[①] ［美］尹沛霞：《内闺：宋代的婚姻和妇女生活》，胡志宏译，江苏人民出版社2004年版，第22页。

[②] 杜芳琴、王政主编：《中国历史中的妇女与性别》，天津人民出版社2004年版，第337—338页。

独士家女子,而平民女性所受到的规约也有所增大。那么,如果这种一体化的制约是同等严格而非等级化的,我们无疑要对这样一个将女性全部处于深宅重门之中的社会还给女性留下多少走入历史空间的可能抱有极大的怀疑态度。如果她们没有任何机会在社会中出席,那么即使在历史风云中被从破碎的闺阁内拽向了广阔的社会公共空间,她们也许也会因为手足无措而变得软弱无力,无从建立起自我的历史场域。而事实上是:"民间中,下层妇女实际参与各类的劳动活动,无论是居家或外出工作,被有意无意地忽视。以此为要的文字记录并不多,但是只要仔细地从历代典籍或地方志、明清笔记小说数据、契约文字记载内容中,不难看出女性参与社会活动的踪迹。贫家之女为了补贴家用,成为女性劳动者,活动的空间便跨出家门外,成为社会经济活动的一员。"① 可见,虽然在男性书写的典籍中或许有所扭曲异化,但"尽管在女性的传记资料中,被着意刻画的是她们柔顺倚从、足不出户的一面,但这与其说是当时社会状况的全面如实反映,不如说是传记撰者心目中的理想规范。即便在传统社会中,女性所从事的活动以及她们与外界接触的内容也是多方面的。妇女对于经济生活、法律诉讼、宗教奉祀等各类活动的参与,远比通常想象得更为活跃"②。如果我们将这里所提及的妇女所参与的各类外界活动——"交换贸易""民事诉讼""区域性公益活动""佛教道教以及民间宗教活动""群体性娱乐活动"③考诸史料也可得到多方具体事例的印证。当然,对于上层妇女而言,她们更多是会依靠于家内的婢仆或平民女性与外界社会建立联系。不过,她们一方面在

---

① 陈瑛珣:《清代民间妇女生活史料的发掘与运用》,天津古籍出版社2010年版,第86—87页。
② 杜芳琴、王政主编:《中国历史中的妇女与性别》,天津人民出版社2004年版,第265页。
③ 同上书,第266页。

相夫持家的角色①中成为贸易经济活动、区域性公益活动乃至法律诉讼活动背后的主持人，另一方面也是"宗教活动""娱乐活动"的亲身参与者。对于后者而言，可归结于随着社会经济的繁荣，带来了女性生活活动空间范围自然的扩展；对于前者而言，则是出于协助父辈及夫君子弟的需求，而多有对男性中心领域的跨入。这不仅仅指女子在家主持家务族事而与外界联系密切，从高彦颐《"空间"与"家"——论明末清初妇女的生活空间》②一文也可看到她们随从于家族男性的"出行"，带来生活领域的跨越。但是她们毕竟是儒家文化规范最主体的指向，也受着闺阁空间最强的制约。在日常形态下，这种由内闱向外界的跋涉路途的艰难仍然使她们无法摆脱内室空间的重心地位，更不必言将这种次要性的、间断型的对公共场域的涉足转化为对宏观历史空间的介入。或者说，即使走入社会性的种种公共场域中来，也不代表她们会直接获得历史空间中的话语权，因此这就涉及为什么在明末清初的历史节点上，她们能走进历史的叙事而取得历史性的存在价值。乱世的背景到底带给女性空间怎样的冲击与新生？在正常的社会秩序下，当女性以承担家庭宗族的身份立于外室内闱之间时，她们的生活领域本就有了向公共空间延展的趋向；而当社会鼎革之际，在家的士子们不单再以攻读为官的道路作为进身之途，而转向游走于社会的广泛空间中寻求展志之机，这就把家庭的重担更完全地抛在了女性的肩上，她们面对的并不是"空闺"的独守，而是满载着家族责任的沉甸甸的"内室"空间。因此，士子们的离家既是对女性能够静守闺阁的妇德的考验，同时也会给

---

① 参见阿风《明清时代妇女的地位与权力——以明清契约文书、诉讼档案为中心》（社会科学文献出版社 2009 年版），其第五章的相关内容："妇女代替族亲人等涉讼，易妄生词讼，而且妇女涉讼于公庭，有伤风化，有违礼法。故而限制妇女出面告状。妇女只有在家中没有男丁，或男丁另有他事的情况下，才准许赴官告状。"（第 201 页）
② ［美］高彦颐:《"空间"与"家"——论明末清初妇女的生活空间》,《中国近代妇女史研究》1995 年 8 月第 3 期。

女性出席社会的场域提供必要的理由。尤其是当《万里圆》剧作中所描绘的图景出现，内室中的男性呈群体性的空白，或被阻隔外地或羁留在外，闺阁中的妻母儿女就转化成以女性为主体的家庭单位，而承担起家族对外界的责任。一种情况下，她们可能只是如《麒麟阁》《万里圆》中的妻母一样，守候内室而以自己的针织、外界的供给为生活的支撑，维系家庭的存在；另一种境况中，也有个别的女性是如《两须眉》中邓夫人一般，代替夫君承担起宗族对地域群体的职责，而建构起以其才智贞德为依的区域性的社会空间，并可能经由对历史事件的涉入而上升为历史性的空间。从晚明以降日趋繁华的社会经济生活本身而言，男子的缺席给了女性日常生活空间拓展的基石；从明末清初混乱断裂的社会状况来看，男子的离开给了女性将公共空间的偶然性涉足转化为历史的必然性存在这一独特的契机。因此，在内外因的双重作用下，处于现实状况与宗族责任间的士族女性，便可以将其才智德操向公共领域作以更深层的延展，从而彰显其在历史存在中的独到价值。

如果向下继续追问我们之前所提到的第二个问题，即她们建构自身历史空间的依仗为何？就像我们之前所提到的，她们既不是通过自身的政治身份取得直接楔入历史的权力与力量，也不会像下层女性一样，靠着日常广泛的、身处社会空间之内的社会实践来取得直接面对社会的能力（虽然对家务族事的主持操劳会带来她们通过中介或力量对社会网络的介入），所以她们是执何利器来拓展外围乃至建立起独立的场域，而其所建构的空间又以何为基就变得颇可玩味。事实上，从李玉的剧作来说，身处将门士家的宅门内里而主持中馈的女性并不常在历史的场域中直接出场，她们常是以孤母待子或婆媳相依的家庭结构存在于与游子并行的室内空间之中，这一点也许既是当时生活逻辑的本来面目，也是李玉剧作原则的常态展现：从《麒麟阁》的秦琼妻母、罗艺夫人，到《七国传》的孙家婆媳；从《清忠谱》的周家母女,到《万里圆》的向坚妻女;从《风云会》的赵老夫人,到《千钟禄》的史妻文氏……如此种种多是居守闺阁、静待家内的士家女性写照。

先从将门女性而言,有两位人物就显得比较独特,一是在剧中仅一语交代、未予展开的《麒麟阁》里的李唐公次女、柴绍之妻,二是与《麒麟阁》中的罗府夫人大相径庭的《昊天塔》中的杨门佘太君。再查探于儒家文臣的士家女性,则又以《两须眉》中的邓氏夫人"女中韩范"最为突破固守闺阁的典范。而无论是哪一类的走出宅门中庭的女性,虽然她们并未完全脱离对家族内男性的某些倚靠,却都能够依托自身的道德、才智来在历史的空间中获得一席话语之地。换言之,才识为她们提供了创建其自身空间的可能性与独立性的基石,道德为她们保障了领导这一空间的有序性与合理性。士族阶层文化内受到教育滋养的女性们一方面比平民女子得到更多的学识才干,另一方面也受到更强的道德规约。但这正同世间之事往往都是具有两面性的双刃剑一样,如我们第 1 章中所言,道德既是她们的镣铐也是她们的舞袖,既是对她们的束缚也是对她们的支撑,既能压缩她们的生活空间也会帮助拓展外室场域。因为在淑德之妇的名义下,她们所受到的质疑就会减少、甚至消弭,所遇见的阻力就会退缩或是隐没,所能够迈出的脚步就会更加跳跃与舒展。在日常的生活形态之下,士族女子更受到收敛才华、展露道德的儒家规约,在掩才崇德的固缚中小心翼翼地于室内移动着脚步;至于鼎革动乱之际,她们便更需要、也更有理由恃凭道德、施展才华来对抗外界的挤压冲撞,从而将破碎的内室空间延伸向外,乃至于在历史中重构。而我们通过李玉史剧中的士人阶层的女性所要查讨的,也正是在这种"妇才"与"妇德"的相辅相成的辩证关系中,女性是如何发现了建立自身空间的可能性,并将它们转化为自我介入历史的利器。

2.2.1 将门女性的家族色彩

对于剧作中的两位将门女性而言,与其说她们是如我们传统所想象的、凭借一己孤身之勇力才识撼动历史的女豪强,不如说其是借助家族之力,于历史特殊节点中施展才华的内室巾帼。作为"唐公次女、世民之妹、柴绍之妻"(《麒麟阁》第二本卷下第二十一出《惊像》)的李氏,由于出场有限未能多元展开其形象特色,而仅就其领兵接应父兄领起事由加以描述。不过虽仅一次出场,却是李玉剧作中难得一见的汉家女子统领娘子军直接参与历史大势的独特人物,也是最具巾帼女须眉气质的一位。

【引】[柴妻李氏戎妆,女军卒从上,唱]翠黛不知鞸,壮志虹霓亘。雌伏愧须眉,佩剑临妆镜。

[虹、电叩介,白]白虹、紫电叩头![李氏]罢了。花貌戎衣结束新,女中豪杰出人群;山东壮士知多少,仗剑争投娘子军。妾身李氏;唐公次女、世民之妹、柴绍之妻。向居鄠县,因见父亲起兵晋阳,为此令家将马三宝招募精勇,招抚李如珪、齐国远等,聚兵数万,攻下蓥屋、武功等处,统兵接应父兄。叫众将官,今晚扎营在永福寺,就此起兵前去!①

从字词之上我们首先可以找到"女中豪杰""娘子军"之类的自称之辞,显示出鲜明的有悖于内室女性的面貌。无论从戎装上阵到统御群英,还是从招募精兵到招抚重将,或是响应起兵到聚兵奔赴,短短的一段文字似乎处处向我们暗示了李氏所创建的自身空间,应该是具有对闺阁的完

---

① 《麒麟阁》第二本卷下,第二十一出《惊像》,第 564—565 页。

叛离与极强的独立性的。然而，从剧作对其真正所处场域的展开描写来看，却规避了种种此类展现李氏自身独特性情才干与历史特殊价值地位的事件描写，独独选取了"永福寺"这一暂时行军中的歇脚之地加以铺陈。李氏所完成的对历史转机的促成，不在战场之上却是在此寺庙之中、不在历史大的空间之内却是在此小的事件场域之上。而此地点功用性在于，使得秦琼夫人张氏辗转至此间，得以与李氏相逢，在叙述前情、访问消息中带来前文所伏"报恩"之由的逐渐呈现，成为使从居守的内室中流落在外的张氏能够重回庇护之下的契机。而这一避难之所既然是由另一女性所开辟，则对张氏而言，无疑等同归于另一种形态下的"内闱"空间之中。虽不受物理空间的规约，但其所交往依存的指向仍是另外一个女性，我们不难想象，这将使得她的空间又在娘子军的征途中被隔离独立出来，成为一种"移动"着的"闺阁"。可以说，在被保护形象下的张氏，并未展现出对内闱的跨出，反而是对其的认同、依赖与守望。那么，对于李氏本身这样的一次事件，又代表什么呢？首先是对父系家族报恩责任的替代完成；其次，通过对另一女性的拯救与庇护，完成了女性群体内的一次救赎。前者，为其赋予了浓厚的家族色彩。就同其起兵缘由一样，这既是对家族的承担，也是对家族名义的依托。后者则更鲜明地彰显了始终处于李氏背后的属于女性的内室空间的影子。这种女性与女性间相遇获救的模式，我们其实常常可以于剧作中看到。尤其对于李玉而言，这时常成为与男性场域并列行进的叙事结构。而这种在历史的节点上于女性集群内部完成的救赎，使得女性的生存空间以群体性的面貌呈现为自足的圆状空间，同时，也使得她们之间的拯救与被救完成了一次次地从室内转移，并回到室内的环状结构。因此，张氏于娘子军中的特殊形态"内闱"的建立，不仅意味着张氏自身的生存领域再次回归内室，也同时将室内空间的影子深深地刻印在李氏的背后。同时，在剧作之中，李氏以唐公之女的身份出场，显示其所依托的宗族色彩，又以柴绍之妻的身份作为自由的收束表明其已为士家妇人的立场。因此，除开中间的自白叙事不论，从李氏的出场到于寺中完成事件的转机，这两者都让我们感受到在李氏巾帼形象背后伫立着的女性内室空间的深深阴影。当然，限于剧作展现的篇幅，我们无法从具体的才德品性来分析李氏内闱影像下的外界介入，但亦可见这份"跨越"在其不凡的才识策略。但这一历史力量的起讫又围绕着整个家族的兴衰责任，或者说，是乱世争雄的独特历史契机给予了其跨越性别角色、而更多地承担起男性外向性的家族责任来组建自身的公共力量。不过，我们注意到，虽然李氏的形象如此鲜明，但她始终未在剧作内建立完整的历史场域，无论是对聚兵招抚的叙述也好，还是对行军歇宿的设置也罢，我们始终看到这股力量在不断地形成与前进，却没有固定下来形成力量的角逐、历史的冲突进而展现某种具有独特意味的历史时空。而从永福寺的地点选择到二女相遇的情节设置，都是独立于必然性的历史大势之外，而仅仅是偶然性的历史插曲。在这一场域中，作者并不意图让李氏及其娘子军完成对历史空间的独立创建，而仅是让其起到一次对叙事线索的交叉汇合与转机促成。而这样的一种事件的转机，又并非对正面的历史空间的介入，反而是对总是、也依旧处在历史背面的女性空间的自我救赎。或者说，与同样统驭娘子军的靖璇飞不同，李玉在这里没有采取"异域文化"的叙事策略，转而用概述叙事的方式，规避了对走出内室的女性空间与男性的历史空间相互碰撞的直接描写。或许即使是面对这样一位自标"女中豪杰"的女性，我们也还可以这样说，始终处于内外空间的夹缝中的女性，无论其以怎样的形象与力量来突破内室的闭锁、转向对历史公共领域的介入，在她们的身后也始终会存在着内室闺阁或浓或淡的图像阴影，而这，也正是李玉赋予史剧内的士族女性及展露她们与历史关系时的最大特色。因为，李玉所要塑造的始终不是脱离于内室空间范式的单纯女侠类的传奇女性，也不意图只从这种传奇性上来架构情旨，而要赋予女性内外之际的更深层内涵。

另一位更典型的将门夫人是《昊天塔》一剧中的佘太君。这里与唐公次女李氏不同的是，她更鲜明的是以为人妇的身份出场，体现了士家女性夫人、母亲角色的统一。而李氏虽然也言为柴绍之妻，但夫君于剧本内并未出场，我们所见的仍是李氏对于自身父系家族的传承与介入。换言之，为人女的身份使得其并未能完全展现士人阶层女性的生活领域的种种原则，因为在中国的家族制度下，女性本身便有着两层的存在状态："女性既处于边缘也处于中心。作为女儿，她将要出嫁，她们在娘家只是暂时的成员，但是作为养育了儿子的妻子，又是被长久祭拜的祖先之一。"① 所以，以某家族女儿的浓厚色彩来领兵行军的李氏所展示人前的，也只能是代表了士家女子早期的生活空间，即近似于一位未出嫁的"客居"家族内的女性所面对的活动领域与规约法则。对于这一情态而言，未出嫁的女儿往往并非被固缚于此家族的"闺阁"之内，但却又是家族血缘关系的直接承担者，而无论是出嫁也好，或是顶替家族男丁角色也罢，都代表着家族内部向外室的一种延伸与联结，因而我们便不难解释，何以作为唐公次女的李氏能够如此独特又完整地代表着外室空间的存在，而将内室领域完全隐没于幕后。或者说对士族女性而言，"女儿"与"夫人""母亲"角色最大的不同即在于一种向外性与指内性的分别。由于女性人生空间的最终完成往往是以"母亲"角色为标志的，因此，我们从育有七子一女的杨门佘太君身上能够更完整地看到内室、外室间的分割与统一，而这在出场篇幅有限的李氏身上却是不能深入的。从这一角度而言，我们更可以将《两须眉》中的文臣之妻邓氏与此处武将之妇佘太君加以对比：共同的妻子与母亲的角色虽然给予她们同等的平台，但邓氏所承担的是家族于社族区域内的公共责任，

---

① ［美］曼素恩：《缀珍录：十八世纪及其前后的中国妇女》，定宜庄、颜宜葳译，江苏人民出版社2005年版，第11页。

佘太君担负的则更是家族自身仕途生存、荣耀门楣的内向责任；邓氏对于外向性的家族责任的完成，表现为由内室空间的延伸带来外室领域的建立，而佘太君对其家族内室的本位职责的担当，则展露为以介入或求助外室空间来完成对内室家庭的拯救；同时，在这一过程中，佘太君却又是通过道德伦理的秩序获取介入外围空间的地位与权力，得以展现才略，邓氏则恰是通过其卓越的胆识才智而获得了公共领域中的建树，来完成最终对其内室责任妇德的彰显（而李氏由于对其内室直接表现的缺失，使得我们无法从内向性的道德与外向性的才智这二者之间的关系来对其加以探讨）。那么下面，我们先从对佘太君的简要探讨来对上述三方面的差异特征稍加解答。

首先从佘太君出场的整体内容上来讲，从第二出家宴庆寿到第四出、第九出别夫送子再到第十六出领兵救夫以及最后第二十三出到第二十八出中天波楼惩佞，佘太君出现的大部分场景均以家内空间为主、外围空间为辅，同时又时常依附于夫君或儿子而出场。先从前面三出的场景来看老太君所撑持的内室空间及其地位，以及在此情态下她的自我认定。

> 今日老夫七旬寿诞与令婆同年同月而生，早间传出圣旨特赐寿延，着排宴官摆设在于天波楼上，敕命八王降驾陪席，不免请令婆出来一同接驾……（老旦白发上）（引）白首唱和，随封诰、沾荣贵，休咲少须眉巾帼男儿气。①
>
> （生）既如此就请爹爹、母亲上堂拜别。爹爹、母亲有请。（外上）（引）报国心期马革传家济美应扬。（老旦）聚首堂前分飞天外，老景陪添愁况。（丑三郎占七郎末四郎旦八妹上）……（老旦）他兄弟自幼至今团叙一处，今日分散曷声泪涟。（外）他三人镇守边关，俱为功名

---

① 《昊天塔》第二出，第163页。

大事,古人万里封侯,岂可老于牖下。况一子出家,九族升天,令婆不必挂念。①

(老旦)(引)教女学谈兵,忍听征师令。(旦)老将复登垓,百万妖氛靖。(老旦)老身佘氏②闻道辽兵南犯,边报甚急。昨日圣上命八王会议,八王推奉我家老令公领兵征剿。方才家将来报,圣上钦授老将军为征北大元帅挂印登坛,只是又命潘仁美为诏使,此人心术不良,难与共事,且待老令公回来嘱付他仔细留心便了。(旦)不知今日爹爹可起身否?(老)方才三郎四郎七郎同着家丁每收拾盔甲弓箭,往教场中去了。想必今日起程,爹爹少顷回家便知分晓……孩儿,你在家好生侍奉母亲。(旦)晓得。(老)七郎,你同两个哥哥路上好生保护爹爹。(占)孩儿晓得……(外)令婆在家保重。(老)老相公在外,凡事须要用心。各下③

这里可以看到,从最初的摆宴庆寿到送子上任,老太君都是依托于丈夫而出场,一则是其出场皆处于杨令公之后,并由之引请出来,以家族内主妇的身份从内闱来到前堂;一则从话语次序权力而言,也都是接续或是听从杨令公之言,有着某种听训夫言的意味。这在送子一场中也并不例外,所谓"功名大事"一出则已是将杨令公、老太君分别摆在了"为国"与"为家"的不同角度上,而暗含一种以国民大义统括弹压家室私情的居处上的话语意味(而这样的家国冲突更是时常经由"母亲"的身份加以表现,这一点在《麒麟阁》中的罗夫人为救子,而从内室来到前堂与罗将军对峙陈词一节中表现得更为明显)。不过,随着第九出中杨令

---

① 《昊天塔》第四出,第177—178页。疑"陪"应作"倍","曷""一"字模糊。
② 原文中手抄字迹作"余",但应为"佘太君",故此本文中仍写作"佘"。
③ 《昊天塔》第九出,第202—204页。

公离家情节的到来，我们可以看到主导内室空间的权力完全地转移到了女性的身上，因此家中的主要角色佘太君与杨八妹都在此出场，而更为实质的是话语权力等级的让渡。我们可以看到，此出以老太君为主导，虽然与第四出一样是送别之情、堂上之景，然而这里的空间视角已经转由女性引领。同时，在这里老太君也不仅是作为日常家庭话语的叙述者穿插出现，而是介入到家国大事的谋略叙事中来，虽然这里仍然是出于为丈夫考虑的角度来谈论挂印出兵，并就招使之任用加以评人论事而对夫君加以提醒，还并非对朝政历史的有意阐述和介入。不过，随着男性的离家缺席，由女性主导的内室空间反倒成为与男性所在的外室领域相对峙的场域，这在本出末尾处、老夫妻的互相叮嘱间尤为鲜明，也就是"在外"与"在家"的直接对立。或者说，内室空间的凸显与独立性的取得先是以男性与女性的分离作为必要前提。由于女性天然地从属于内室，而在李玉的戏剧中，又是绝少异类与逾越（这里并非指此中女性不能走出内室，而在于她们来到外室的契机因由往往与内室相关或互补，而独立伫立于外室中的巾帼角色相对较少且笔墨有限，仅如沙陀公主靖璇飞等少数），因此内室空间的等级地位的提升也会带来女性地位的相对提升，这也就为此后老太君涉入外室的两大情节提供了合理化的空间：先是有内室拯救外室的领兵救夫，后又有守护内室的天波楼事件。而第十六出的老太君自领家丁来至前线、救夫却敌一节，也是李玉剧作中最直接地对身处沙场的女将的描写（即使是靖璇飞公主也仅仅是守关而非征战），而这一描写成为其史剧中独一无二的别致风景。

　　老身佘氏闻得老令公失陷交牙岭，老身领着家丁连夜出关救援。（内呐喊介）你看那边喊杀连天，莫非老令公与辽家征战？手下，快些杀上前去！（叹）征战万里揭天来相逢路窄。（旦末追生上）（老战旦下末亦败下)(生)呀,元来是母亲。(老)元来是六孩儿。(生)母亲,前后事情一言难尽。(老)且剿尽辽兵细细再说。大小军三军再杀上去。(众)辽兵走远了。请老太君收兵。(老)此处是那里了?(众)是两狼山虎口交牙峪了。(老生)怎么不见老将军军马?(老)你是何人?(付)小的是老将军营中军士……(生)母亲,孩儿此去呵,(叹)拼向金阶触死诛奸宰。(白)我那爹爹吓,(叹)你为国亡自也落得扬名千载。(外净捉生下)(老)分付众将官火速回军,护送六将军入关一同见驾去。(众应介)①

此一出中的佘太君亲领家丁赴关,以援夫救子分别作为起讫。从首尾而言,是一种意图以内室力量拯救外室领域,以守护内室空间完整性的行为;从中间过程来看,则又是以母与子的相逢来作为对内室完整性的补充,通过儿子的在场,将纯粹的外室领域点染了内室色彩,成为走出原本立足空间的内室力量不孤立存在于公共领域中的依凭。因此,经由儿子的存在而得以彰显的"母亲"身份为佘太君跨越门庭的局限带来更为合于伦理道德的因由。或许我们可以这样讲:从表面空间的转移来看,佘太君是逾越了原本妇女的厅堂之隔、闺阁之限来到了男子所主宰的战场空间之中;从深层空间的内涵而言,却仍是以夫、子为内核的诉求依托,使得这样的室外空间,与其说是一种自发创建的女性空间,不如说是日常女性空间的进一步延伸以至跨越。不过,虽然佘太君是以一种救夫助子、与子相逢的形式寓含了某种从内室经由室外、再向内室回归的环状结构,但从历史效用上来讲,又的确显现了女子所领驭的力量。初始时,乃是萧太后率辽兵追击六郎,而在佘太君所统驭的家丁兵将介入后则转为战败奔逃,这样一个

---

① 《昊天塔》第十六出,第236—238页。

历史关键点上的转折虽然带有某种偶然性，却让我们看到了女性领驭的力量及空间所带有的某种必然性的特征：她们往往并不代表历史必然性的发生，不代表那些似乎约定俗成的、稳定的历史行进的原则，然而却正是这种偶发的事件与其中偶然性的色彩，才显示出了她们所统驭的外室空间对于历史节点上的某种关键性作用。而这种依托于传统的内室空间的规则所延伸和引发的在室外场域中的行动，于剧作中还有更为鲜明的表现，即是后半部分的拆毁天波楼的事件。下面就来从文本梳理事件的空间场域如何由内室转向户庭，由内外之间转向外室空间。

（末）太君，不好了，金吾衙谢廷兰是王钦若的女婿，他同许多人口口声声奉圣旨来拆毁天波楼……

（老）我这门楼此①别的略不同些。（丑）说那里话。（叹）你这白首女流怎不怕朝廷见责。（白）众夫役快些动手。（叹）休得迟延。急急带瓦和砖拆下来……

（丑）嗟。胡说！（玉交枝）无知老迈女婆行，装模做样挡拦圣旨言辞歹。萧何律三尺安排。（老）不怕你丈人女婿两个狗弟子摆布……（老）你欺我女流，少不得有儿子与你讲话。（丑叹）不怕你三关泼才。（老）你这畜生，这等无礼，我把你（撞介）（丑推跌介）（老）跌死我也。（三旦叹）（江儿水）堪恨奸邪辈，无端起衅胎。欺我太君八十年衰迈，你横拖跌损身危殆。怎叫我杨家女辈能宁耐。（打丑介）（末打众介）打你这腌臜乞丐。（丑白）好手段，不枉了杨家女将。（丑跪介）饶我罢。（三旦叹）打死无知谁采你一跪一回礼拜。（乱打介）（付扮烧火阿婆上打丑下）认认老婆的手段。（下）（三旦）（川拨棹）遭毒害

---

① 作者注：疑应为"比"。

这冤家怎放怀。（末）太君必须用机谋除却根芽。（老）上三关唤取儿来……①

在天波楼一节，佘太君的出场其实散布于几出之中，包括从第二十三出的拆楼场景的直接冲突到第二十五出婆媳家中待子诉冤，以及第二十八出中的法场救子面圣惩佞。除去最后的法场与朝堂之上的救子一节，佘太君实际一直是伫立于室内外之间的区域之中，概括起来即是文中所提及的"外厢"一词。而这种处于内外之别中间的尴尬与规约既为女性展望外室提供可能又决定了其最终要通过召回家中男性的方式来摆脱"膝下无儿欺女流"（《昊天塔》第二十五出）的两难之境②。但同时，我们要注意到的是，在这种内外兼及的脉络交汇之中，作者又给内室留下了怎样完整的女性地位。这里，我们再次看到了独立完整的女性空间的存在，对以内室的力量干预公共领域而言，整个力量纯粹由女性组成，将整个空间置留于完全的女性话语之下。这里我们可看到在怒打谢廷兰一节中烧火阿婆的上场，以女性的视角代表了家丁群体的力量③；而在随后写书唤子、守家待子的情节中，我们可以看到一直未曾露面的儿媳的上场，虽然仅仅是串场之词而未有实际的历史功用，但象征着和婆婆一道撑起了独属女性的内室领域。因此在我们于天波楼的拆毁过程中看到内室空间与公共场域冲突之时，其实我们直接面对的是女性空间与男性领域的对立冲撞。所以，在戏剧的结构中存在的对生旦分述的惯常模式，与李玉自身对女性遵守日常生活逻辑的构架特色，使得我们探讨性别空间的分野时，时常便是在对内外殊途的场

---

① 《昊天塔》第二十三出，第275—277页。
② 参见杜芳琴、王政主编《中国历史中的妇女与性别》，天津人民出版社2004年版，第274页。
③ 作者注：甚至在第七出，六郎闻警欲报知辽兵来袭时所唤的几位家将也皆为旦角所饰，不知是否也指为女子。

域进行讨论；同样地，在探讨历史中闺阁向外室的延伸介入，与外室对闺阁的容纳冲击之时，也常常是直面两性性别空间之间的直接对立与冲突。

从对全剧脉络的梳理与分析中，我们不难从佘太君所立场域的独特性与所凭附的条件性上，来探讨我们之前所提到她与邓夫人之间的分别。首先就责任建树来说，与邓氏承担起整个乡里区域内的公共职责不同，佘太君仍是以一门的荣辱全安为职责本位，虽然杨氏一门的功勋作为是对家国整体的担当，但佘氏却是以内室为驻守的基点，而借由家族参与的功业行为间接地对家国社会、历史空间有所介入。无论是赐赏庆寿、送子别夫还是助子退敌、拆楼惩佞，虽然叙述视角随着剧情的推进而日益向女性转移（而这种转移又是在家—国—家的结构中，作为对内室空间的渐趋复归所决定的女性视角愈加凸显的叙事必然，而这样的由家中走出报效国家、再最终回归个人家族的故事模式又几乎是李玉的史剧之中必然的叙事脉络），但整体的建立功业、抗击辽敌的公共责任仍重重地压在家族男性的身上，而佘氏所带领的家族内室的力量只是以对家中男性施加拯救为契机而出场，她们与家国责任、历史转折的关联都是以家族男性为中介而实现的，并不像邓氏以自发建立的公共领域实现与他者的直接对抗。其次，在同样的"生存"这一至关紧要的命题下，佘氏直接承担的只是个人家族的荣辱存在，而再由其家族中的男性群体去完成本属他们的民族大义、社会责任；而邓氏则以通过整合公共区域中的民众力量，而建立了自我存在的空间，担负起乱世生存的主题，并在直接的对抗中形成独立的历史性场域。因此，在邓氏与佘氏间便存在着"建立"自身历史空间与"介入"他者历史场域的分别。而当佘氏面对较纯粹的公共领域对内室空间的挤压时，则不可避免地又要借助于家族男性的回归，以其本身代表的外室空间的地位力量来对私领域加以拯救，这点集中地表现于天波楼的风波中。这段奸臣改旨拆楼的情节是对内外领域之间冲突的直接展现，在尖锐对立的两方空间力量间,佘太君所率领的家族力量虽暂时性地以自己的力量打退谢廷兰,但并未从根本上阻止天波楼的拆毁。这就决定了佘太君几次言"欺我女流"的慨叹而终召子回家(虽然第二十三出中佘太君也言欺我八十老迈,但此后却仍以身体的冲撞击打达到退敌的效果,但户下无男丁而饱受欺凌的感叹却始终存在,可知此处的作者意图仍是将内外空间的冲突归本于性别空间的对抗)。所以,虽然从前后的关外抗敌与面圣救子两处可以看到佘太君走出内室而通过介入公共领域完成了对家族男性的拯救,但本质上却仍是代表着女性所固守的内室本位对男性所代表的外室力量的依附。自然,对邓氏而言,也并非展现内室对外室的摆脱与决裂,这点我们将随后叙及。但仅就其所处空间自身而言,的确彰显了由内向外的空间延伸与建立。最后从二者于外室空间中建立历史功业的方式与依凭来看,佘太君凭借家族中的身份地位,获取了涉入外界名正言顺的位置与权力,又以护卫家族的责任名义介入到公共场域的事件与力量中。虽然古代女子从妇德的角度被规约静守于闺阁之内,但随着年纪的增长、身份的上升、家族地位的提升而涉及更广泛的事务持家,从而为她们生活空间向外界的自然扩展提供机会。而佘太君本身也是以宗族的长辈、封诰的德妇形象立于内外之间,获得立足朝堂、征杀战场的基石。可以说以妇德荣封而取得的较高的伦理等级代替了对佘太君直接的将才展现,为其介入公共领域提供依凭,而邓氏则以才智的展现完成其佐夫的妇德。

2.2.2 文士之妻的佐夫才德

对于传统文人李玉而言,女性虽然借由戏剧这一文学样式从生活的背影中走到了展演的前台,但在他的笔下,她们却往往依旧是遵循着儒家伦理的理想和日常生活的本来面目,而始终伫立于夫君的身侧、历史的外围,绝少颠覆性的形象。我们很少在作者的一腔孤愤之间找到同样愤慨而歌、引怀而啸的巾帼女性,但却总是能够看到那些守护于闺阁之内、擎起了家园重担的才女德妇。或者说,李玉笔下的女性并不是乱世中的救世主,并不是热血沸腾的巾帼豪侠,多只是在驻守留恋家园不得之时,于内外之间的挤压中信守礼义、彰显德操的女性。这些女性常有的是日常之姿,偶发的是才识之论,多有的是知礼之妻,少见的是恃武之女。于是,女性就时常以其一贯柔弱的身姿,斜倚着历史的断壁残垣,在铁血狰狞的乱世中为男性世界的坍毁崩裂唱着一曲无可奈何的守望挽歌。无论她们是或偶然或主动地走入男性的公共领域中来,她们的身姿都往往只成为历史杀伐中的一抹清音丽色,却不能成为历史主流基石中的镌刻。然而在此中却有一位女性显得颇为奇特,一改李玉史剧中以女辅男、以妻佐夫的风格,成为与夫君并肩矗立于文本视域中的两大高峰,这就是《两须眉》中的邓夫人。

单就文本的内容与表层结构来看,邓氏立处的空间有着内外场域交替行进的脉络。从第一、第三折的别夫与持家的室内空间到第五折中扶柩出城的室外场域,此后到第十一折前,皆是"寓居坟屋"。而在这一折中,黄夫人未直接出场却经他人旁述间接在场,并从他人之口引出邓氏率领众乡邻来到第二处公共场域白湖寨。在这之前,第十折中由于黄禹金的"锦还"又使得坟屋从室外空间转为家庭内室的属性。而后从第十二折到第十四折集中表现使白湖寨升级为历史场域的杀寇事件;随后便是下卷中第十七折的史可法便衣访寨,这也是李玉史剧之中独树一帜的女性与外界男性世界的直接对接,而不再是经由女性群体内部的自我救赎所呈现在上位者拯救平民女性的循环模式。此段集中表现了邓氏在历史场域中的作为,但又在随后的第十八折的由侄带家书与黄生"音叙"及第二十四折的"病忆"这两段情节中回归到内室空间的色彩,尤其是"病忆"一出中,邓氏自叙前情与交代现状的描写,更是李玉史剧里典型的士子游仕羁留在外时,生旦两角、内外空间二者并行不悖而"花开两朵,各表一枝"的叙事手法。最后第三十折的惯有结尾"锦圆"一出,则是最终回归团圆于室内家庭空间。整体来讲,无论是邓氏的直接出场也好,抑或是间接在场也罢,其代表的空间场域始终有着在家庭私领域和历史公共场域间穿插交替的叙事脉络。所以我们说,邓氏所代表的并不是一位纯粹的外室场域中的"女杰""女雄",而是以士家女性的妇职自居、以丈夫理念的展现为纲、以区域群体的责任为担,从而以才智的施展来建立她在持家、佐夫、公益三方面的功业,在将职责担承由内向外的逐级推演之中,最终完善其作为士家女性妇德的最终体现。

对于士族女性而言,其为闺中女儿则职在闺阁、务在女红,以女红作为女性本分的展现作为他日嫁入别家为妇时的持家之技;其为士子之妻则要以营家主内为务,并以夫君仕途理念为旨,而从实际行动与精神品质两方面来达成辅佐夫君的职责;其为宗族之长,既要关心家族的生计经营与门楣的仕途荣耀,也会在某些时期代表家族承担其对于所在社区的公益责任(如后文提及的明代地方精英对赈灾救民、乡村防御及设施建设等的承担)。因此,黄夫人从别夫持家到建寨存邻的过程,是对以上三方面的士家女性职责的最好完成,也是对其妇德的最高展现。从这一角度而言,我们或许更倾向于说,邓氏所处的外室空间既是社会集群的公益场域,也是其自身内室的重建与补充,其所介入的历史场域,也在彰显着士家妇职与妇德的在外室中的延伸与扩展。因此,对于之前我们所提到的几重问题,或许也可以从如下的视角中新加审视:从个人情怀抱负而言,邓氏虽不同于一般的闺中弱质而有刚烈之气节,但仍是以主家佐夫为女职妇德之本;在功绩来由效用来讲,邓氏由赈灾到立寨正是对丈夫军营献策中所提的立寨以挡流寇的理念的实现与印证,其守寨保民既体现了地方精英对区域公益的责任与承担,同时也更是对夫君才识策略、统兵镇守的践行与佐益;就空间属性方式来看,白湖寨虽在其带领乡邻村勇抗击流寇的过程中完成了历史场域内的展演，但其根本目的则是以自保存邻为本，不以立功建业为旨，使得其不同于男子所处的历史场域。此外，其所领兵守寨的方式仍是遵守男子御外、女子守内的内外之分，也并非娘子军所代表的女性空间的纯粹建立。

2.2.2.1 持家教子的情志品性

剧中邓夫人于家内门庭空间里的展演，主要集中于第一、三折。而由于其旦角的位置，使得第三折黄禹金离家后她才作为内室空间的主持者、代言者有了如下一番自叙：

> 【仙侣引子】【卜算子】[旦上] 蓬荜稀巢燕，陋巷无鸣犬；还堵萧条冷炊烟，镇日拈针线。
>
> [忆秦娥]「同斋瓮，平生不解椒花颂。椒花颂，班姬笔削，谢家吟咏。卫姑孝道心钦重，佐春贤德曾师孟。曾师孟，三迁未卜，一经箴诵。」妾身邓氏。幼适黄门，颇识诗书，凤慕侠烈。刺血求延姑寿，愿短己年；省甘旨以奉姑餐，躬吞麦饭。佩剑入公堂，期自刎以出夫狱；织边供薪水，勉勤学以就夫名。作则闺门，名传里巷。自婆婆去世，夫主出门，日与胡姬相共朝夕。长儿九命，年甫垂髫。侄男九锡、九畴，年近弱冠；九如、九思，尚在怀抱中。勤纺织以佐饔餐，攸供妇职；抚子侄而督诵读，不愧家风。正是：砧敲月下三秋冷，机织灯前五夜寒……
>
> [老旦]若得出仕，便当何如？[旦]论事君致身，事君致身，忠良同券，勋猷宜建。[小生]闻得叔父今弃儒冠，欲事戎伍。那些为将用兵之道，须求指点一二。[旦]十三篇，韬略包千古，深微入九渊。①

---

① 《两须眉》第三折《课读》，第1207—1208页。

在本出开篇的邓氏自白与其后的教子课业中，主要表现了她两方面的内涵，一是其内在情志品格，二是其妇职务业所在。后者我们将于下面佐夫显志中谈到。

从邓氏情志讲，在出场唱词中，邓氏先以史上前贤为比，将班姬和谢家并列、孝道和贤德共标；在随后自白中复以诗书与侠烈并举、孝姑与救夫同列。在四组对举之中，班姬、谢家呼应了后文的"颇识诗书"之语，而孝道、贤德又与此后"延姑寿""奉姑餐"和"出夫狱""就夫名"这两类事例相佐证。如此一来，在总体风貌上，邓氏乃是以一名知书达理、贤德孝顺的才女德妇自居，其所言事例更是严守孝亲佐夫的士家妇女的本位。如从细节比例上来讲，在几则并举中，无论是班姬与谢家、卫姑和师孟、延姑寿与奉姑餐这样的对举，还是颇识诗书、供薪水以就夫名这样的单例，都代表着明代所崇奉的传统士家女性的才德品质；仅有"夙慕侠烈"与"自刎以出夫狱"这两处自白，方体现出不同一般闺中弱质的情性志节。而这二者间比例的严重不均，使得我们理想中的既是内室之德妇又为外室之女将的邓氏形象十分不清晰。那么在这种断裂之间到底体现了邓氏形象怎样的内涵呢？实际上，如果我们把其自白中的段首二句"颇识诗书""夙慕侠烈"作为邓氏自况的情志内核与通篇形象的本要，同时从作者前后行文上，其先于唱词中以前贤典故为比，后于念白中以知书慕烈自况，随后列举孝姑佐夫两方面的事例为佐，可知李玉是意图以"才""德"双线织画邓氏的情性品质。在前半的用典自白中，乃是才德分列的自比之辞。而后半的事例举证中，则又体现了才、德融合的妇工妇职。那么，在具体分析其侍亲就夫的事例之前，我们或许可以先从文句的对仗形式中探查才、德二者的对应关系。如果说班婕妤秉笔女则、谢道韫咏絮之才二典是对应了"颇识诗书"之"才"，那么，是否卫姑孝道与师孟贤德二语也是对"夙慕侠烈"之"德"的比照呢？此般预设是否成立，取决于"侠烈"之风骨到底能否融入妇德的范畴，而在此处，作者又是否以其指涉某种贞德呢？既然在后文的督子攻读之中，邓氏在教导立身处世为本外，分述儒冠事君之道、戎伍用兵韬略，体现了其"才"兼文武，那么通常而言，"凤慕侠烈"作为与"颇识诗书"的对举，也往往被视作邓氏文武双全的自谓，作为其既有大家闺秀之气质，又有"女中韩范"之气概的性情概述。然而，邓氏到底是否以此为意图展现其内室妇德之外的刚烈之风，则就涉及我们对"凤慕侠烈"之后的佐证事例该如何分析的问题。

　　侍姑与佐夫，本属于明代女性基本为妇之道，并无奇特豪侠之处，而之所以能有"侠烈"之风，则在刺血以延姑寿和自刎以出夫狱二事的风仪上。与省甘旨以奉姑餐和就织机以供夫业这两种日常家居形态不同，公堂与刺血是对于公私领域中女子所能展现的两种节烈形态的代表。刺血救姑可知其"烈"，佩剑公堂复可见其"侠"。不过需要注意的是，其佩剑所为乃是为自刎以救夫，不同于侠士之仗义任侠的风范，故从某种角度上来讲，在"凤慕侠烈"此句之中，语义乃是偏指于"烈"而非"侠"。我们似乎可以认为邓氏"凤慕侠烈"的个性自标也仍是偏重于内室空间下的孝女节妇的情性志节，尚未关涉其后来走入公共领域之后的立寨御贼的巾帼之姿。很有趣的是，"侠"这一饱含自由任性和外室空间色彩的词语，在此似乎反而为"烈"这一自我约束下严守内室本位的内涵所同化，使得邓氏整体的风范，实无侠女之风而多有烈妇之态。但似乎，仅此一推测也不能充分说明"侠烈"于此指称的便是传统士家女性的内室妇德。到底其是否为时人妇女所公认的妇德操行之一，抑或是邓氏所独有的"女中韩范"之品质事迹，则可通过其事例与《明史·列女传》的妇言妇行的比对稍加求索。现列举《明史·列女传》中以自残侍奉姑婆之例来论，按照衣若兰的统计有未婚 2 人、已婚 7 人，"而且 9 人当中，有 7 人是以激烈的割臂、割肝、割乳、刺血等方式为亲疗病；救亲于牢狱、水火或虎兽之口者人数次之"[1]。其中衣若兰并没有展开对于孝顺一类的事例分析。因此，笔者就自残侍疾一类再稍加详举，含孝女与孝妇二类共9人（外有割肉侍夫又2例此则暂且除外），现附表于下[2]：

《明史·列女传》割肉侍疾事例统计

姓氏	身份	评述	事迹
刘孝妇	新乐韩太初妻	孝妇	"姑道病，刺血和药以进" "姑体腐，蛆""为啗蛆，蛆不复生" "及姑疾笃，刲肉食之，少苏"
张氏	仪真周祥妻		"姑病，医百方不效。一方士至其门曰：'人肝可疗。'""取肝两寸许，无少痛，作羹以进姑，病遂瘳。"
洪氏	怀宁章崇雅妻		"姑许，疾不能起，洪剜乳肉为羹而饮之，获愈。"
李孝妇（名中姑）	临武人，适江西桂廷凤	孝妇	"姑邓患痰疾""闻有言乳肉可疗者……自割一乳""乃取乳和药奉姑，姑竟获全。"
倪氏	兴化陆鳌妻	孝妇	"姑鼻患疽垂毙，躬为吮治，不愈，乃夜焚香告天，割左臂肉以进，姑啖之愈。"
刘氏	张能信妻	乡邻莫不称其孝	"姑病十年，侍汤药不离侧。及病剧，举刀刲臂，侍婢惊持之。舅闻……力止之。" "逾日，竟刲肉煮糜以进，则姑已不能食，乃大悔恨曰：'医绐我，使姑未鉴我心。'" "复刲肉寸许……取所奠置棺中曰：'妇不获复事我姑，以此肉伴姑侧，犹身事姑也。'"

---

[1] 衣若兰：《史学与性别：〈明史·列女传〉与明代女性史之建构》，山西教育出版社2011年版，第83页。
[2] 此表格本于张廷玉等《明史》，商务印书馆，据乾隆武英殿刊本影印，1936年版，引文标注亦同。

续表

姓氏	身份	评述	事迹
王贞女	昆山人，太仆卿宇之孙，诸生述之女，字侍郎顾章志之孙同吉	贞孝女	"后姑病，女服勤，昼夜不懈。及病剧，姑入候床前，出视药灶，往来再三，若有所为。群婢窥之而莫得其迹，姑既进药则睡，觉而病立间，呼女曰：'向饮我者何药？乃速愈如是？'……姑怪起视，已断一指煮药中矣。"
徐孝女	嘉善徐远女	孝女	"母患臁疮""儿吮之乃愈""吮数日，果愈。"
杨泰奴	仁和杨得安	孝女	"母疫病不愈""三割胸肉食母，不效""割胸取肝一片……手和粥以进，母遂愈。"

这之中孝女侍母二例，孝妇侍姑七例，而同时列传中尚有扬州人胡尚纲之妻程氏和颍州秀才张云鹏之妻台氏割肉疗夫疾二则，未被衣若兰归入于此，故上表中也未加详列（很有趣的是，割肉侍姑多疾愈，而此二女割肉救夫则夫仍病殁，二女先后殉夫以全贞）。奉药刺血、割肉割乳、割肝断指及吮疮啗蛆为这些贞女孝妇常见的行为，而邓氏刺血以延姑寿，亦符合此类节烈孝妇的操守德行。因此，从侍奉姑亲的刺血行为来讲，表明了邓氏"夙慕侠烈"的对象仍是在以极端行径示孝奉亲而名彰里巷的传统烈妇群体之中，并没有跳脱出内室闺范，故而可以说其情志基调也仍处于内室范畴之内。

再就其"佩剑入公堂，期自刎以出夫狱"一例来看，在《明史·列女传》中能够救亲于牢狱者也分为两类，一为救父公堂，一为救夫冤狱。前者如山阴孝女诸娥方八岁为父诉冤而滚钉板伤重而亡（"时有令，冤者非卧钉板，勿与勘问。诸娥辗转其上，几毙，事乃闻"[①]）——此情节于《五高

[①] 张廷玉等：《明史》卷301列传第189，商务印书馆，据乾隆武英殿刊本影印，1936年版，第3169页。

风》义仆王安"龙图包府诉冤非"处也有展现("[净]吓!既不避死,可先滚过钉板,然后准行……[众应,抬板,未脱衣滚、伏地不动介]"①),虽为北宋事,却有明代之公堂诉讼之情状,想是作者据时人冤讼推断而衍生的情节,乃北宋剧写明民情。这等从传记实录到戏剧展演中的案例,向我们展示的是明代平民诉冤之严苛,甚至可以未加审案先过严刑,何况对于出处公堂本多不便也多为法所限的女性来讲,更往往是以极端手段以彰冤苦。(在明代法律中,多有限制妇女老幼废疾等人的条例,而且清法更延续明例,进一步强调此点,"以其罪得收赎,恐故意诬告害人"以加剧社会告讦之风。②)而后者出夫冤狱则复有二例:万历中的蒲城人张蝉云未嫁便欲"货妆奁"以脱未婚夫冤狱,以及建宁人杨玉英抗拒父亲,因未婚夫冤狱而将自己改许他人便自缢明志。可见,在明代士人的妇德观念中,在特殊情况下出夫冤狱也是贞女烈妇们当为之行。而此处邓氏独言甘欲以"自刎"的方式践行,是否便是其以"侠"统"烈"之风范呢?从明代流传的女性为夫复仇申冤的故事流变来看,似乎亦非如此。在陈晓昀对明代史志中的女性复仇故事进行考察时,便曾注意到"从文人对前代女性复仇故事的删改增补中,可以看到他们投射其中的伦理思考和他们重视的道德项目"③。这样,一种以妇德为旨归、教化为目的之下的故事编撰与重写,就带来了这些原本"报仇似侠"的女子们男性形象的弱化,进而也就更回归于符合明代社会期待的妇女形象,使得她们的报仇方式由暴力的杀敌转向无力的自刎。就为夫复仇的行为本身而言(这里既包括大部分的私下手刃

---

① 《五高风》第二十三出,第 1176 页。
② 阿风:《明清时代妇女的地位与权力——以明清契约书、诉讼档案为中心》,社会科学文献出版社 2009 年版,第 203—204 页。关于明清妇女与法例公堂间的关系可参考该书第五章"民事诉讼过程中妇女的身份与地位"的案例及论述。
③ 陈晓昀:《明代女性复仇故事的文化史考察》,山西教育出版社 2011 年版,第 120 页。此部分论述皆可参见该书"重述与流传:明代史志中的女性复仇故事"部分,比对邓氏所引文本,此后不再一一出注。

仇敌，也包括由公堂法律终为夫雪冤，因此我们将邓氏出夫冤狱于此与复仇故事的书写流变加以比对），其所体现的是背离了明代女教典范形态下的"彰节行之异"者（陈晓昀，第115页），而以男子的独立性乃是暴力性形象出现。故在明人的撰写之中，一方面以"女张良""女丈夫""雌龙"等表明"男子之行"的方式加以称谓，体现出叙事方式上以男性语词为根基、"女"字缀行其前的淡化女子性别内涵的指称模式（陈晓昀，第98、119、120页均有相关论述）；另一方面则不断以"女性化""柔弱化"的改写方式，将前代流传的复仇侠女置换成明代推崇的贞节烈妇（例如王夫之对于谢小娥故事的改写，第119页）。并且由于后一种倾向的存在，使得这类女性在情性色彩上有着从"侠烈"向"节烈"的转化，虽然同为烈女，但"烈"的指向已经由外向的暴力的毁灭转向了内向的守节的自刎。如上文所提到的作者对于谢小娥故事在明代重述改写的分析中便指出，到了晚明陆应阳所辑的《广舆记》中所收录的谢小娥结局，即将《大明一统志·南昌府》地方志里的"削发为尼"改为"不食而死"。这种自绝的形式既是明代士人及史志撰修者所特别推重的彰志明节之行，也是时人妇女所共同认知的节妇烈女的妇德操守。当然，自绝的形式实际上从反面显现出女性寻求公义时于公共领域中的作为无力。从《明史·列女传》中来看，我们不再能找到如前代"复仇似侠"的明确的复仇类型，仅有拒事父仇以自尽的石孝女和拒嫁杀夫仇贼痛骂被杀的唐氏二例。但是这种以死明志的节烈之行，本身在明人观念里便已被等同于直接的复仇行径，故而自刎以出夫狱一行便也有了为夫申冤的烈妇之行的意味。或者说，佩剑入公堂以自刎出夫冤狱，一方面代表了当时平民诉冤的艰难状况，另一方面则更是为了彰显对于妇德理念、节烈之行的崇尚。例如，在对《二烈祠记》的分析中，陈氏指出"唐顺之认为如同臣子对于国君的效忠复仇一样，女子对于丈夫也应该如此。所以他也以两种女性复仇故事为例，与上述的臣子复仇故事进行对比。第一种一样是忍辱而成功复仇，如三国时的孙翊妻……第二种臣子为国君复仇的方式，是无法复仇转而选择自杀，唐顺之便以卢氏二烈比拟"①，而余孝光的《二烈传》中，更以其自刎之烈使得仇敌自曝恶行并有旁人上报县衙，最终通过公堂法理使得公正得彰、冤屈得伸。至少在明代男性的书写中，妇女多是通过自绝的极端形式来表明自身贞烈的志节妇德。因此，此处的"佩剑自刎"仍是以"出夫冤狱"为内核，将诉冤以侠、申冤以剑的可能转换为符合明代典范妇女之道的自刎陈冤、救夫以身的节烈行为。所以我们说，无论邓氏所向往的刺血侍姑，或自刎救夫式的"侠烈"之风，本质上仍与史录文传所反映的时人所欲构塑的典范女性相类，乃以守于儒家女教、合于社会期待的内室妇德为情志所归。

从邓氏开篇自言的情志品性本身来看，无论是"颇识诗书"的自谓，抑或是"夙慕侠烈"的襟怀，尚都带有浓厚的庭门内室的烈女节妇的色彩，而非指向于外室领域的独立建树。因此，有着如此妇德情志的邓氏介入公共领域之时，其所建立的历史空间到底能否是完全、纯粹的独属女性的历史场域，抑或是依然带有内室影翳的历史空间呢？下面我们将通过邓氏所营之业与妇职间的关系来进一步讨论。

2.2.2.2 佐夫保民的事业功绩

从整体格局上来讲，邓氏所处的空间有过两次转移，先是于第一、三折中居于传统的家庭门户之内，后因扶柩出城而与避难兵乱的乡邻流民共居于坟屋之内，最终才以祖遗基址白湖墩筑寨同乡勇共御外敌。在此三处空间之中，坟屋作为过渡性的半公共场域而存在，其后的立寨御敌与初始的室内持家则正两相对峙。在场域的更换与扩展中，邓氏的职责与承担也从家室的供薪教子、到乡里间的赈济、再到率领大家抗击流寇不断拓展升

---

① 陈晓昀：《明代女性复仇故事的文化史考察》，山西教育出版社 2011 年版，第 124 页。

级。如果说，赈济难民尚且是区域性的公共职责的担待，那么之后其带领大家抵抗贼匪流寇，则更演化靠拢于历史性的责任担承。从表层形式上看来，邓氏似乎代表了女性空间在历史裂缝断层中的独立性生成，然而从潜在线索上讲，邓氏所建立的历史场域始终未脱家族内室的色彩，而其所建立的功业也始终暗含着佐夫救邻的士家妇职。这里我们从两方面来解析邓氏所营之业：一是作为内庭室妇本色之下的纺织供薪以佐夫业，二是作为外室才妇智识之下的抗寇救邻以承夫志。

首先从邓氏恪守内室妇道而持家佐夫来看，她在丈夫决计离家以就功名后便"勤纺织以佐饔食，攸供妇职"（第三折《课读》）。针织女工于此，不仅仅是督子夜读时闲来缀补衣物的日常家务之操持，更是能供薪养家以维持衣食周给的来源所系。

【中吕过曲】【古轮台】免牵愁，我丈夫别泪不轻流。只是娘子一人，难以撑持门户，我放心不下。[旦]咳，官人！我也不是寻常巾帼闺中秀，效颦眉皱。[生]许多子侄在家，薪水之费，甚是难支。[旦]说那里话！中馈亲操，何须为儿女担忧。[生]既如此，小生一等天明就去也。射策金门，奋身玉寨，好将赤胆赴吴钩。[旦]只愿你运回阳九，早万言一上功收。[生]娘子！此夕家乡，明朝客邸，他年会合，生死任沉浮。[旦]大丈夫以身许国，何以家为！男儿志，管全忠分却帝王忧。①

此段之中，邓氏以主中馈的身份明言亲操薪水供费，而第三折的出场自叙中又在"织边供薪水，勉勤学以就夫名"的言志之后，自白交代出此前的生活境况乃是"勤纺织以佐饔餐，攸供妇职；抚子侄而督诵读，不愧

---

① 《两须眉》第一折《叙别》，第1204页。

家风"。实际上在李玉的史剧中,由于士子或外出求仕或寻亲羁留,家庭私领域中时常存在着独由女性组成的内室空间。而谈及这些空置闺阁门户之内的妇女以女工纺织以供餐食的情况也是《明史·列女传》中的妇女抚孤养亲的普遍状况,但能够在乱世之中独以纺织供持家薪的则仅见于邓氏身上。在其余留守家内独妇撑持的境况中,则多是仰仗他人供给,如《麒麟阁》中程咬金数次背米登门以周济秦琼之母,《万里圆》吴氏在丈夫外出寻亲后则赖出嫁女儿以米周济。这里尤为体现妇女独居家室操持中馈的艰辛,无论是《两须眉》黄禹金以"许多子侄在家"忧心薪水,抑或是《万里圆》黄向坚行前忧虑"叹年来萧条家计""想着恁茕茕母子怎免寒饥"①,都以乱世持家之难为做临行之叹。而虽然吴氏勉夫以"奴自能苦守糟糠,休忆我难支薪水"②但终是窘困"我母子二人在家,生计萧条,饘粥不给"③。这里孤妇撑门与有独男在侧的境况在李玉剧中截然不同。无论是《风云会》中进山砍柴以供嫂的郑恩,还是《万里圆》中以薪柴养姑父姑母的黄向严,孤身在外的男子多以劈柴就薪,而内室妇人之纺织供家则亦与之有同构之感。晚明冯梦龙笔下有一篇描写小户缫丝经营的小说《施润泽滩阙遇友》④,约略可见,自明代中后期至李玉所处明季之时,以"一机一杼"为营的小户纺织大体可使江南女子一人所劳仅够日用。而《明史·列女传》中亦大量记录了妇女先以纺织供给,后方有刺绣针纫等手工乃至耕田以为家用,均可温饱。如陆氏自给逾三十年者,钟氏四节妇妻妾共同纺织度日守贞之例,李氏忍饥饿供养婆婆者,或欧阳氏以纺织抚孤,以至王氏靠针线可以供养公婆两者。甚至有较奇特的河间邓节妻毕氏"忍饥冻,昼夜纺织,积

---

① 《万里圆》第八出,第 1599 页。
② 同上书,第 1598 页。
③ 《万里圆》第十三出,第 1619 页。
④ 冯梦龙:《醒世恒言》第十八卷"施润泽滩阙遇友",天津古籍出版社 1999 年版。

数年，市地城北八里庄，独之景州，负舅姑及夫骨还葬"①。但是如遇到灾荒年景或邓氏这般兵荒马乱的年月，这种将够持平的供给养家似乎就成为极大的问题，如玉亭县君于"万历二十一年，河南大饥，宗禄久缺，纺绩三日，不得一飧，母子相持恸哭"。无独有偶，南方则有东莞叶其瑞妻王氏平日皆"夫贫，操舟往来邻境，一月一归。妇纺绩易食"尚不至饿馁，但"万历二十四年，岭南大饥""不饘粥数日矣"仍不免被丈夫"鬻妻"后投江而亡②。从此观，李玉剧中如秦母、吴氏之女流，多不能离夫别子但仍持家自给也非失实之笔。在据实而录的文风中，独有邓氏能供夫就学并非妄言，持家抚侄尚可周济，自然表露其不同一般闺中弱质的才干性情，以及内在的某种独立性意味。此刚烈之性、独立之节又如何延伸了其社会职责，使其从内室空间逐渐引申向公共领域之中，则先要就其辅夫行为做进一步研讨。

其次，再从邓氏立寨保民、抗寇活邻的事迹与黄禹金自身的军事策略、仕途经历的对应来看，邓氏所建立的历史场域，实际是对夫君的击寇保民的政治理想的实践与对其军事战略的补充。就目前所见的关于邓氏形象业绩的学术分析来看，一般对于邓氏建寨抗敌、率民自保的行为都是围绕其"女中韩范"之姿来展开，认为她是破除传统闺阁束缚而如男子般于外室场域中建立历史功业的巾帼代表。这样的视角，往往忽略了查讨如下的问题，即邓氏所为之业绩与夫君战略理想之间有着怎样的关联，其所建立的空间又与丈夫所驰骋的场域有着怎样的关系。或者说，在大而化之的对邓氏的概述中遮蔽了这样的一重事实，即邓氏抗寇立寨的行为，本身是对黄禹金

---

① 张廷玉等：《明史》卷301列传第189，商务印书馆，据乾隆武英殿刊本影印，1936年版，第3171页。
② 张廷玉等：《明史》卷302列传第190，商务印书馆，据乾隆武英殿刊本影印，1936年版，第3189页。

军事思想的诠释与实行，在文本的结构对应中暗含了这一历史事件内在的典范士家女性佐夫成名的内涵。这里我们将通过两个方面来略加探讨：一则从理念层面上讲，邓氏立寨垒击流寇的方式是与黄禹金自身思想策略呼应暗合；一则从立寨抗敌的地理方位上看，此立寨保邻的践行也与黄禹金的军事行为所牵涉的公共空间相连互补。

先就黄禹金出仕后投身戎伍所展现的时局理想和军事策略上看，他在第四折《射策》中向史可法提出当今剿贼之三弊与相应的谋划之三法——"抚土贼以孤贼援，立堡寨以□贼粮，禁杀逃归难民以散贼胁"①。此可看到，在黄氏所提到第二个时下的剿匪弊端与就目下局势而言如何能断绝流寇粮援以保民孤贼的应对策略，正是邓氏改"白湖墩"为"白湖寨"以抗击流贼的方式。流贼攻袭白湖寨虽非图谋稻粮之补给，但也是因"拿几个土人来问，都说这里白湖寨铳炮极多"（第十四折"杀贼"），而意欲为自己补充后勤军备。因此，从此一角度来讲，邓氏的守寨御贼、保民数众不仅是体现杀敌之大捷、存民之有法的一时之功，更是其对夫君整体军事策略的呼应检验与实行有成。如果说，在第一折黄禹金别家出仕的过程中，邓氏由"何似待时而动"的忧虑劝阻到明夫志已决后的"大丈夫以身许国，何以家为"的勉励，是体现其妇从夫志、佐夫就名的士家贤妻的典范形象，那么这里立寨抗寇的功业建立，更是她从对夫君襟怀志向的理解、附从到对其抱负策略的印证、回应这样一个夫妇相合内涵的深层展现。此外，立寨保民以断贼资在区域性历史场域中的成功践行，也把黄氏个体性的谋略规划上升为一种于广阔的社会领域中挽救时局的家国方策。这样一来，立寨固堡以绝敌保民，从观念策略的叙述到施行方式的实践，既为邓氏"近来剿寇第一大捷"的历史业绩，从个体角度上点染了一抹夫妇人伦的儒教色彩；

---

① 《两须眉》第四折《射策》，第1211页。

也是从更宏观的家国视野上将公共区域上升为历史场域、将个体智识提炼为救时良策。

再次便是就黄氏守关抗敌与邓氏立寨御敌二者的空间方位来看，后者的功业行为正是对前者的补充与延伸。下面从第十四折和第十六折交代的两处地理位置来解读寇贼从袭黄转而攻邓的内在关联，以及邓氏破贼对黄氏守县的辅益之功。

【正宫引子】【破阵子】[净扮流寇领众上] 铁骑横行海内，生灵百万遭殃。

掠地攻城胆气豪。杀人血满绣罗袍；从来秦晋称无敌，荆豫闻名魄也消。自家左金王是也。奉八大王龙牌，着俺同革里烟一齐攻打英、霍二县，怎奈黄得功分兵把守，一时难破。据俺的主意，必须火器供给，才得取胜。拿几个土人来问，都说这里白湖寨铳炮极多。故此令革里烟领兵围住两县，孤家先破了白湖寨，取他的火器，攻破六安州，岂不是个一举两得？孩子们，领兵前去打破白湖寨便了！①

……下官史可法。抚绥江北，掌握重兵，怎奈流贼日猖，羽书旁午。议剿议抚，微功虽见一斑；设饷设兵，心血已枯万斛。真个食少宁餐，夜无安枕！今日左革二营齐寇英、霍，喜得前日已调黄得功镇守，料无他虞，也足宽我一方之顾。今早塘报到来，说六安州南门外六十里远近地方，杀死流贼无算，尸骸堆积如山。若果如此，是近来剿寇第一大捷了。②

据文本所述，邓氏堡寨所在始时交代并不明确，从"赈饥"一节中仅

---

① 《两须眉》第十四折《杀贼》，第1238页。
② 《两须眉》第十六折《诳捷》，第1243页。

可知,邓氏布粥于刘安城外公所厂内,白湖敦又在其附近。至史可法登场方明言其位于"六安州南门外六十里远近地方"。而在"营寨"一折中,邓氏立寨存民便以"不意日来流贼纷纷,复寇英、霍、六安,远近震恐,众人意欲奔窜逃生,又要投降献纳。"方改"敦"为"寨"。查三者地理方位。

【六安县】隋为霍山开化二县地。唐改霍山置盛唐县。宋置六安军。改盛唐县曰六安县。为军治。元改军为州。明废县入州。清直隶安徽省……

又【白湖】条有曰"在安琥庐江县东北三十里。"

【霍山县】春秋潜国。汉置潜县。南朝梁置岳安县。隋改曰霍山。宋省为镇。入六安。明复置县。属六安州。清因之。民国初属安徽省安庆道。

【英山县】宋立鹰山寨。寻更名英山。因立为县。寻废。后重立为县。明移治县西北章山。又移治县北添楼乡郎。清初始还旧制。属安徽省六安州……

又有【英山】条曰"在安徽英山县东五十里。县以此名。"①

在上述的词条中,我们可以明确看到六安州与英、霍二县各自的由来与方位,也可见到其于历朝历代皆有一定的行政地位及军事作用。此处英、霍二县概皆因山得名者。据词条中所述白湖与六安州的位置关系,以及英山与英山县的地理方位,在此三者间形成了怎样牵一发而动全身的精妙军事态势随后详述。为深入解析邓氏据寨抗守的事件历程及其区域的空间关系以见其历史功用,我们从行政区划图这个层面来稍加详察(为便于审视,

---

① 臧励和等编:《中国古今地名大辞典》,商务印书馆1931年初版、1982年重印版,第125、1252、664页。

仅作节录）：

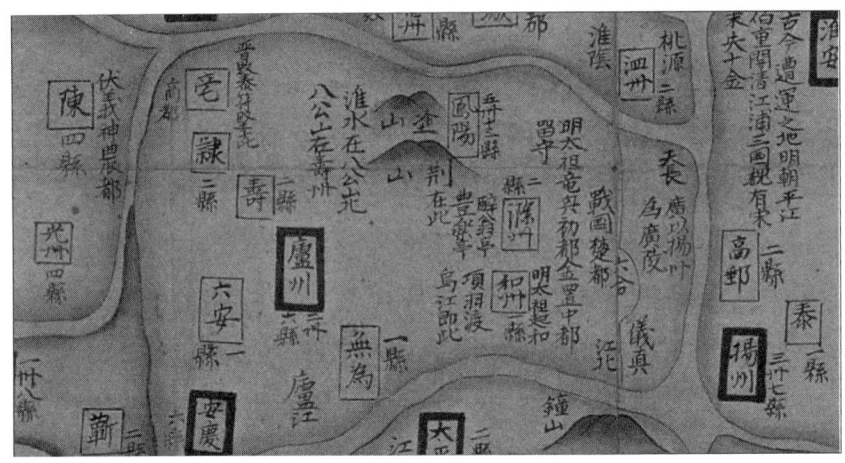

图 1　明行政区域下的庐州府

（节选自京都大学藏"大明地图"）

我们佐以图 1 红线所标识之区域，大体可定英、霍二县的地域范围不远。由此可知，流贼由英、霍二县上溯而袭六安，邓氏率难民南出城门，避于约六十里处近白湖、为大河所隔的白湖墩处建寨御敌。这里先是交代出寇贼袭黄击邓的内在关联，乃是为求取火器以攻破英、霍二县；次而在击寨夺器之外又复要取六安州，以图"一举两得"。因此，邓氏守寨却敌的事件，便既是对于夫君驻军守城的直接辅助（可以想及，贼寇围黄击邓而兵分两路策略的失败，也会给黄氏救解革氏围城之困后续带来极大便宜），同时也使自身成为守卫六安州的门户而带来独立性的历史空间与功绩。在前文所述及的剿贼三策中，黄禹金自以赴贼寨招安践行一策，其妻邓氏复以建寨杀贼实行一策，立寨保民本身又是有断绝难民投贼以绝贼援之用。以夫妇二者的参照互补而相辅相成地完成了黄禹金所提出的隔断流寇的战略策划。此处在与流寇正面交锋的场域中，李玉再次以夫妇双线的比照互补、回环合拢完成了对剿尽寇匪的展现。此外，在此般因由牵绊间，邓氏所处的空间领域不仅从公共场域上升为历史场域，同时，更使得白湖寨由小小的一"墩"一"寨"之地，扩展成护卫刘安州县之门户，并进一步成为解救英、霍二县乃至黄得功镇守的整个地区的关键场域。

2.2.2.3 存邻守内的空间场域

既然上文我们谈到了邓氏所处空间的两次主要的转移，这里我们就有必要更深入地析别其所处的主体历史场域及其性质特点，一方面从其空间转换与迁移的演进脉络上加以梳拢，从而明晰邓氏所代表的公私领域间有着怎样互相辅益与呼应转化的潜层内涵；另一方面复要从建立与运营的方式上，来揭示其历史空间的一些本体性问题。就前者而言，引导我们从公众性的视域对其空间功能延伸讨论；从后者而论，要求我们从历史性的角度对其主体场域加以解读。在前者的观照下，我们可以从社会横向的领域中研讨其空间内涵指向了怎样的公私与家国；在后者的关注中，我们更可以在历史纵向的脉络间查探其场域特性有着哪些传承与新变，进而探讨这种从私领域到公共领域再到历史场域的延伸拓展与内在关联展现了怎样的空间功能与内涵隐喻。

从总体上来看，邓氏从跨越闺阁到进入社会，从内室走入公众，再将公共场域在历史的波澜中上升为历史空间，主要经历了如下历程：邓氏走出持家教子的内室领域之后，来到了带有家族色彩的坟屋寓居并保纳邻里，同时又置粮公所以布粥活民，最后率领众人辟湖墩以为耕、立堡寨以为御。在这若干空间与建树中，白湖寨无疑是其核心的公共领域与历史场域的交叠所在。一方面，坟屋仅代表了由家庭向家族领域的部分延伸，并未完全进入公共领域，接纳难民使其带有了某种乡里亲邻间的公众性，因此仅是公、私领域间的过渡空间。另一方面，相对寓居坟屋期间所营事业而言，从接纳难民邻里到布粥乡野流民（虽于公所置粮布粥但仍寓居坟屋内以为家，故空间场域未有改移），其所营立业绩虽渐由宗族乡邻向更广阔的区域州里拓展，但也仅是公益性职责的承担，而带来私家内室空间向公共性领域的延伸转化，尚未有直接楔入政治势力与历史时局的功业建立，便未能称为历史性的场域。因此对于邓氏来讲，展现其主体历史功绩与核心历史场域之所在，无疑仅白湖寨一处。那么这样一个历史场域的独特性又在何处呢？首先就立堡本身而言，这不仅是如上文所言的对夫君理念与抗击流寇策略的践行，同时从当时广阔社会态势而言，也的确是群集民众的新型方式及空间形态。在李玉史剧中，我们可以找见如《牛头山》巩氏兄妹纠集乡勇来保卫乡里的事例，但这里并非组建新的空间以御敌，而仅以建立单支民间武装力量的方式来保护原有空间的完整。而一旦原本赖为依存的城郭州县为战乱兵燹所摧毁，从《明史·列女传》中的妇女们来看，她们往往便散乱群合去寻找别处州城作为躲避的新空间，如月娥以"太平有城郭，且严兵守，可恃"而"挟诸妇女往避之"，及至城陷亦只能率诸妇投水全节；再如安定举人张国纮之妾亦是助夫守城而亡。因此，在六安州城破出城后，邓氏集合民众以白湖墩为基所建立的既可躬耕自给又能御敌抗寇的堡寨，于其时而言本就是十分独特新型的空间形态。另一方面，这样一种独特而独立的空间场域，又与邓氏所代表的性别空间相交融，则更赋予其复杂的内涵。而对于女性性别空间于此所具有的独特意义及其存在的内涵，到底是特异于传统的存在，还是对传统的承纳，我们将在对空间组建与运营方式的考辨中详加展开。

与邓氏堡寨空间形态的新颖特异相对的便是空间内在的传统蕴涵。这里我们从两个方面来讲，一是从建立空间所凭借的资本根基而言，是传统士族家庭对区域社会的承担与支撑；二是从空间运行所体现的方式特色而言，是传统儒家男外女内的性别空间划分的重构与组建。前者可以帮助我们厘清作为公众性领域的白湖寨空间的建立及其功用所指；后者可以让我们在历史性的发展中探讨在空间架构与运行方式中的文化隐喻。而二者统归的观照，则更可厘清白湖寨作为历史场域时与传统性别空间、性别文化的关联。

对于白湖寨这一既展现了独立的新异形态、又隐含了遵从的传统内涵的历史场域而言，它不仅仅是抗击流寇历史事件发生的场所，在更多的时候，它首先是作为民众聚集、劳作、分工、互补的公众性领域。因此，我们就需要先从这一场域建立的历程上来探讨其公共性的特点与最终的功用旨归。在布迪厄有关社会场域的理论中，他曾经将运行其间的社会资本划分四类：经济资本、文化资本、社会资本和象征性资本[1]。并通过这些资本的运营与转化来言说一个社会场域是如何被支撑结构的，而使各类资本的互动关联甚至直接成为一个场域的存在本身。因此，我们在这里借用他的概念，从"资本"建构的角度对于堡寨的建立根基进行分类和解析，进而明晰在这个逐渐获取了独立性地位的空间场域中有着何等特色与内涵，以及在这样的空间特点下，其所指向的基础功用为何。而对其功用指向的解答，更可帮助我们区分此公共空间在内外，之间所具有的价值属性。

先就其所依赖的经济资本而言，邓氏能群集乡民以立堡先在土地、次在粮米、后在武器。对于白湖敦这一"周围大河，四下有荒田千顷"[2]的宽阔宝地而言，有着既可躬耕退守以安民生、又可划界御敌以存民命的独特地利，因此方能召集民众同守共御。而这样独具地势之优长的湖敦，又是"祖上遗下"的基业，便有着家族色彩向公共性转化的历程。其次，能维系民众群居而自成村寨堡垒的根基便要在立足之地外，更重于生活的自给。

---

[1] 此参见高宣扬《布迪厄的社会理论》，同济大学出版社2004年版，第148—154页。另参见该书第五章场域与社会结构动力学关于"资本"一节。
[2]《两须眉》第十一折《赈饥》，第1231—1232页。

这里邓氏分配"上司所赐耕牛正好开垦荒田，禄米正好赈济穷民"[1]为民众提供食粮所赖，不仅以置粮公所和号召周围富户出粮为赈的行为在更广阔的地域中连接区域之民，复为他们提供了耕牛、荒田最基础的农业生产资本作为其自食其力的基础来源。因此，白湖寨比黄禹金所言立堡寨之策更为切实可行之处，便在于其不仅能绝贼以粮，同时也非为屯粮积米，而更通过生产性的自给以立。在赈饥布粥中，虽然乡里穷民聚集一处，但也仅是作为被动的闲散的个体向邓氏这一中心靠拢；而只有在共同耕种营寨的劳作中，才能凝结成相互支持、赖以生存的社会性群体。因此，我们或许可以说，当白湖墩作为共同生产劳作以求经济自给的场所之时，其基础的功用指向的是活民与自保的内守形态。

此外，如果仅有经济生计独立自给之资，也仍面临着随时的寇至寨破而继续流亡的威胁，因此"督造兵器火药"[2]以自保就显得尤为关键，而此后流寇所欲取者，也正是为白湖寨所独有的火器，而非黄氏所虑的处处皆有之稻粮。在三大经济资本中，这也是邓氏率众于新寨内自行督制生产，而与新型空间联系最紧、独立性最强的资本。次从文化资本而言，邓氏能布置寨防规制、安排乡勇队制以及演练阵法形制而成堡寨之首领核心，却又得益于其"颇识诗书"甚至能教子兵书的智识韬略。而在中国古代社会中对于士家女性普遍的文化资本形式，便是"成为一种禀性和才能"后的"归并化的形式"（高宣扬，第149页），也就是说闺阁之中的儒家女教是邓氏才识所在的基础，而这也正是得益于其士家阶层的出身背景。当然，如果从有形的制度形式下的文化资本而言，邓氏也并非全无凭借。一则是其营寨之后蒙众人推重而为"一寨约长"（第十三折"掌约"），后受"官府依允，发下明文"而迫为掌约；一则是在抗寇成功之后，史可法便衣相访得

---

[1]《两须眉》第十折《锦还》，第1230页。
[2]《两须眉》第十二折《营寨》，第1233页。

知实情后,为之题匾"女中韩范"以作功德旌表。前者对于整个场域的建立完成有着颇为重要的作用。由于在传统观念之下,"士人家族中的妇女走出家族圈、直接效力于社会的机会很少,即便偶尔有之,也多半起因于协助父辈或夫君子弟之需要。也就是说,使她们得以跨入以男性为中心的领域之中介,仍然是男性的需求"[①]。所以,在夫君离家在外、子侄尚未成年的情况下,邓氏不仅要承续夫志,还需承担家族责任,甚至还要完全独立地走入男性中心的社会政治场域之中,就等同于对传统女性内室本位的放弃。而从邓氏自身的情志禀性而言,却又有着士家德妇的典范性蕴涵,故而虽是形势所迫使其不得不逾越内闱成为统领乡民、担当区域民众命运的巾帼女将,但在正名以行的传统价值体系内却非全然自足。因此,官方制度层面的委任,无论从邓氏个人而言,或是从社区群体来讲,都是对其完善性、独立性的最好保障。而史可法与邓氏所领之白湖寨"公廨"的正面相遇,既是展现其内在的完整自足性,也更体现出社会性、公共性的完全建立。在李玉史剧中,平民女性多由在上位的女性施加拯救,或是如《牛头山》巩金定一般,是通过守卫上层女性的方式获取历史作为,但都是在女性群体内部的相互救赎。也就是说,女性与女性的相遇救赎的模式,带来了女性性别空间内部的自足,即使是打破闺阁宫闱的规约,但其性别空间与男性领域依然分隔而行。因此,此处在邓氏所建立的公共空间与史可法所代表的政治领域的直接相遇交合,就体现出了这一公共空间已经不再受性别空间的局限,转而成为一个完整的、缩微的含纳了公私、男女双重空间的独立领域。不过我们还要看到,虽此有匾额"题功",但在后续的事件中,邓氏的功用再次回归到以内室为主体,而非如男性公共场域中的诉求建业彰名。此后虽有忧心夫君而意欲备集乡勇勤王未果回兵,以及后来

[①] 杜芳琴、王政主编:《中国历史中的妇女与性别》,天津人民出版社2004年版,第276页。

的倾尽家资以助夫军饷，但皆在家国命运的关心下更有辅助夫君志向功业的内核，况有"病忆"一折纳妾于夫及静守家中佛堂的日常生活形态的展现，均可看到其所处领域性质有了由公向私的内在转移。在这样的转换中，邓氏完成的是由内室向公众进而到历史，再由历史回归公众最终返还私室空间的历程。

不过如果再就其所依赖的社会资本而言，则是几方面中最不鲜明定性的一个因素。因为，对于以闺阁为本的士家女性而言，她们往往并非拥有明确的"占有的持续性社会关系网而把握的社会资源或财富"。不过，从其布粥济民时"募劝附近殷实众户"到率民建寨来讲，也依然展现出邓氏自身社会网络的建立和社会资源的调动。如果要说明邓氏获取自身社会资本的依凭为何，则不得不先说对于邓氏而言的象征性资本为何。于邓氏来讲，能够助其号召士绅富户以及领驭乡邻群民的核心，绝不仅在于米粮田地之利，也更在于她本身的声誉威信之内涵维系。而对妇女而言声誉威信的建立，则仍关乎儒教：儒教之才使邓氏有领将之风，儒教之德使邓氏能万民以向。通常而言，女子能遵行妇德者不仅有机会获得官方封表诰命，更能以美名之扬而在区域内得到盛誉称许与人心信服。邓氏不仅有内室女性持家佐夫之德，而其代表地方精英士家承担起的区域性公益之务，更有代夫行责而赈济乡邻民众之德，而黄氏在功业有成后于名气、物质上的双重肯定与支持，也更为其由妇德到声誉的转换提供了支撑。故反就邓氏的社会资本而论，与其说邓氏以持续稳定的社会关系网来获取资源，不如说其是以"德行"美誉和"才识"威信等象征性资本编织起了广阔地域内松散的关系网络，进而促进其社会资本的积累生成。当然，其能使"众富户慕义乐输"也不仅在于其个体德行之感召，同时也本于传统乡土社会中，地方精英士族对赈灾济民的区域公益责任承担的儒教传统。明代士绅群体在结构社会基础中作用的凸显，使得这部分地方精英自然地承担起赈灾济民的公益责任。如崇祯年间浙江山阴"霪雨不止,水潦昌盛"致使"人情汹汹,朝不保暮"之时,便有"荐绅先生闻风而起,议蠲议助议赈济,奔走无虚日"①。甚至在他们与官府之间往往也是以合作方式共同维系社会乡里。如"明朝末年,苏州府太仓州遭遇大饥荒,官绅曾聚在一起'会议救荒策',可见当地地方精英与地方官员已形成了一些非正式的合作机制"②。因此,从象征性资本到社会资本的生成以及潜在社会资本的利用中,邓氏在场域公共性的逐步建立中,既有赖于自身的才德,又借助于乡土社会之传统。而纠其总体的功用指向,也是在救邻保民的基础命题下演进建立而完成其社会效用。

从上述的空间建立的根基依凭与协作资本而言,就其所倚借的土地、耕牛、粮米及火器等基础物质来讲,既有夫君家族士绅富户的留给,也有堡寨内部独立的督造建设。因此,这既有邓氏自身独立性建树的展现,也有诸多对于夫家家族、士族文化及儒教传统的借助依凭,既是邓氏对夫君氏族男性空间之依托,也是其为妇智识才能之独立。那么其在空间具体运营方式上,这是在体现新异独立的特性,还是也传递出传统承袭的文化内涵呢?就文本来看,在邓氏历史场域的建构中,实际依旧隐含着传统男外女内的性别空间的重构与组建。我们这里便先由营寨之规制、守城之法度来初探端倪,以见在李玉的笔下其对传统的两性空间有何本位性坚守。

【大石调引子】【东风第一枝头】[旦上]乡井安生,耕锄乐业,那堪惊扰兵车。

奴家邓氏。自丈夫之任后,将禄米赈济穷民,用耕牛开垦荒田成

---

① 张陛:《救荒事宜》,《丛书集成初编》第0965册,中华书局1991年影印本,第1页。
② 万明主编:《晚明社会变迁问题与研究》,商务印书馆2005年版,第290页。参见高寿仙所撰的第四章"晚明的地方精英与乡村控制"。

熟，远近村坊，俱搬徙来居，竟成乡井。不意日来流贼纷纷，复寇英、霍、六安，远近震恐，众人意欲奔窜逃生，又要投降献纳。奴家决意不肯，力陈利害，众人安心坚守。奴家思得白湖敦祖遗基址，周围湖荡中出一敦，尽堪立堡。将四面筑就土城二层，仍开垛眼，分作四门，设立吊桥，宛似城池一般，以御贼盗。一面着两儿置备军器火药，一面命胡姬制造旗帜。①

[小旦] 贱妾胡氏，同众女子叩见！[旦] 站在一边！[众应介。小生] 小侄九锡，同众隅长叩见！[旦] 起来！你每众男女听着！流寇横乱，劫掠乡村，尔等百姓既无城郭依栖，又无官兵救护，众力筑成营寨，推我权为盟主。彼攻我守，万命攸关；兵凶战危，非同儿戏。凡军中战守事宜，我先有告条张挂。今日再行三申五令，尔等须宜恪守遵行。大凡守与战不同，守寨与守城又不同。尔等千家性命，与我共一性命；我生则众亦生，我死则众亦死。今我将尔等分立八大纠首，每一纠首又各管八小纠首，共八八六十四处汛地，处处防守宜严。今日约法三条，尔等合行遵一：我所恃，惟有火药；必待贼人将近濠边；方可发炮；敢有虚发不中者斩；贼兵临城，务期寂静，如有喧哗者斩；摇乱众心，说降说逃者斩。军法无情，各宜遵守。听我道来！

…………

[众应，传首下。末] 请问夫人，众军士何处防守？[旦] 众军士坚守外城，日则巡逻喝号，夜则击柝摇铃……

[众] 得令！[小旦] 请问夫人，众女将何处防守？[旦] 众妇女守住内城，止在城上高执旗枪行走，以张声势。②

---

① 《两须眉》第十二折《营寨》，第1232—1233页。
② 《两须眉》第十三折《掌约》，第1235—1236页。

统观白湖寨立寨击敌事件核心场域的建立过程，主要由第三折写出了"营寨""掌约""杀贼"三大阶段。从内在的军事策略上看，从营寨之章到守堡之法、再到布兵之阵，都体现出邓氏周详完备的军事才能：既能从地势空间上安排守御之处、防守之要；复能从时机依恃上定策立约，以明攻守有异、守寨守城不同；再能从人员调布上布队有方、治军有度、演阵有法。这是邓氏作为巾帼须眉、女中韩范迥异于史剧中其他女性之处，其才其业于历史的场域中具有了更强的个体性与独立性，成为以士族阶层的知识才智直接介入历史时局进程的强有力的音符。不过，有趣的是，当我们再从外在的部署分工上看，当面对于绝大部分并无殊异与才能的普遍乡众之时，个体性的军事才华再度让位于群体性的社会分工，传统性别空间的分野于此再次显示出其稳定性：无论是前期部署胡姬制造旗帜、二子督造火器还是御敌时的男外女内的守城方式，都又体现出传统的男耕女织、男外女内式的空间分隔。虽然邓氏个人以其才德领驭了整个以白湖寨为核心的区域空间，展示出某种对于男女性别空间、内外分工有别的跨越，但当个体回到群落，特殊回到大众，新异回到常规之时，邓氏统驭乡民群众的方式仍要遵循倚借于传统的社会分工与性别空间。因此，胡姬负责与织纺有关的旗帜的制作而子侄承担与男性政治空间更为直接相关军器火药的督造。同样地，虽然在演阵布兵的守寨的日常备战中，男女将官同听军令，但在实际的御敌抗寇的守城之中，直接出战的除射杀敌首的邓氏本身，我们看到大部分的女将仅是守住内城、张旗呐喊的辅助职能。此内外相别、男主女辅的守城方式在《列女传》亦有迹可循，即我们之前提及的张国纮之妾杨氏。

> 杨氏①
>
> 又杨氏，安定举人张国絃妾。崇祯十六年，贼贺锦攻城急。国絃与守者议，壮丁登陴，女子运石。杨先倡，城中女子从之，须臾四城皆遍。及城陷，杨死谯楼旁。事定，家人获其尸，两手犹抱石不脱。

此中之妇虽个体才智建树上不如邓氏特异，但从普通民众守城御敌的方式而言，依照传统的男外御敌、女内助守之分工既是对人力实际的优化利用，也是本位于日常观念下的对性别空间稳定性的遵从借力。由此，我们可以看到在白湖寨这一公共场域向历史场域的转化过程中，从民力分工到军事铸造都体现了传统的性别空间内涵，然而在统驭此空间事件的"女中韩范"邓氏身上，我们又感受到了对于性别之分、内外之别的超越与融合。

所以，从邓氏所处的公共场域日趋建立的脉络上讲，无论是其所依仗的资本，还是这些资本得以存在衍生的内涵，都既展现出邓氏对传统内室女性与私领域中妇职价值的超越，也同时体现了对于传统性别空间的文化内涵及传统社会结构的遵从利用。而在建立过程中所体现的由私向公的性质转化，又最终在其完成历史场域中的功用展演之后，再度回归到内室本位下的静守自保的姿态。总体而言，融合了公共性与历史性存在的白湖寨场域，最终便是以"存邻"为功用、以"守内"为旨归，从而使得领驭这一场域的邓氏身上既展露出内外有别的性别空间之差异分野，又代表了对男女两分的公私领域的超越与融合。

综上而言，在内外之别的传统性别空间之下，邓氏以其士家女性之"才""德"的展演完成了对于女性内室空间的超越，在公私领域的分立与

---

① 张廷玉等：《明史》卷三〇三列传第191，商务印书馆，据乾隆武英殿刊本影印，1936年版，第3200页。

融合间展示出女性以自身才识情志楔入历史时的独特风貌。然而，在如前代学者一般看到邓氏巾帼之姿与"女中韩范"的风骨之外，我们更要注意到她对于传统的女教本位的持守。因此总体来看，在邓氏建立的跨越了性别空间的公共领域与历史场域中，仍保有浓厚的士家妇女传统的儒教闺阁的色彩。从个人情怀抱负而言，邓氏虽异于一般的闺中弱质而有刚烈之气节，但仍是以主家佐夫为女职妇德之本；从整体功业的建立功用而言，邓氏由赈灾到立寨，正是对丈夫军营献策中所提的立寨以挡流寇的理念的实现与印证，其守寨保民既是地方精英对于区域公益的责任与承担，同时也更是对夫君才识策略、统兵镇守的践行与佐益；而从空间属性方式来看，白湖寨虽在其带领乡邻村勇抗击流寇的过程中完成了历史场域内的展演，但其根本目的则是以自保存邻为本，不以立功建业为旨，使得其不同于男子所处的历史场域。此外，其所领兵守寨的方式上仍是遵守男子御外、女子守内的内外之分，也并非娘子军所代表的女性空间的纯粹建立。种种这些特性都为我们展现出李玉笔下的史剧女性在内室本位与历史作为间复杂的情态。而对于邓氏这种饱含传统儒教下的士家女性典范形象而言，从其跨越性别空间建立独特的自足的公共场域而言，往往体现了对传统社会价值形态与性别空间结构的诸般依凭与利用；但在将这种公共领域上升成为历史空间时，她们又多是依靠着自身的才识情志与节操风骨凝聚集群而获取了楔入历史进程的力量。因此，我们对于这样承载着复杂文化内涵与历史价值的巾帼形象便不能以"女中豪杰"大而化之，而要更为细腻地审视其内在的情志特点与介入历史的独特方式，来展现在表层性别空间的跨越下，李玉对传统性别文化的体认定位与固守赋予。

2.3 在个体节义下开辟的女性空间

在李玉的史剧中,还有另外一列颇显节烈之气、巾帼之风的女性,即以《牛头山》民女巩金定、《昊天塔》烧火丫头杨拍风、《麒麟阁》歌女张紫烟以及《七国传》侍女金花宝带为代表的下层女子。这里我们并非以严格的经济地位或政治身份来为她们划定阶层,而是与前两类女子的区分上来看:她们既非宫闱之内的贵族女性,亦非作为社会中坚力量的士家女子,因此可以算作是平民女性的代表。就根基力量而言,她们没有贴近于政治的资本或是可以广泛调动民众的力量,因此从人身命运来讲,她们无法通过政治身份获取直接干涉历史的权力,也无法经由自身才德吸纳凝聚社会民众的资本。从这样的处境中,如想获得对日常形态的突围而走入历史的视域,就必然会是历史节点上的一次性闪耀与迸发。或者说,面对历史她们是最被动的,然而在介入历史的姿态上她们又是最自主的。对太后、皇后、公主这类握有政治话语权的宫闱女性而言,她们自身便处在生活与政治的明暗两重的空间之内,故自然而然地成为历史场域中的存在;而围绕她们所展开的周遭事件及她们自身的作为本身便会"创生"出大大小小的历史节点。再如佘太君,尤其是邓氏一类的将门士家女性,她们既可能以家族力量获取与政治、历史三足鼎立的格局,也可能以个体的节操、才德来建构自身的社会资本,而同样与政治、历史分庭抗礼,因此在面对历史波澜的击打时,她们更能以潜在的等待和积蓄的力量来主动防御"应对"历史的转折。而我们这里将要讨论的这类女子则更多体现出个体性的特征,她们没有可供依凭的族群或是家世,没有家族的责任和人妇的职责;也没有深刻的文化教养或是才识谋略,也就不能以才智的统驭或是节操的感召结构社会关系转化为力量资本。因此，她们不是代表着宏大的政治语义或是社会集群的职责，而往往只是作为自身个体生命的展演，伫立于历史节点之端"促发"事件的转折。她们并不"疏离"于社会人群，但却"游离"于群体的面目之外，她们不能够依凭集群的力量，因此，也就愈加彰显出了群体之上的价值。她们对于历史一次性的介入，不以政治目的为动机，也不以群体利益为诉求，相反，她们更单纯地表现出个体的节义情操在历史长河中的熠熠闪光。她们虽然也如沙陀公主靖璇飞或是《两须眉》中的邓氏一样，显出几分凛冽的巾帼之威、须眉之气，但又比异域的公主多了几分内敛的民间文化、比邓氏复多了几许外放的刚硬气节。她们不是单纯的带有儒家内涵的节烈女性，而更是民间文化孕育出的侠烈女子。因此，此欲从个体生命的激荡与侠烈情义的昂扬上来探讨她们如何从微末如草芥的民众中脱颖而出，走入历史的斑斓画卷。

  不过，李玉终究不是激进的叶稚斐，戏曲也不同于"尚奇"的小说。这样的从平民中跃出的侠骨义胆、巾帼烈女，在李氏的史剧中也并不多有，也仅以上述的四位为详。这几位女性出场的剧目，都属于历史题材剧而非时事政治剧。在间接的历史演绎而非直接的时局兴亡下，这种奇烈女子的出场更加具有合理性，或许是在有意无意之间规避了对于时局女性的过度传奇化的描写，这体现出李玉一贯的参本史实，而又不失儒道的正统创作风格。对此几位女子我们又可分其为两类，巩金定与杨拍风为一类，而张紫烟与二位侍女为另一类。究其原因，虽然她们同样是个体情操道义的代表，但前者具有独立的个体地位，而后者则有着依附的人身关系。这种细微的属性差别，为她们所依赖的空间和走进历史的行为方式带来了本质上的差异。这里需稍加注意的是，《昊天塔》原本因元杂剧而更涉及杨门女将的流变主题，故而其人物风貌比之余者更有演绎传奇的风味；加之杨拍风一角仅见于升平署散出《求救》一折，故其所介入的历史情境也悬置未解，没能完全展开。所以我们这里更以巩氏为代表，对比后两者来对其身份性质和空间形态稍加阐发，限于材料难免有所局限。先从整体来讲，她们同属平民群体，而又如上文所言，是纯粹个体的代表，因此她们对于历史波澜的介入，往往是通过一次性的方式加以完成。当某种机遇来临时，无论是巩氏与杨女的救主，还是歌姬和侍女的报信，都只是自身历史展演的一次性完成。历史的场域伴着她们的出席而存在、随着她们的退场而结束。这种空间不像是宫闱女性所代表的政治场域或是杨门家将所征杀的疆场前线，或是兼具公共、历史的两重属性的白湖寨堡，它的展现是片段性的、一次性的出现与完成。后者则是持久存在、隐含着历史属性的公共领域，一旦有历史事件的来临，它们便立刻升级成为纯粹的历史场域。虽然像白湖寨堡多是作为日常民众生产自保的公共空间而存在，仅在抗敌杀寇的一次性事件中呈现出历史价值。但是这一空间并不以事件的结束而消亡，其潜在的历史功用也不以功绩的完成而失去。相反，它就像是历史的后台候场，随时等待着金戈铁马、旌旗擎掌的上演，一旦锣鼓声奏、角号响起，它不但可以成为存民自保的寨堡，也可能在后文中进一步成为助夫勤王的武装。但在救主与报信这样的作为下，她们跨入了早已存在于他者处的历史场域，完成的是一次性的历史作为。一旦她们完成了救主报信这一事件，她们的历史功用便展现完毕，围绕于事件的历史空间也即刻消弭于无形。无论是功成荣归也好，还是殒身成义也罢，她们命运的归途也同时是相应历史场域结束的标志。也是在此偶发性的历史机缘下，她们本于个人的节操情义而主动走入历史的进程，以其自身出现带来一次性的历史转折和空间展演。而这种节义的内涵，杂糅的家国大义、主仆道义、江湖侠义和善恶正义等多层面的内涵，既有着正统儒教的指向，也更多偏于民间道德的本体。我们很难称她们是纯粹的家国天下、纲常伦理中的忠义之士，也非江湖的侠客情怀、任侠本色下的侠义之客，她们更多体现出被礼教有所熏染,但又是从天然本性、民间道德中生长而成的道义节烈。此"道"之所循、"义"之所使、"情"之所驱、"烈"之所在便体现出了官方与民间、宏大与个体、狭义与广义的两重维度。无论是家国大义的建树,抑或是个人自由的彰显,都不足以概括她们节义复杂的内核。然而如巩金定、杨拍风之流,又的确是通过有益、甚至维护家国的作为功绩展现出其自身的历史价值;而对歌姬张紫烟或侍女金花宝带来讲则又通过坚守道德情义而促发历史的转折来彰显个体的生命价值。从这一角度而言,她们既是处于民众之中、等待历史的发展与契机的降临的人,也是最在群体之外、走入历史的转折和功绩的完成的人。她们不是母亲、妻子,或者从属于某一家庭的妾室,甚至也找不见其作为女儿身的明确特征。因此,她们既无家族力量为倚靠,也无家族责任的担承,故更是以个体主动的选择下进行节义情操的显扬,昭显个体生命的璀璨光华。由此般种种而言,她们可被视为较纯粹的个体的代表,甚至她们也因此不再面临内室空间的比照,而其存在领域从开始便指向外室。

总体来看,比之前两类史剧女性,她们的巾帼风范更多依凭个人的节义,在历史的关节挺身而出,为自己开辟新的生存空间和存在价值。这里的"节义"有着正统与民间、儒教与天性、伦理与个体的双重指向,昭显一种融合了伦理大义与本性情义之后的个体道义的可贵价值。她们介入历史的姿态与事件,也多有历史机缘的偶然性,最被动也最主动的叠加了明确的个体性;相应地,她们所呈现的空间形态也体现出展现历史截面的片段性、场域完整性与不持续性的重合以及内室空间留白下的外向性。

2.3.1 民女救主的草野忠义

"救主之难"可说是李玉史剧中两位平民巾帼的共同主题,只不过《昊天塔》中的杨拍风欲救元帅乃是身受杨门"豢养之恩",出于几分主仆道义的恩情本心与江湖儿女的义气天性;而巩氏兄妹则更有几分保护乡里之外的"勤王救主"的家国情怀。如果单从身份上说,作为杨府烧火丫头的杨拍风也存在与主家一定的人身附属关系,但之所以未将之与下文所述的张紫烟、金花宝带归为一类,主要因为李玉笔下的拍风不是纯粹的"义仆"形象,而更近似于一位本于情理、感于恩义的报恩侠女。而如从领兵乡勇的形式来看,巩金定也更与《两须眉》的邓氏仿若。但我们之所以不将其归于邓氏之辈,则在于李玉对其的表现角度上,并未按照士家才德之女的形象内涵来加以设定。相反地,对比邓氏以"文才"驭"武力"的建构空间的方式,巩金定身上更彰显一种英气飒爽的武将风度。而巩氏与邓氏在介入历史时的某种相似,则在于巩氏是作为潜在的、将要进入士家阶层的女性形象加以刻画的,这点我们可以通过巩氏与岳云的盟婚清晰看到作者的匠心意图。但无论如何,杨氏与巩氏二女身上都没有明确体现出深厚的儒教积淀,也相对不受传统女教的约束,从而相对疏离于儒家女子的群体面目,以鲜明的生命个体伫立于社会历史之间,随时展现出跳脱门庭、切入历史的锐利锋芒。

  这里我们要先谈一谈所存文本最简单、也最为复杂的杨拍风主题。从杨拍风而非杨排风的这一称定来看,她与我们传统概念中的小说传奇里演绎的杨门女将略有差异。在此前若干位对苏州派进行研究的学者中都注意到了李玉笔下这一独特的史剧女性,不过都没有对其加以详细的阐发。究其原因大体一方面是限于文本,另一方面则在于要涉及杨门女将母题流变的讨论①。众说纷纭中纠缠于杨拍风形象的本源与演变似乎于本文无益,但在与后世形象的流变对比时,我们却可以更好地发现杨拍风于此处的基本面貌。②从情节的存留上,我们更多可以看到元杂剧《昊天塔孟良盗骨杂剧》的眉目棱角。当然,从杂剧到传奇,李玉笔下的故事已面目全改,而不仅是新汤旧药,不过如六郎梦中见父魂冤诉到"激良""盗骨""五台遇兄得救"等情节铺排上,仍存有元杂剧的基本构架。因此,从这点上来讲,虽然杨拍风形象带有某种稗史小说、民间故事的传奇性,但又与小说演绎大相径庭,而带上几分戏曲故事范式的特点,即明末清初传奇中常见的义仆戏。关于苏州作家群剧作内的男性"义仆"类型与"义"之含义,李玫女士早已有了较为详细的论说③。不过当对仆从群体描绘的视角由男性转向女性之时,我们可以发现悲壮的"义殉"主题为激昂的"救主"所取代,毁灭性的审美为积极性的感召所置换,严酷的人身依附伦理也为纯朴的个体报恩意识所取替。这固然是因着对故事本身情节进程的考量,甚至也可能含着几分小说传奇的色调熏染,但更多地从故事逻辑内在而言,也更在于性别空间的转换中显露出的新的特质。这体现为杨氏身上不仅展现出不同于仆从群体的自觉性,也更有异于男性义仆的自主性,此暂从二者横向对比与其自身纵向流变来谈。

---

① 参见韩艺通《杨家将故事中的杨门女将形象研究》,硕士学位论文,首都师范大学,2008年。其认为"李玉此剧是在元杂剧《谢金吾诈拆清风府》和明代小说《杨家府演义》中孟良盗骨的情节的基础上改编而成",并认为李玉《昊天塔》拆毁天波楼一出中的"烧火阿婆"为其原型(第28页)。

② 作者注:此杨拍风所在的升平署散出折子戏《□忠杰·求救》与全本串贯的《昊天塔》是否同为李玉所作,版本上尚无法考证。此《求救》一折至少不存于傅惜华藏清康熙馀庆堂抄本的《昊天塔》第二十八出串本中,既可能是李玉原作散出存世的单出戏文,也可能为后世所附会新加的单出折子戏。仅就情节而言,与李玉从元杂剧改写的《昊天塔》故事并不相悖,故此仍纳入讨论。

③ 参见李玫《明清之际苏州作家群研究》,中国社会科学出版社2000年版;以及其单篇论文《特殊的"家人"和特殊的献身——明清之际苏州作家群"义仆戏"论析》,《文学遗产》1995年第3期。

杨拍风的独特意涵，并不只在于其特立奇侠的一面，这在小说演绎中更为淋漓尽致，而在于其本于戏曲审美趋于内敛的同时，又杂糅了某些戏剧范式的因素。而从宽泛上来讲的"义仆戏"则可与之比对。在李玉戏剧中，此种残身救主的义仆并非孤例，《五高风》内王安王成父子可相参佐，他们同时也典型地代表了当时传奇中杀身救主的义仆风范，不过杨拍风却带有较弱的人身依附色彩。这里我们可先将二者境况恩遇之别和情志义气之由两下对比而言：

〔贴〕夫人、公子放心。小的父子受文氏大恩，杀身难报，若盘问之时，我愿将此身代作小主人，就死不辞！〔老、小生〕你却怎生保全得我们吓？〔贴〕小的面貌与公子相像。假作公子，到军前认定是文锦，他必杀我；那时夫人、公子可逃矣。〔小生〕他若拦阻，怎生是好？〔贴〕小的自有回答。只求夫人、公子看顾我老年父亲，吾愿足矣。〔老、小生〕不信你真有此心？〔贴〕真有此心！〔老、小生〕实有此意？〔贴〕实有此意！〔老、小生〕既如此，大恩人请上，受我母子一拜！①

〔孟良下、太君白〕院子过来。你可传知府中大小人等不论男女，说主帅在关外失陷番营，没有勇将前去救援。如有人救得元帅者自当重赏，你去问来。〔院子白〕太君传话天波府众人听者，元帅在关外失陷番营，无人去救，不论男女老幼人等，若有人救得元帅自当重赏。可有么有？〔重拍风上白〕院公哥，我听见主帅有难合当去救，俺愿前往……

〔院子白〕拍风呢？太君着你进去。〔拍风进见介白〕太君在上，

---

① 《五高风》第十五出，第1148页。

拍风叩头。[太君白]拍风,看你小小年纪要去救主之难,你怎担得此重任呢?[拍风白]启上太君,我闻主帅失陷番营没人去救,小婢受主豢养之恩,没以为报,情愿前去相救。①

这里可以看到二人共同的救主所由的"报恩"思想,但各自境况与救主方式则有天壤之别。之所以我们说杨拍风这里虽身处仆从群体却又没有十分鲜明的对主人的附属关系,主要在于其"个体性"的塑造。这不仅仅在于如太君所言的"奈我府中又没大将,只有一个小小女子她情愿去番营救主"这样一种与众相异的"孤身"救主,也更在于其非如王氏父子乃一门为仆、世代受恩的情况。因此,虽然同为仆从身份和受"豢养之恩",杨氏救主的义务性与强制性,便因其个体面貌而被弱化许多。反如王氏父子,不仅王安为文门贴身老仆,与主人间情、恩密切,而这种世代相袭的主仆关系,更加强了人身的从属和义务的必然。因此,这样的一门仆从就不仅仅是欧洲文学描写中的管家老仆所多有的主仆温情,也不只是《汤姆叔叔的小屋》和《飘》里描绘的黑奴制度下的从属身份,在日常情理和法律关系以外,更多了一份中国儒家伦理上的道义规约。同时,由于两个门户之间缔结的主仆关系的复杂性与社会意涵,使得仆人在对待主人的行为上,也时常在承担着预期外的责任。比如,王成此处的杀身救主所言乃父子受恩,因此除了豢养之恩固重之外,也含有替父偿还主恩的孝子之情、人子之责。也就产生了李玫女士谈到的"这种理想化的品格实际上很接近古代对忠臣良将的期望和要求,或者说,这些义仆形象具有忠臣的影子,具有一种'忠臣风范'"②。这种道德价值上的道义,既是最无形也是最桎梏的,因此李玫女士既谈到他们献身于主的自觉,也着重论及他们自身殉命时的

---

① 《□忠杰·求救》(总本),第51634、51636页。
② 李玫:《明清之际苏州作家群研究》,中国社会科学出版社2000年版,第162页。

无奈悲苦。典型的如其所举例《未央天》中臧婆所发的感伤身世命运与无可奈何境况之语。有意味的是，这里臧婆之夫亦为老爷的贴身老仆，故而臧婆也顺理成章地成为夫人的随身侍女。同样是仆人家庭与主人家庭形成整体的依从关系时，这种为主献身的感恩之情，便凸显为要殒身报主的义理之道；而此循道义殉的观念价值，也就尤为超出日常情理，变成一种不可免责的"当为"之举。此处的杨拍风则以孤家寡人的面貌出现，而我们无从探知其由自何处、家人有无，因此即使是家仆，也仍属较为"自由"的独立人（这里我们并不指其与主家间具体的法律身份、地位关系，而是指道德层面的道义情理对其的制约并不严格）。就像是其他的家丁院仆一样，他们在日常本职外，并不必须站出救主大难。这与杨拍风在后世流变中的形象大不一样，在正式地确定下"杨排风"这一名称形象的《昭代箫韵》中，"其身份也由出入厨房的仆人上升为佘太君的侍女"①，这样一来，主仆关系无疑更加紧密，而附从身份也越发凸显出来。在此后有关杨家将的说书故事与戏曲小说中，愈加突出杨家作为一门忠义之士与巾帼帅才的整体风貌，而使得杨排风的内涵也从属于这一核心命题之下，而有了与杨门更深层的联结。换句话说，杨排风面对的不仅是从"女侠"到"女将"的母题转换②，更是从"家仆"到"家人"的身份变换。而此处的杨拍风，则尚非从属将门活跃于沙场的家将巾帼，更是孤身犯险协助救主的侠义之女。也正是这样对个体性的突出下，杨氏走入历史根本动机，更偏向于展现内在的情义本心，而非外在的道义规约。当然这点并不与男性义仆形象

---

① 韩艺通：《杨家将故事中的杨门女将形象研究》，硕士学位论文，首都师范大学，2008年，第28页。
② 参见曹家齐《杨门女将故事源流初探》，《中山大学学报》（社会科学版）2008年第6期。其余"女侠""女将"的探讨让我们看到，"杨拍风"乃以"女侠"的方式介入"女将"的活动场域，虽然走入战场救主，不为家国、只为个体而报主，但却在一般侠女的社会意义外有了独特的历史价值。

及其"忠臣风范"相左。民间道德本身就在儒家伦理道义外更偏重纯朴的天性良心,因此,从王氏父子到杨拍风的救主之难,都以天性情感上的感恩为基础。虽从家国大义上讲,其所救为国家的忠臣良将栋梁之材,但他们本身都只出于一己本性、节义所趋,而只求免"使文门绝嗣"或"主帅有难合当去救"。对于芸芸众生而言,越是身处平民微如蝼蚁、命若尘芥,便越要以这种坚守本心良知的方式,从道义中彰显自己的生存价值。这成为中国自古以来广大民众找寻并自傲于自身存在的方式,也就成为自觉或不自觉遵循的道德评判和价值准绳。只不过王成的"忠臣风范"来自故事本身所展示的便是忠义之士与权术佞臣对抗间的壮烈激愤,因此仆从以毁灭的方式救主,便尤为主题涂抹上一笔重重的惨痛色调和义愤之音。而番营救主的情节,则与指向家国朝堂内部的矛盾不同,是以矛锋向外的退番卫国为主要矛盾。而杨拍风也因此可以由更为昂扬积极的作为显露自身价值。虽然《孟良打棍》后的文本我们已无从查知,也无法更深入探讨围绕杨拍风的历史场域的展开形态,但仅就此折所见的身份特征、动机情志、行为方式上看,杨拍风更近于以个体面貌出于自身的节义本心而主动请缨救主,通过这样一次性的偶然历史契机,使得自己从家族门庭之内、杂役仆从之间跃然而出,直接跨入历史交锋的场域①,而生成了自身生命于历史维度上的存在价值。

下面再来看看《牛头山》中更为纯粹独立的民女巩金定。这个人物不像杨拍风那么复杂,不存在身份的半依附性和面貌的独立性这两方面的叠加;其空间的展开也更为完整,而且出现了两个场域间的转移。这个空间

---

① 作者注:这种介入历史的情态与《两须眉》中的邓氏不同,白湖寨堡作为持续性的存在,有着从公共场域上升为历史空间、再回归到公共领域的性质变化。而杨拍风从府中走出,虽不知情节展开,但可推其活动空间应于番营之中,因此其历史空间为一次性的完成;同时,战争作为政治的极端表现形态,战场的本身便是淡化了公众性的意涵而直指历史的存在空间。

的变动本身又象征着巩金定身份的前后转变,这也是这一人物最大的特点,即由平民乡女向士族女性的过渡性色彩。在巩氏兄妹与岳云的相遇及联姻这一事件中,巩金定作为纯粹的乡野女子而取得了进入士人阶层的准士家女性的身份。这种内在性质的变化,虽还未以实际的形式加以确立,但已经为巩氏生存空间与立身命题的改易铺垫了基础。那么我们就先从文本来看这一事件的发生和其为巩金定所处空间带来了怎样的变化:

> ……[末]小将军差了!我二人是前朝巩令公之后,世居此地。我名巩韬,妹子巩金定,只因金兵扰乱,盗贼猖狂,故此教习乡兵保守地方。[贴]今闻皇上被困,我家世受宋朝厚恩,尽愿捐躯图报,故此我兄妹二人领兵前往解围……[末]小弟与舍妹也要去的,一同行走便了。[小生]小弟出门时家母言过:一身到山,探父救君。不便与大舅、小姐同行。小姐既有忠心,现今皇上的正宫娘娘张后避难在舍下,诚恐盗贼骚扰,无人保护,小姐竟到我家里保护娘娘与母亲,与救驾同功的了。[末]有理!妹夫竟往牛头山,妹子竟往汤阴,我自守家门便了。①

在这段叙述中,巩金定虽然言语行为一直从属于兄长,随后又听命于"草地拜允"的准丈夫岳云的安排,大有"长兄如父"到"出嫁从夫"的意味,但整体上为我们清晰交代出金定身份的"来龙"和"去脉"。就巩氏身世而言乃名将之后,但巩父与巩氏兄妹自身尚无功名。这样的阻隔使得巩氏兄妹都不是直接的身荷国恩、当以身救主的朝堂之臣。这就和处将门之内却身为奴仆的杨拍风一样,不具有为朝抗敌的义务。无论是巩氏的勤王或是杨氏的救主,她们在历史关头的站出,都只是平民阶层对宽泛意义上

---

① 《牛头山》第十八出,第735—737页

的报恩于主、于国的道德理念的认同。在这种自觉性和主动性中，是一种个体气节道义的彰显。然而，将门之后与将门之仆的不同也在于，前者更贴近于文士将臣群体，也就随时有着上升进入士人阶层的可能性。就像我们通常所说的"乡绅"群体，虽不是直接的士人阶层，但却是广大的士子走出的家园，因此不称之为士家，却与士族呼吸与共。巩金定也是如此，先祖为将的家门背景，不仅带给她领兵打仗之识，也给了她成为知书达理、才德双全的士家女性的转变合理性。（此我们未见《英雄概》乡绅之女邓瑞云"生长农家，颇知儒学"一类的自道，可见李玉没有刻意将饱读诗书作为获取士族认同的根本，而是由前朝名将与今世英雄的将门联姻为巩氏进入士家阶层铺平道途）此因岳云误认牛头山而草订的婚盟，又将为巩氏所处场域带来怎样的变化呢？便可看其形象展开的第二处场域：汤阴救驾。

　　［净、外二小军，贴上］蒲东郡飞驰义旗，汤阴县看看到矣。鞍戟门墙返等夷，须早询岳侯故里。［内喊介。贴］那边有兵马来也！惊疑，何来羽麾？［众］是金兵旗号。［贴］既是金兵，快些赶上去！［合］急阻截须成粉齑。
　　……［付下，贴］好了！婆婆在上，皇上既往临安，公公又同在一处，待媳妇整备暖舆二乘，统领兵马护送娘娘与婆婆同到临安去便了。①

此一折中，我们可以看到巩金定最终功业的完成在于为救皇后而与金兵相逢中。在此之前的巩氏及乡兵义勇们基本仍处在保护村民的乡里范围内，因此他们还只是作为历史舞台的"后场"，仅是一种公共领域中的存在；只有在巩氏以准士族女性的身份，依从夫命转换地点之时，其所处空

---

① 《牛头山》第二十三出，第753—754页。

间才上升为历史的场域。这里岳云独闯牛头山、金定回救后宫娘娘、巩韬自守乡里，在三股空间路线的分化中，并没有安排巩韬直接介入历史建功立业，而却让"军营事与裙钗何系"的金定前往，表明巩氏兄妹身份内在的分化，因此巩韬仍旧留守原有的公共空间，而巩金定才继续走到历史的场域中来。当然，这也是李玉戏剧内男女性别空间双线并行的结构需求所使然，是巩金定与岳夫人、张皇后组成女性空间内部的自我救护，也一贯为戏文结构常有的模式。而巩金定所介入的事件空间是从岳夫人和正宫娘娘为金兵所抓就开始存在的，从岳府一直延伸到巩氏与金兵相遇的道路上。金兵的侵袭动机又是为擒岳府家眷以作威胁，乃是由岳夫人的身份所引起，但却非纯粹的政治身份。被俘过程中也仅表现为岳夫人与金兵的对峙，张皇后的政治身份皆潜隐从属于岳氏。在巩金定解救之后，也自称"媳妇"，凸显为家庭内部的伦理关系。因此，整个历史空间的引发无关乎张后的政治身份，但其却作为整个历史空间政治性的支撑而始终存在，并在巩金定的空间介入与价值完成中凸显出来。对于巩氏而言，救护岳夫人固建立了功劳，但这份功劳却在"婆媳"身份的生成下内化为伦理意义而非历史价值。与岳氏始终处于伦理体系内的身份价值不同，皇后相对君王所产生的夫妻人伦上的身份属性，先要从属于更大的政治性内涵。在巩氏抗敌救护过程中，其所统民兵也因之转化为勤王义兵，其保民护亲的社会行为更上升成护主救驾的政治功业。而正宫娘娘出奔宫外在开始时，也没有直接带来历史场域的创生和挪移，从寄宿宫女之家到投奔岳飞府邸，后者方才引动了历史事件的出现。张氏与岳氏之间的君臣之义置换了张氏与宫女间的主仆之情，在政治性的逐渐呈现中，围绕张氏生发的历史空间才得以展开。在三旦与金兵支架起的历史场域中，巩金定自身历史价值的完成是因张后对政治性的引出。因此，其所介入的空间也才有了性质上的飞跃：

"公共领域"+"政治属性"⟶"历史场域"

此可看出巩金定与直接作为士族阶层女性出现的《两须眉》邓氏有何分别：邓氏所统驭的白湖寨空间从公共性到历史性的提升转化，并不需借助外来的政治性，士人阶层本身具有的人臣之任、护国之责，使得士家女性的身份天然带有了内在的政治伦理的色彩。巩氏救护娘娘、夫人往临安见驾，空间的转移始终与政治性密切相关。当然，此也能看到李玉描写士家女性的某些共通特质，如演练乡兵而非独领娘子军，只主写个体展现巾帼之"义"，但不以颠倒整体的性别空间求奇。只不过，邓氏面对的是寇临城下的形势逼迫，有着某种箭在弦上不得不发的担当之态，而巩氏更是主动教演乡勇以备救主的自觉挺身之姿。故而，就后者而言，更体现出一番民众朴素的护国救主之赤诚和个体自身的节义理念的张扬。

2.3.2 侍姬殉义的道义本心

在李玉戏文的女性中有一个比较独特的现象，即找不到守节而死的"殉节"者，却存在鲜明的救助忠义之士的"殉义"者。这种淡化了对兵荒马乱中女子贞节的强调、转而凸显女义士的志节坚守，在明末清初的时人思潮和社会史剧中显得颇有深意。虽然，李玉史剧中并非没有对那时普遍贞节观的承载，也非拒绝对女子贞节受到挑战加以展现，但与《二胥记》等以史写时的史剧不同，"更妻遇强兵，誓死全操"[1]此类的全贞之举，或《英雄概》中邓瑞云毁容以立节的行为表现，都无法在李玉史剧中找到例证。虽如《麒麟阁》中婉儿有灯节访亲路上被抢之例，《风云会》里亦有韩素梅沦落勾栏而遇赵匡胤从良，但这种女子失贞的威胁都更偏于日常性，而非凸显乱世中女子全贞之重要。当然，保全贞节作为古代女子的基本义

---

[1] 孟称舜：《二胥记》第一出，《古本戏曲丛刊》三集，文学古籍刊行社1957年版。

务，无论何时都会被颂扬，婉儿守贞反抗与韩氏从良之志都被他人赞许，并会给予实际优待，或如靖璇飞公主之助其救夫，或如赵匡胤之救其从良，无论怎样说，对贞烈志节的认同与称道在李玉笔下也是广泛存在的。不过与旁人不同的是，面对敌兵流寇的殉节自残等行径并不出现在其笔下，即女性并非通过守贞立节的行为来标识自身于乱世时局中的价值。而韩氏与婉儿的被救，虽都带来了主要人物命运的转折，但却是以被动的姿态存在于历史之中。那么，面对兵荒马乱的年月和纷繁错杂的时局，是否也有身无所凭的弱女子能够直面历史留下一笔关于自己的书写呢？我们可以发现无论《七国传》中的侍姬金花宝带，还是《麒麟阁》里的歌女张紫烟，正是这样无权力家世之倚靠、自身也手无缚鸡之力，甚至连人身自由都从属他人的弱质女流，在历史节点上舒张义气，留下了那个乱世中的透亮之处。她们都带有底层姬女的身份色彩，张紫烟为军营歌姬，歌舞陪酒且可随时被主将赏给下属，其军妓身份自不必说；而金花宝带二人作为庞涓府中侍儿，席间陪酒作乐，也同样面临随时被赠送他人的可能。日本学者斋藤茂将妓女分为"宫妓""家妓""营妓""官妓""民妓"五类，其中的"家妓是指私人家中的妓女，主要是古代达官贵人家中供养的妓女。到了后世，也有不少商人以及富农家中有妓女。受宠的妓女与妾几乎没有区别，所以有时也写成'妾'或者'姬'。春秋时期作为一种贿赂手段向皇上赠送女乐，有时皇上将其中一部分女乐赏赐给受宠的大臣，在这种情况下，可以说这部分女乐就成了臣下家中的妓女"[①]。可见，春秋战国时期，这种以上赏下的行为，作为拉拢肱股大臣的重要手段是普泛存在的。重臣家中地位低下的侍姬，大体也不少是来自这种赐恩赏赠和迎来送往。由于剧中没有明确交代金花宝带的来历，故无从判定其是否也出于此种常见情形来到庞府，但

---

① ［日］斋藤茂：《妓女与文人》，申荷丽译，商务印书馆2011年版，第14、17—18页。

她们在士家朝臣门下不属于持家主母的贴身仆从，因而地位不高，仅仅作为男主人日常于场上交际的附带存在，这一点是比较明确的。因此，在仆从的人身依附性之外，更具有姬女处境的边缘性。换言之，她们不像老仆在府中拥有某种隐含的"家人"身份，也不像一般的仆役对主家是较单纯的依附，身为女性的她们一旦丧失了人身的自由，作为男主人的贴身侍儿，往往意味着完全的从属，可以像物品一样被用于展示使用、取悦客人甚至转赠他者。所以，她们是"家中之人"却不是"家人"，甚至可能会被推到家门之外，这种家的认同、归属感的缺失为她们另外寻求人生价值的展演提供了合理的平台。故而，无论张紫烟也好，金花宝带也罢，她们作为"侍姬"都不能如"义仆"一样通过效忠主人获取道义认同，反而要从自身对正义的认定与维护来获取主流价值中的一席之地。从她们人身的从属和处境的边缘上看，虽金花宝带不可直接定性为"家妓"，但此处将其和张紫烟统称为"侍姬"应无大错。虽同为歌姬，但韩素梅以贞节之志获取的是自身的救赎，被动地借由他人卷入历史进程中来；张紫烟则以侠义之心主动地促成事件的转折而完成自身历史场域的演绎。这里我们可以看到贞节的标榜让位于节义的展现，李玉不仅通过妇女贞节的批判或赞扬来隐喻时代世道，也为我们展现了女性内在节义对其走入历史可能性的支撑。当然，在侍姬身份处境的特殊之下，她们的历史空间有着更强的变动性、片段性乃至毁灭性。

这里的张紫烟属于军营中的侍姬（剧中第三十二出题名即为《姬泄》），处境更为险恶（如《两须眉》第二十五折《醉暴》中写路应标醉斩二姬）；比之勾栏中的歌姬韩素梅，对主将一人的人身从属性更强，甚至接近于"家妓"，只不过地位更低，可作为兵士的赏赐品（而张紫烟的被赏也直接引起妒贤进谗的波澜）。从基本的生存空间来讲，随军迁移的歌姬本就有着极大的变动性，加上其介入历史的偶然性，往往使得这种历史场域成为一次性的完成，不再具备持续性而以片段呈现。正是在这种形态下，加上此类底层女性展现自身志节道义的决绝性，也时常带来空间的毁灭性结局，以自我的毁灭换取价值的永存，以此永恒价值作为取得历史价值的方式。（当然，金花宝带未如张紫烟般自尽，但在后文中我们可以看到她们同样是以殉身全义的觉悟主动介入到历史中来。）正像王永恩在分析明末清初戏曲作品中的妓女形象时所说的："青楼女子想要从良，尤其是想要嫁一个理想的丈夫，无疑是要经受许多的磨难的。似乎不经过这番痛苦，她们就不能蜕变为新人，也就不能获得新生……这对于把女性的贞节看得至高无上的男权社会来说……她们必须表现出极大的诚意和做出极大的努力。而要获得社会的重新承认，就必须以贞洁的形象示人。"[①] 虽然李玉史剧中的妓女往往是与军营将门相关，并非士子娼妓剧中的"民妓"，但这一番话的确点出了她们想要重新建构自身价值的艰难。而这种磨难困苦相当于一次彻底的洗涤，使她们回复"洁"的面貌，才具有进一步向"节"的社会认同和主流历史价值靠拢的可能。要获取这种新生，付出的代价无论何时都必然是沉重惨烈的。即使李玉不以男性价值观下的"贞节"标准来作考量，而转以更宽泛、无分性别的"节义"作为她们进入历史的立足之本，但以自刎"殉义"仍是她们可以选择的显扬志节、重建价值的方式。此先来看张紫烟的处境空间和历史场域的转移，以及其如何以自身节义换取历史价值的彰显。

[下。林] 唤张紫烟一班女乐送酒。[众女乐上] 纤腰似束金蝉细，青髻宜簪玉燕高。张紫烟一班女乐叩头！[林] 起来送酒！……[林]

---

① 王永恩：《明末清初戏曲作品中的女性形象研究》，文化艺术出版社2008年版，第172页。

那歌姬张紫烟才色双全,俟你长安护驾归来,我就将此女赏你。①

【前腔】[唱]不忍英雄汉餐宝刀,[白]因此奴家担着血海干系,[唱]乔妆悄然报儿曹。[白]你把这枝令箭呵![唱]疾忙奔出潼关,急去偷生好……[张]将军驾海擎天。此躯关系非小,奴家一身,与草木同腐,何必虑及奴家!嘎!我晓得了,必须当面决裂,他才去得安稳。[唱]我把微躯委短蒿,女英雄,万年表。

[白]呀,不好了,那边人马来了![秦]在哪里?[看介,张自刎下。秦]阿呀!阿呀!小娘子嘎!小娘子嘎!呸,贺芳!贺芳!你为臣子,反不如那张紫烟也。②

在张紫烟的出场中明确交代了她作为军中女乐的身份,这样一个才貌双全的歌姬必然会引起众人的争夺,而历史的车轮一旦经过这样的节点,往往要衍生出一段"红颜祸水"的逸事来。但李玉却没有将其自身定义为这样的历史角色,在写出其处境身不由己的同时,更以她仗义救士的气节来书写她于历史中的地位。事件的促发首先在于老将与新臣间的争宠心理,进而在张紫烟身上的争赏之心演化成后续的一番纠葛。那么,既然主上将此歌姬预先许诺给秦琼,那张紫烟对秦将军的回护中是否出于对自己未来私利的考量呢?或其志节所守是否将秦琼作为未来依靠后,乃为从良之心下的救主从夫之节呢?这样的问题是我们在张氏挺身救助之初,对其介入动机多半会考虑到的。然而张紫烟毕竟没有现实成为秦琼的侍姬,而报信本身又给她带来了如秦所言的立时的危险,因此无论从私人未来的利益考量还是从救夫护主的志节表现上,都不成为张紫烟走入男性角力、征杀前线的原因。对于张氏而言,单纯"不忍英雄汉餐宝刀"的惜英雄之心,才

---

① 《麒麟阁》第一本卷下,第二十九出《征聘》,第482页。
② 《麒麟阁》第一本卷下,第三十二出《姬泄》,第489—490页。

是其仗义挺身的动机。同时，这种为绝秦琼后顾之虑而自刎相别，不只是代笔了一贯被学界批判的自视轻贱的歌姬心态，更体现出一种《水浒传》"救人须救彻"的好汉风度。因此，张紫烟身上实际体现出"萍水相逢惜好汉，肯将性命赴一担"的侠义气节。正是通过这种萍水相逢的性命侠救和身任重职的奸臣谗谮二者对比，更凸显出贺芳臣子之操的缺失和张紫烟歌女之节的挺立。这里张紫烟的气节道义几乎无关儒家伦理、家国大义等教化之"义"，而偏向于天然本心的江湖道义，具有极强的个体性和侠义风范。因此其空间最后以毁灭的形态完成平民之"义"的展演，也成为一种艺术情理中的"必然"。同时，于《麒麟阁》这样一部描写江湖众好汉意气相投、性命相交的史题而言，张紫烟之义节无疑符合全剧的主旨内涵，因而在与男性空间的相辅相成间，所展现的女性对历史空间的介入就显得一脉相承、酣畅淋漓。

金花宝带在个人义气方面与张紫烟十分相似，但其"义"气色彩又要有几分细微的差别。二者同样是救助了等同萍水相逢的孙膑，虽未如张紫烟般终以一死作为义气之标榜，但却也是抱有必死之觉悟以命想换。"他若知我二人走漏消息必然杀我二人。罢、罢，我泄露他奸计君得保全，岂惜区区一命捐。"故而，此中再次点出作为主人所属的底层女性为保全一己之心、道义之气所要付出的巨大代价。由于她们从自由之行、自我之识皆被严苛束缚，故当她们内心正义的坚持与人身附属的现实发生冲突时，她们想有所作为就往往带来空间的悲剧性。

（二旦上）翠袖长垂笼玉笋，落罗裙轻寸步金莲。妾身庞府中侍儿金花宝带是也。我老爷与孙大爷本是同堂好友，因妒他才高，把他刖了双足，如今骗他写出天书此命必休。若我二人不与他说明，谁人救他性命？今日趁老爷不在，不免漏了消息便了……（二旦）只怕待此书完,你的命再难延,口蜜谁知心肠剑。请自深筹箅,莫待舡到江心补漏舡。(白)他若知我二人走漏消息必然杀我二人。罢、罢,我泄露他奸计君得保全,岂惜区区一命捐。①

从这里看到生命毁灭的威胁和仁义拯救的坚守在对抗中赋予了文本、人性以极大的张力。金花宝带泄露主人计谋本属一种"叛主"行为,何者支撑了内在合理性与正确性呢?这就是一份"谁人救他性命"的善良本心的彰显。二人对老爷残害同窗性命的"奸计"有着人性本心的排斥,所以对于孙膑的冒死救助就并非出于某种怜才惜雄之心,而是一种良善天性下对正义的执守。那么,我们如说张紫烟是一副痛惜英雄的"侠义"之气,金花宝带则是一番惋惜生命的"正义"之心。这种从她们个体身上体现出的人性最基本也最珍贵的志节义气,使她们从卑下的地位中升华出高蹈的姿态,从依附的身份中独立出本心的坚守,从毁灭的危险中保存下志节的利刃,最终在断裂或片段的空间展现中,她们以这样的姿态和坚守组成了切入历史的利刃,在短暂的章节里镌刻下永恒的历史价值。比之于宫闱内的政治女性、士家里的才德妇女,她们没有改易历史趋势的能力,也未建立什么值得言说的历史功业,她们只是在性命攸关之间、历史转向之际,以只言片语的轻微之力推动了事件的转折。然而正是这种个体节义的人性展现,最是虚无缥缈不堪记录史册,却最是升腾出历史中"人"的永恒价值。而柔弱的女性以卑微的身份所奏响的最辉煌的人性乐章,也更在历史乱世的黑暗基调中凿出一片天窗,显出透亮的光芒。在男女两重空间的对比下,广大男性争夺的战场也被这抹光亮照见,由此在李玉的笔端,总能嗅到对男儿士子们坚守志节的鞭策和警醒。因此在最片段的空间中、局促

---

① 《七国传》第二十一出,第371—373页。

的场域下,这些身为侍姬的女性反而更体现出真正彰显历史价值的介入之姿。她们虽无直接的政治权力或潜在的社会资源为倚借,但却以最被公众广泛认同的节义本心为利器,强而有力地刺入历史的空间。

总而言之,无论是平民女子还是侍儿歌姬,她们都以个人的形象出现,既不承担哪个家庭,也不面对内室妇人的严格规约,她们不是一家之母、之妻,甚至也不是侍妾。因此,身份地位的游离性和生存空间的变动性,带来对其的描写中内室空间被悬置弱化,并不依从惯有内外场域对比的双线模式而加以展开。相应地,围绕她们展开的生存空间也因集中于走入外室的刻画而具有更凝练的历史性。在历史机缘偶然的降临下,她们由被动中走出,主动展现个体的节义之力,从而在片段的、一次性的场域展演中,更为完整纯粹地体现出历史的永恒价值。个体上弱小的女子却因对自身道义的信念的执守而在历史节点上推动了转折,与舞台中同时上演的那些失节丧志的男性佞臣相比,无疑突出了这种正义气节的可贵。与男性代表的历史实际力场的角逐搏杀相比,女性往往站在历史的背影之中,而只能通过间接的方式支撑历史。然而,在此种由个体节义支撑而介入历史的平民女性身上,显出了历史背面的价值和构建的另一维度,即女性之于历史似乎更代表了某种更高贵永恒的精神气节的执守,而这种最为虚无之信念却又成为推动历史的不竭之力。

第3章　史剧女性走入公共场域

通而观之，李玉史剧的女性面对历史之时，有三种不同的姿态体现着其与历史的关系：面向历史而促成事件转折的主动介入者；顺应历史而不自觉走入事件建构与历史进程的被动等待者；接受历史而基本固守于传统家园的闺阁内角色。其中，除开第三类是属于没有突破日常生活空间的女性外，第二类反而多是剧作的主要旦角，而其历史功能的显现又往往借由第一类的配角加以实现。对于第一类女性而言，她们或手握政治权柄，或身为家国社会之梁，或心有不甘卑贱之节，因此面对时事风云，她们往往主动挺身担当。但是，她们并非意图在建功立业的历史场域上与男性一较短长（除异族的辽国萧后外），更多是以内室为本位的女性在日常情态外对不可躲避的历史波澜的合理化承担，故而也不同于标奇立异的战场女雄或巾帼女侠。换言之，李玉为介入历史的女性设置了极其开放的界域：无论是掌有直接政治权力的贵族女性还是以才德组织社会力量的士族妇女抑或是唯有一己义气志节的平民女子，她们都能对历史产生局域性影响——不论此影响是以历史事件的产生、场域空间的建立还是情形转折的促发等，借由多种方式加以达成。这样的一种开放式的书写意图和女性日常、历史空间并行的结构，都显明李玉不只是想要刻画一两位传奇的女性豪侠，而在有意无意间展现出社会普泛层面上的女性群体历史价值的生成。因此，在主动介入历史的女性外，有更多传统闺阁内的普通女子被不自主地卷入历史而被动成为历史的构塑者，这无疑也是可想见之事。这部分女性由于不是直接历史场域的创生者或主导者,因此往往只是在来到社会公共场域之时,参与到历史场域的生成与建构之中。对于她们而言,不是以何种方式行为介入历史的问题,而对她们所走入的场域加以探讨或许会更具价值。既然我们本章所要讨论的女性并不是直接面对历史的承担者,那么她所处的空间场域也就更贴合日常性。她们本身不是身处皇家宫闱或军营将府的群体,故而也就远离了政治、战场这一类边缘性的历史空间。她们即使走出闺阁,也与政治时局、军事势力等命题相距甚远,因此与其说她们身处外室之时,面对的是某种历史性空间,不如说她们仅仅是来到了日常的公共性场域之中。而在公共性向历史性转化的过程中,性质的飞跃也自然不由她们决定,而往往取决于与她们相遇的第一类女性。在历史场域的建构过程中,她们多是代表着命运与事件发展的必然结果,而第一类女性则代表了相应的变数与转机。正是二者的交会与碰撞才引发了转折与动荡,方具有了被记录的历史可能和载入历史的个体价值。所以,即使是那些仅为"被迫"走出家门而"被动"卷入历史的女性,也同样具有介入历史的可能和建构历史场域的价值。只不过,对前者而言,走出闺阁之后的首要命题是建立新的空间,这个空间可能是公共性与历史性合一的,也可以是由公众场所向历史空间交替转化的;而对于后者来讲,她们离开内室之后首先面对的是危机四伏的公共领域,她们意图经由这片空间向别处的内室闺阁寻找自己的一方栖止之地,这些公共领域只是其行进途中临时的碎片而在机缘巧合下成为某种历史性场域。所以,她们自身的主体性多会让位于空间的特性,所以我们便不再像探讨第一类女性那样剖析其如何跨越了"内""外"分野而创造历史作为,转而关注她们来到的空间自身有何特质使其成为生发出历史波折的经常性场域。换言之,在本章之中我们将以典型性的场所来结构全篇,由这些场所之中各类人之间的际会聚合和分离转折来探讨历史场域的生成途径。

当然，本章与第2章虽针对女性面对历史的不同姿态，及其历史价值生成有别的方式而采用了两种叙事视角，但这并非意在将两类人群作以截然分离的区别。例如，在前面述及的皇后一类人群中，也有《千钟禄》里没有建立历史作为和独立空间的张皇后，而之所以将她仍旧按类纳入上一章加以阐述，只是为了揭示此类贴合政治的宫闱女性面对历史时身份中隐含的历史性和其介入历史的可能途径。同样地，在本章中将会论及的严氏（《牛头山》奸臣黄氏妻）本也与《两须眉》里邓氏同属于士族女性，而没有与邓氏一起作以对比讨论，也是考虑其自身场所特质本身便展露出介入历史的可能。总之，我们希望通过上一章以女性群体自身为脉络的分层探讨，展现出她们介入历史时所能拥有的资源和途径；而在此章中，我们更要深入空间场所自身，来窥探历史场域生成与空间本身的性质有何关联，从空间的本体层面来加以论析。

在女性与历史的话题中，我们不仅要看女性如何创生出自己的历史空间，还要逆向地窥探空间自身如何为女性介入历史提供可能与便利。也就是说，我们并不是从内室空间与公共领域的全然分开上来探讨此两部分的女性，而是要关照其介入历史空间时的特殊节点与所在场域。或者说，对于社会公共领域的分层探讨似乎成为某种赘余，而那些易使人物命运产生交织的特殊场所，于此反倒凸显出来。历史既然是"人"的历史，则虽然在李玉史剧中后一类女子几乎不在历史舞台上独立承担直接的功能空间，但因与"人"的相遇而改变了某些"人"的命运，无疑也属于其对历史的建构方式。换言之，女性对于主要历史人物命运的改变推动，便成为其突破自身闺阁价值的制约，而取得历史性的存在价值的途径方式。在诸般人物命运的交点上，为何有些空间地点成为反复出现的特殊场域，它们到底有何独特性，与女性的关系何以如此紧密，依何而有了上升成为历史场域的可能，这之中隐藏的文化意涵又指向何方……此般种种疑窦，正是我们探讨第二类女性与历史空间关系时值得深思之处。下面则具体看我们何以从此视角切入，而这些不自觉地参与到历史事件和场域形成的女性群体所面对的空间又有何特质。

在李玉的史剧之中，有三个很典型的场所：一是庙观，二是法场，三是道路。庙观是各个题材的剧作中都时常出现的场景，从元杂剧到明清传奇，从才子佳人到历史演绎，从案头文本到舞台空间，庙观这一意象连带着其背后的文化内涵成为戏剧中被反复搬演的场所。法场则由于它作为人物命运鲜明的指向、事件矛盾激化的标志以及观演情绪烘托的高潮，而在某些剧作主题下具有突出功用，因此它虽不像庙观场景那样普泛而频繁地出现，但在历史题材或时事政治剧作中却时常被借用，成为指向明确的典型性场景。道路意象则与前两者不同，如果说庙观代表事件展开场所的一个截面，法场代表矛盾冲突聚合的一个焦点，那么道路则是一条通往四面八方、蕴含无数可能的引申线。由于道路本身不是一个闭合的空间，因此它很少被作为某种剧情展开的场所来提及。然而，道路作为最日常性的场域，在剧中角色林林总总的"行路"间都必然出场，同时它又是家门之内与外界世界的隐性分割线。不论是日常出行、节庆观灯、上庙进香，或是当事件来临打探消息、暗示危机、出逃避难等行为，实际都是经由道路得以展开。道路，意味着危险即将沿其引申向家门，又喻义着家室之内的人们可沿之逃离。因此，对于李玉史剧中历史波澜的兴起转折和其女性"内""外"之间的命题展开就有了不可或缺的作用。所以统而言之，我们这里便选取庙观、法场、道路这样常有人物命运线索交结相织的空间节点，查讨这些场域对女性所具有的独特意义。从这些常见的公共场域对男性与女性具有的不同戏剧意涵加以深入，从而探讨女性介入历史时所依凭的公共场域有何特点以及其内核所在。

3.1 庙观

由于中国古代社会中，寺庙祠观分布的广泛和兼及现实功能、精神信仰双重的特殊性，庙观这样的宗教性场所也时常成为戏剧中所选用的典型场景。在才子佳人戏剧中，它可以如《西厢记》一般作为故事发生的主体场域，也可如《月明和尚度柳翠》一样作为世俗空间与神圣空间之间的穿插连接。在历史剧中，尤以折为空间转换单位的明末清初的传奇戏曲里，它往往是某一折故事所发生而依托的场景。当然，虽然大多数时候它都是作为事件转折一次性发生的场域，但也可如《二胥记》里作为事件从转折到合拢、人物由分离到相遇的贯穿性场所，而前后两次甚至多次呼应出现。在李玉史剧中也是如此，尤其多作为单次出现的一次性场域，往往与事件的逆转、情形的变动、历史的波澜等情节高峰密切勾连，具有极强的指向性与暗示性。所以，这里我们也意图从庙观场域的功能性上入手，来阐述此空间选择对女性走入历史的公共领域方面有何价值。不过，先要明确的是这里所说的"庙观"的内涵，即其含纳的范围。通常来讲，主要包括佛家的寺庙和道家的道观这两大类，然而由于中国民间信仰的复杂性，也需要涵盖供奉河伯、龙王、关羽、鲁班等天神地灵的祠堂庙宇，对李玉史剧而言主要为关帝庙。但随着供奉关羽习俗的昌盛和其地位的提高，故而关帝供奉也成为道教的一部分，这里我们就将之并入道观一类。此外，还有一处是为恩人秦琼塑像供奉的祠堂，因其设于寺观内，故亦以佛寺一类纳之。这里我们统称庙观也是由于古人亦有将庙宇观祠通称的说法，如《麒麟阁》"跌庙"一出即有秦琼言"宫观"一词。

从整体情况来看，佛寺的出席较多于道观，这既与寺庙在现实空间中分布的广泛有关，也与佛道二者间不同的教理精神相连。从现实中的分布差异来讲[1]，一方面，佛寺于江南地区的广泛分布和明代民间进香庙会等活动的经常性，使得庙宇在戏剧中的出场具有了某种日常的意味，而比道观更为自然合理。由于佛教以"灭世"观而成俗家"出世"之场域，道教以"长生"而结"俗世"之尘缘，故此从佛寺与道观二者比较而言，二者因着宗教精神、教理教义的差别和古代民众信仰的各自特点，在戏曲中呈现出以下的分别：从空间的根本属性上来讲，戏曲内佛寺空间的神圣性和宗教蕴涵远高于道观。因此，从空间的情节功能上看，佛寺场域在事件来临时，表现出神圣空间与世俗空间隔离对峙中的交汇而带来转折；而道观则多代表了对现实世界的接纳，因此往往成为乱世中典型的"乱"的场所，演出一场场乱世之荒谬，生发出一段段乱事之兴由，故而在历史转折上的承载便相应弱化，更凸显出对"乱世"的顺承。而从性别文化与空间的角度上看，对于李玉这样易代之际的文人来讲，他们往往对于乱世中的争强凌弱、颠倒道统的行为极度鄙薄批判，同时男性代表的多是乱世之"行"和文化精神的断裂，相应地，他们就会把希冀转移到女性身上，希望她能担负起世道之"魂"和文道精神的静守。换言之，对于文道精神的忧虑和世人志节的焦灼，使得戏曲家在以剧载道时，不仅在男性内部设立了忠奸对立的模式来凸显志节的可贵，更在男女两性间设立了"乱"与"守"的分野，

---

[1] 作者注：从其分布研究上看，魏晋南北朝的阐述为多，唐代、宋代次之，元明清又次之。元代几乎为空白，而明、清亦因大小佛寺庙宇林立而难做全局的统计考察，故仅集中在几个具体的地域，首为北京，次为台湾藏传佛寺，东北、广州等边缘地区，或以关帝庙、城隍庙等专题研究为多。较全面地对明末清初寺庙加以区域考察的仅乃旭峰《明清之际浙江禅宗寺院地理分布研究》，硕士学位论文，浙江大学，2008年。另外可参见[加]卜正民《明代的社会与国家》，陈时龙译，黄山书社2009年版，关于"国家体制中的佛教"的论述及其所著《为权力祈祷》，江苏人民出版社2005年版。由于庙、观现实分布的不同，带来了对百姓日常生活的介入有别。故从日常活动及庙场戏台的演剧情形来看，庙宇比之道观更能唤起观众丰富的联想、更具日常性与合理性，应是其在戏文内出场频繁的原因和优越性之一。

让女性有着某种保持世道传承以及文化统序的意涵色彩。因此，指向于精神性并与世俗空间相对隔离的寺庙便往往成为与女性相关的空间，而更多沾染着俗世色彩的道观则成为乱事生发的场所，多有男性的参与（有时是纯粹男性间的忠奸对抗的波折，如《一品爵》；有时是男女交会的波澜丛生，如《风云会》）。这是我们对于李玉史剧中佛寺、道观与性别空间不同关系的基本概述。下面我们就再分别从两种场域在文本中的出席情形和场域特征及其对于女性介入历史的功能等加以具体的解析。

在李玉史剧中，涉及庙观空间的戏文有很多，如果不以男女性别为区分，则统有以下各处是以庙观为演绎场域：《麒麟阁》第一本卷上有第八出《跌庙》，第二本卷下有第二十一出《惊像》；《风云会》有第十四出的《闹观》；第十九出《完玉》中"把嫂嫂寄居女庵"；《牛头山》君王得从黄妻严氏山中自结的佛庵处逃遁（此虽仅山中自结茅庵，但已转化为完全的女性日常性宗教场域，故此暂将其视为以个体为单位的佛庵）；《千钟禄》有第十二出《庙遇》；《万里圆》有第十二出《跌雪》亦是老僧茅庵，第十七出有生羁旅卧庙而遇父亲学生赠资；而《一品爵》更有第九出《神救》、第二十三出《僧救》与第二十七出《寺逢》。可说逢戏必见庙观，而且往往一戏之内亦可多处出现（但非同一场域的重复出现）。如果再将范围稍稍扩大，把寺庙"不出席"却"在场"的"进香"情节囊括进来，则《千钟禄》第十六出的《进香》与《风云会》第十三出"进香"之路、第十七出《辟怪》韩母进山烧香遇怪，也指向庙观的场域，与我们要讨论的问题潜在相关。不过，在这样的状况下我们要澄清两个问题，一是李玉史剧的庙观空间形态与元杂剧的区别，二是此类场域出场方式与同时期其他传奇相比的差异。首先，由于传奇体制多以"折/出"为空间转换的单位，所以庙观场所的出现也往往以完整的一出演一事的方式呈现。这与元杂剧的体制中寺庙空间存在的形态并不完全相同。像《月明和尚度柳翠》《花间四友东坡梦》这类围绕寺庙展开世俗与神圣两重空间的剧作中，寺庙始终作为故事的主导场域（即使非唯一场域）而贯穿在场①。另外如《崔府君断冤家债主》《看钱奴买冤家债主》这类故事虽不全在寺庙中发生，但总与寺庙及尚、宗教之事不脱关系的剧作，寺庙及相关事务也是作为全剧线索而存在。②最典型的则是像《西厢记》这样的男女恋情剧，寺庙这一场域被赋予了十分独特的价值和无可取替的功能。正如张丹所言："在婚恋剧中，寺庙通常被安排成了主要人物相遇或幽会之地……而寺院是女性少有的可以出入其间的公共空间。"③这就最典型地体现了寺庙空间对女性具有的独特意味和功能。但在这种功能的实现中，与其说寺庙是某种宗教场域，不如说它的神圣性已经开始向世俗性转化。在婚恋剧中它对女性的价值体现恰巧是世俗性的实现而非精神信仰的寄托，这与我们史剧题材中的寺庙空间既有相通又有差异，也正是值得我们后文展开探讨的。总体讲，对于篇幅短小、叙事精简、脉络集中的元杂剧来说，一旦有寺庙作为实景场域出场，则几乎必被作为全剧主要或核心的场所空间，甚至可能是贯穿全剧的唯一主场。即使寺庙仅是几个典型空间之一或只为一两折的主要空间，也多在前后文中被反复提及，得以体现全剧连贯性和紧密性。元杂剧以横截面展现故事的体制及其体裁地位所决定的演出状况，无形中要求空间指向的集中性和内在结构的统一性。比较而言，传奇体制叙事容量的加大、结构线索的增加和

---

① 从戏内空间视角查讨"寺庙"场域的论文目前仅见两篇，即张丹《寺庙在元杂剧中》，《文学界》（理论版）2010年第2期；毛湛玉《元杂剧中的寺庙》，《邢台学院学报》2010年第2期。
② 作者注：从普遍状况上看来，元杂剧的篇幅短小，故其惯常采用较为紧致且凝练的空间结构方式，因此，当寺庙作为剧情展开的实际场域在场，就易于使全剧围绕其结构。如《看钱奴买冤家债主》一剧，虽第三折与寺庙进香有关，但第四折中以再次回顾交代。此与李玉《千钟禄》一剧第十七出"虎救"和第十九出"打车"中的茅庵场所相类似，亦有此详以实写、略以代虚的特色。而传奇以折为单位加以空间转换时，场景的变更就更为频繁且独立，寺庙可仅一次性场域。
③ 张丹：《寺庙在元杂剧中》，《文学界》（理论版）2010年第2期。

时空跨度的拓展，都允许场景的多样性和转换的频繁性，因此作为实景出场的寺庙场域，多在以"折/出"为单位的空间转换中承载一次性的事件波折，随着故事前行，它并不一定与叙事主线紧密相关，也就非必然再次出场。或说元杂剧是以点带线的交代剧情，明传奇是以线统点的衍生故事，前者需高度凝练的空间结构、后者为转换多样的空间片段。寺庙（含观祠）在元杂剧中出场则有贯穿全剧的核心色彩，在传奇史剧中却可仅一次性的空间片段出现。

3.1.1 道观的世俗色彩

在这样的总体特征下，我们就更可以折为单位对李玉史剧中的"庙观"场域加以独立的审察，这无疑会极大方便我们对它们各自的场域价值及情节功能加以比对分析。那么正如我们之前所说，道观的出场频率要远低于寺庙，具体到李玉史剧中则突出表现为有四处：《麒麟阁》第八出《跌庙》，《风云会》第十四出《闹观》，《一品爵》第九出《神救》，前两者乃典型道观、后者为关帝阁亦属道家；此外，《万里圆》第十七出黄向坚病卧关索岭庙宇，但实为关帝三子之像观（不过此祠观有佛道杂糅的色彩，故后置讨论）。我们先来看其整体属性及比照佛寺对性别空间所具有的不同意涵。《麒麟阁》秦琼因病卧而与单雄信、徐勣相逢得以回庄聚首相交；《一品爵》里莘葴运送的火药至留宿关帝阁中而遭奸人射烧痛失火药，此皆完全围绕男性空间展开；《风云会》里的道观又是京娘为贼所掳暂寄之所并被赵匡胤所救之处，故体现出男女交会的空间情态。如此一来，纯粹女性空间的缺席体现出道观并不对女性性别具有独特的意义，甚至在性别空间的选择上偏向于男性。这种与佛寺不同的宗教空间性质归根结底恐怕仍在于两种宗教的不同世俗色彩。因为这里我们很难说是由于空间的物理状况即现实的地理分布导致了这种差异,既无统计表明南直隶地区明末清初的道观分布一定少于佛寺到什么程度,也无理由推测道观与佛寺的分布区域有何因性别空间而产生的分别。我们知道道观既可设在皇城宫廷之内,也可位于远郊山水之间。比如剧中所见的关帝阁与青牛观,便一在山中、一在路旁。这一间关帝阁的居处很有意思,它不是一个完全独立的庙祠,虽然也处在莘臧"看荒村断烟、看荒村断烟,白骨满郊原,青磷树梢现"①的行路之间,但却是依托于"驿馆"而存②。由文中驿内的"地方"交代"这是函关驲,属新安县管的"而"四面俱已坍颓,后面有一所关帝阁,将就住得"③可知,此庙阁虽处荒郊却属驿丞管辖的道旁驿站之内,从本质属性上来讲附属于朝廷官方④,非由民间供奉及拜祭等活动支撑的公共领域。这种"公有"属性一方面决定了其属于纯粹的男性领域,这与整个场域内并无女性出席的性别空间相吻合。因为这种对于民间公共属性的背离恰好隔绝了女性的出场,而事实上,不论是民间信仰或是纯粹宗教的神庙场所,都一定程度上允许了女性的部分参与偶然介入,烧香参拜等种种供奉活动本与广大妇女多有相关,即使严守清规戒绝女性的观庙,在一定情况下也不能完全摒除女性的出现,比如后面应该为纯粹男性空间的青牛观即是如此。另一方面,官设驿站的位置基本位于官道之边,这就在郊原这样一个开放性的平面上牵拉出一条稳定的行路之线,进而在开阔的空间里为押运火药的莘臧等人提供了相对固定的留宿之点。这一个固定性的点状空间,为忠奸二者的相遇和波澜的衍生提供了必要的基础。于暗随军犇以待机放火的

---

① 《一品爵》第九出《神救》,第 1698 页。
② 参见马洪路《人在江湖——古代行路文化》,江苏古籍出版社 2002 年版,其中关于驿站和馆舍的论述。
③ 《一品爵》第九出《神救》,第 1698—1699 页。
④ 关帝阁因分布之广而在实际境况中往往功用复杂,故此种官私混合的情况亦有现实之基。可参见包诗卿《明代关羽信仰及其地域分布研究》,硕士学位论文,河南大学,2005 年。

奸臣下属们而言,任何一个荒郊野岭中的神庙观阁,都可以为他们提供施行的时机以及空旷的场域,但这种庙观空间的随意性、分散性无疑仍旧会减弱两股势力相遇的必然性色彩。所以相对固定、已知的官方驿站会更利于后者掌控时机和地利,而顺理成章地掀起事件的波折。差役们对驿馆荒废日久背景的了解和官方驿馆的稳定性,都使得忠奸相遇碰撞展开得更为紧致合理,不会使读者在相遇的必然性上产生歧义。《万里圆》第十七出的庙宇也处于山岭关口:

> 此岭高耸三万仞,绵亘二百里。汉末三分时,关圣帝君第三子小关爷随着诸葛丞相南征孟获,驻兵此岭,建立大功,因此遂名关索岭。今日道府州县要来祈雨拈香,吓,道人,快点打扫殿庭,烧香点烛,烹茶伺候![下]①

此处的与关帝阁相类的祠像庙观,从历史渊源和现实功用上来看,也带了一些官方色彩,在其民间信仰的祠观性质以外。青牛观的位置则相对单纯,大体属于传统的山中道观。不过文中并未明确点出其所处,只是从京娘被劫的地点、观殿景况描写以及赵匡胤的避祸之由来看,大体为山中青观不差。京娘乃是临近恒山而为山贼所劫寄顿殿内,周围地貌亦应是众山林立,藏贼隐观实属平常。文中对于道观环境的描写也采用了套语式的语句"出山鹿引路,入室鹤迎门",既带出了典型的道家清淡的意境色彩,也是戏内造景包含道观所处而自然生成一派山中青观的淡远之境。也正是这样一个同深山古寺一般有着与世隔绝意味的空间场域,才带来赵匡胤为"避祸"而寄居此观的出场。从剧作场景的合情合理上来推断,青牛观所

---

① 《万里圆》第十七出,第1636页。

代表的物理空间应是一处避世的山中之观,但其实际的蕴涵却还要随后详加解析。从其所牵涉的京娘、赵匡胤来此因由以及衍生的情节事态看来,此一场域并不对女性具有某种"重建闺阁"的世外桃源的意味,反而彰显出重重昏乱和危险。那么,佛寺庙庵的地理空间是否又与性别空间直接相连?佛寺与女性间的紧密连接到底在其客观分布,还是有着更深层的指向呢?从物理空间的分布形态来讲,佛寺庙宇同样既可在闹市街区之中,也可居深山峰峦之上。也正以其如此,方招致了许多礼教卫士对于妇女进庙入观行为的绝对禁止和抵制,认为此般路途和寺庙两者本身都是会使女性面临极大失贞危险的空间。在明律有关佛教政令中,甚至还出现"若有官及军民之家,纵令妻女于寺观神庙烧香者,笞四十,罪坐夫男。无夫男者罪坐本妇。其寺观神庙住持及守门之人,不为禁止者,与同罪"[①]一类的律例。所以说,从政令的层面和实际的分布来讲,佛寺与道观对于女性是处于同等"危险"的地位之上的,然而为何史剧之中却往往对寺庙情有独钟并更深地与女性性别相连,就必然要诉诸戏剧作者对于佛寺和道观不同的情感色彩和二者宗教形态的根源分别。

先就入世性与出世性上而言,佛教本身带有寂灭的终极指向,而道家则直指长生久视等入世之道,因此在与俗世的牵绊上,道家颇有顺应融合之旨,而佛家则见隔绝提升之色。从两处观阁所生发的事件来看,都代表着某种乱世中的动荡层面,无论是莘瑱关帝阁被陷而失火药,还是京娘被劫而暂存道院,皆是俗世之"乱"、时局之"动",这都与理想的女性守内

[①] 怀效锋点校:《大明律》卷一二,《礼律二·丧葬》,法律出版社1999年版,第95页。虽然有此规定,但从实际状况而言,中晚明女性进香入庙的行为一直如火如荼地进行,可参见陈玉女《明代的佛教与社会》(北京大学出版社2011年版)其中"妇女大众的朝山礼佛与信佛价值观"的论述。另有何素花《清初士大夫与妇女——以禁止妇女宗教活动为中心》,《清史研究》2003年第3期。由文中所举案例政令来看,明代的女性禁佛守内的政策法令执行起来是宽松得多了。

姿态之"静"、居处空间之"安"相背离。所以道观承载的更贴近于混乱世道下的现实，佛寺显现的时有世外桃源的蕴涵。当然，寺庙既有处深山、闹市之别，则也不可能全然免于时局昏暗与战乱兵燹，只不过在街市之间、城边郊野中，始终有着某种疏离乃至救赎的空间意味。青牛观的地理空间和戏内情节间的张力则在此点上与佛寺相左。青牛观本应也是山中一方修道隐世的清净之所，赵匡胤来此"避祸"，本该是体现这种与现实乱世"隔离"的空间蕴涵。不过无论从生发的事件，还是从道观中人物色彩来讲，却反与此极大地背离。京娘被劫至此，而观主赵景清自云"道行清严""四方钦敬"，却惧贼报复反而代为看守，甚至以"随时锁禁妇人，非干本观道众之事"①而作赵匡胤面前的保观避祸的推诿之辞。所以，与佛教普度众生的佛理不同，此全然是明哲保身的自修之态。因此，虽同处林野深山而有避世隔绝的色彩，但佛寺则是以神圣的宗教性维系空间之独立，此等道观却是以避祸的内守性维护空间的封闭。故一在救赎、一在自保，导致了佛寺空间即便居于俗世，也有某种超脱性意蕴，道观殿所则多沾染浓厚的世俗色彩，而与乱世同调。内在的人物品质也自是衬托了这种尘俗色调，这不仅由道士所行与自言可见，便是在其侄儿赵匡胤的口中，也是对其直言"叔父，你莫怪我说，你们出家人惯妆架子，里外不一"。很有意味的是，观主与赵匡胤一开始即明言为叔侄，这样一种俗世伦理的架构立刻将一处深山青观转化为世俗的人间之地。故从人物品性色彩到人物关系内涵，都带有极强的入世性。有趣的是，虽然寺庙的出场在戏剧中极为常见，甚至也出现过女庵，但对出家人的直接刻画则并不必然，对女尼的描写更是少见。这可能也是由于明清俗文学的模式传统"如出家女性在明清时常被一

---

① 《风云会》第十四出《闹观》，第631页。

些野史逸闻及戏曲等丑化，且在民间沦为三姑六婆之首"①。因此，在本剧第十八出"完玉"一折中，也只说把嫂嫂寄居在女庵之内，未出现任何有关庵内出家女子的语词。这固然是情节精简上的需要，但也客观上保证了此"梵王宫"②的神圣空间的完整性。通过规避道士女尼这类易使观众存有潜在刻板印象并产生世俗感受的人物出席，便更好维护了"梵王宫"作为宗教空间的纯粹性与神圣性。故而情节的波澜在此暂告段落，围绕韩素梅的乱世之劫难便趋于消歇、归于安守。而青牛观则与此佛教女庵所体现出的"乱"之终结不同，京娘与赵匡胤皆以波折劫难而历"乱"至此，赵又为救京娘打碎殿前窗格以全道长出家人怕事之意，因此全出题为"闹观"，便有了在此世俗之所、做场闹市之戏的意味，使得青牛观并不隔离或是超越于现实乱世，反而与之处处相合。当然也并非所有道观概皆如此，《麒麟阁》中秦琼歇脚的"宫观"则是由道人出场施以救助，只不过此后马上又转入了秦琼与徐绩、单雄信二人的相逢中，道人的地位及宗教性意味马上隐退，转入世俗情节的展开中。因此，此之庙观也只是作为人物逗留巧逢的便捷之所，体现出宗教性意涵向社会性功能过渡的色彩。再就性别空间而言，道观的这种人物交杂、乱事交错的场域，往往是通过男性对场域的主导来展开历史正面的舞台；而在佛寺相关的情节中则分为男性场域和女性空间两类，但在李玉笔下，二者并不如道观一样交叉叠加，而在其两者间结构出主线与辅线的支撑，展开历史正面及侧面的多维描写（除下文所述《牛头山》严氏自结的茅庵之外，其余与女性相关的寺庙情节中，事件展开基本皆处辅线，而不介入男性所在的历史的主要疆场）。这种佛寺、道观与女

---

① 杨孝容：《佛教女性观源流辨析》，博士学位论文，四川大学，2004年，第87页。此外，在青牛观与关索岭庙观中的两处道士形象的塑造，都可能出于对观众固有印象的把握，从而使用类型化或箭垛型人物来敷衍场域的色彩倾向。
② 《风云会》第十八出《完玉》，第647页。

性空间的不同方式、程度的连接，既由作者自身的宗教认知和情感色彩所决定，也与大众观演的文化背景及心理期待有关。

3.1.2 佛寺的神圣性空间

既然我们在此处关于道观、寺庙的场域论析中，已经通过对佛寺所做的某种断言性阐述来划分二者的区别，那么下面就有必要对佛寺空间加以具体的解读，以明晰在之前论断中已涉及的佛寺场所的具体形态与功能表征。虽然，在上文中我们力图阐发佛教及其寺庙空间与女性有着特殊关联，但这并不是说凡是佛寺庙宇的出场就代表着女性空间的存在。恰恰相反，在男性主导的历史叙事中，历史剧作同样是以男性展开历史的正面舞台，在此主体空间里，女性多不处于场域的主要位置。故于道观、寺庙的出场频率看，两性间互有交替或同时在场。因此我们要问的是，在女性出场的佛寺中，其空间具有怎样有别于男性的特质内涵？为何佛寺有时会以纯粹女性的空间状态呈现，而道观对此却是缺失？由此见佛教与女性的特殊意义和关系联结为何，以及佛寺空间对于女性独特性别意义与空间价值何在？总而言之，就是寺庙场域对于男女不同性别空间具有何种空间形态、功能特征、文化蕴涵等方面的差异。这些正是我们要通过文本的微观比对来加以剖析的。由于佛寺场景中未像青牛观一样出现男女性别空间的交叉，则我们暂以性别为界，对李玉史剧中寺庙场域的性别空间稍做归类：

男性 ｛《万里圆》第十二出"跌雪"，《一品爵》第二十三出"僧救"；
《千钟禄》第十二出"庙遇"，（十七出"虎救"）；
《一品爵》第二十七出"寺逢"。（《万里圆》二十三出王原与父寺逢之典）

女性 { 《千钟禄》第十六出"进香";《风云会》十三出"进香"、十七出"辟怪";
《牛头山》第十出的皇帝山中女庵获救;
《麒麟阁》二本下第二十一出"惊像",《风云会》十九出"完玉"女庵。

在这里我们可以看到,如果将寺庙的空间加以扩散而作泛化的考量,则在纳入女性亦生发历史事件的进香之途以后,男性与女性在佛寺场所的出席上,是比较均衡的(但进香的事件空间仍多居于行路之中,此先就进香活动阐述寺庙于女性的特殊功用)。这里我们按照空间功能的三种层次来分别将寺庙中的性别空间归为三类:首先是作为路途之中短暂逗留场所的寺庙空间;其次是为下一事件的波澜生发铺设准备的寺庙场域;最后是庙宇在接近戏剧末尾处作为巧合团圆的戏剧性场所出现。其中最具历史感的则是中间的一类,因为它们往往是几条历史脉络的交织和几重事件空间的叠加,经此一处场域将延展出的是整个事态的进程走向,尤其是便于生发转折。

于男性的场域功能来讲,庙宇主要有三重功能:道途中的休憩之所,多是羁旅穷途的男性获得救助之地;进而通过各类世俗力量的相遇交织而成为事件预生的场所;或是在相遇波澜外,更直接地指向重逢会合下的大团圆结局。与之相对的女性场域,也可按照空间功能的不同指向,分为此三层次。首先与"行路"相关之时,由于女性不似男子般奔波在外,因此庙宇不是她们众多旅途场所中的一个,恰恰相反,奔赴庙宇是她们难得走入公共场域的重要途径。不过,在这段路途上,无论男女都要面临多重危险,只不过女性被暴露于社会公共空间之时所面对的威胁似乎更为严峻、集中。病困与山贼是男子需赖庙观救助的主要原因;女子则更在于意外事件的发生,如《风云会》第十三出"进香"和第十七出"辟怪",前者为女性带来了"失贞"的危险,后者则是韩母上山进香而遇怪临险。无论是女性自身的体弱力轻难以自保,还是文化施加给女性守护贞节的重担,无疑都会给女性出行，尤其是上山进香之路带来重大的考验。所以与男性行旅之中借助庙宇场所不同，女性是借由寺庙方得以合理出行；庙宇对于男性，多是代表困境危险的暂时过去，而女性则在指向庙宇的行路间危险重重；庙宇在收容男性的同时将其神圣空间向社会功能转化偏移，寺庙则在女性行路之旨中保留了完整的宗教性。因此，以"进香"活动而与女性紧密相连的佛寺庙宇，在剧作结构中被赋予与男性大不相同的功能意涵，衍生为历史波澜恰好兴起的场域之所——不过由于事件展开的空间多是在女性行进之途中，故从历史场域的生成上，我们将之放入下一节道路中进行讨论，也包括对比较独特的《千钟禄》第十六出"进香"一折展开探讨。那么对于第二个层面而言，即在寺庵与历史的直接相连上，女性所处的宗教空间甚至可以比男性更为彻底、决绝，不仅是作为伏线铺排、波澜预演的场所，有时乃可生成直接的历史场域，这点在《牛头山》第十出中非常突出，这也与女性与佛教的特殊关联方式有关。由于佛教往往是以女性日常修行的方式体现，即使是在其内室空间中，经堂禅坐也可被作为一方独立的宗教性空间分割出来，因此，一旦此种空间扩大为女性全部的闺阁生活场域之时，便可像《牛头山》中的严氏一般，以山中自建持斋念佛的茅庵这种方式来获取一方独立的天地。当皇帝为奸臣黄潜善携骗至此，黄妻严氏便将此一己之庵的私领域跨越公共性，直接转化为历史场域。不过随着作用的深化和功能的递进，在第三个"团圆"的层面上，庙宇对于男女两性而言则功能趋同。因为从表层功用上讲，广泛分布的寺庙祠庵是最便利而合理的"重逢"的空间；再就深层意涵而言，无论是作为宗教空间的神圣性还是其常处山林的地理条件，寺庙场域都具有与世俗相隔离的出世性，也自然对乱世波澜有着某种终结消弭的意味。所以，庙宇场所在剧作临近结尾处出现时，往往都彰显了一种太平团圆的指向，这在男女各自性别内涵上并无殊异。只不过当女性线索的交织和重逢带来最终回归内室的大团圆时，这种结局模式总显得意味深长。

在女性与历史的关系中，最为直接也最有意味的是《牛头山》所描写的严氏所展露的介入历史的方式。严氏不是剧作主要旦角，她的出场也只集中于一折之内，这有些像上章阐述的歌女张紫烟。也许正是因为居于剧作的次要位置，反而使得这类人物可以与常态下的女性面貌有所不同，以更激烈、独特而直接的方式介入历史的进程，建立自身不依附于男性的历史价值。但是，严氏事实上与我们在前两章中所意图划归的人群类型和典型场域中显得颇为另类：她作为士族阶层女性群体中的一员，却需以背离夫君的方式来表明志节，由此便与《两须眉》的邓氏介入历史的方式截然相反；她在山中自结茅庵以念佛焚修，既是私人之庵所，又带有一些山中佛庵的地理特征和场域性质，因此才有了此后的历史冲突和事件演绎。从后一点来看，严氏所处的空间独特性远高于她的身份属性，因此我们特将她从第 2 章中分化出来，纳入此章场域角度的探讨。然而，与我们之前关于庙观空间所述的诸般特点不同，它只具有某种以"入世所"求"出世性"的宗教性，而不具备以"入世法"为"出世法"的公共领域中的社会性。正因为严氏的私人佛庵不具有公众性和社会功能，甚至不像《千钟禄》建文帝与程济扮作的僧道隐居的山中茅庵以其政治身份具有某种历史属性，所以我们要探讨的正是在这种女性的私领域中，如何借由近似山中"佛庵"的性质而对历史产生转折，是其跨越了公共属性的层级而直接生成历史场域。

> 妾身严氏，向嫁黄潜善为妻。夫主离往作官，争奈他立心不正，不思忠君为国，一味谄谀逢迎，只图伤害善类。妾身屡屡规谏不听，因此任他与妾婢主持家计，住在明州城内；妾身自结茅庵，住此白云山内，朝夕焚修，凭他富贵荣华，与我浮云无涉。闻得近日金兵南下，

皇上出奔，未知相公今在何处？咳，我是出世之人，管他什么！

……【海棠采胞肚】[旦]君见机，臣夫黄潜善善怀谋意。[外]你丈夫千辛万苦同我到此，有什么谋意？[旦]把君王掇赚，诱入危机。[外]入什么危机？[旦]他哄骗皇爷居住此地，自己悄到金营去了。

……[旦]吓！我晓得了。皇爷在上，臣妾严氏虽系黄潜善之妻，因潜善心术不端，故此避迹山中，修行办道。实是一片忠心，救皇爷脱此大难。

【江儿带拨棹】匹妇心逾苦，捐躯志怎灰。负君王不得安心去，觅儿夫显出欺君罪，虽偷生难免傍人议。[外]夫人请自宽怀![旦拔外剑。外夺]夫人不可行此短见！[旦]【川拨棹】溅青锋头血飞，向黄泉含笑归。

[自刎介。外惊介]呀！夫人为我自刎而亡，世间有此义妇！①

此一折中，先是严氏自表身份及其白云山庵由来，后由奸臣黄潜善接引皇帝到此，最后以黄妻听闻黄氏奸计而自刎以救皇爷脱难为结。此一场所以黄严二人的对立而得以确立。在救帝与献帝一事上，经由皇帝这一焦点激发矛盾，最终由严氏义殉之行对比黄氏阴谋之怀，在两相决裂中确立起严氏"节义无亏""千秋史题"的历史价值。在这种对夫君旨怀的悖反中，表明的是严氏对日常内室空间的背离。故而其于山中自结茅庵，从表面看是将内室空间加以分割，使得妻妾两处，但本质上却已是对由父系确立的家庭生活空间的脱离。同时，严氏又将持斋焚修的居士式生活作为自结茅庵的全部意义，这种出世性的佛理参悟和等同山林庵所的避世性的地理位置，都使其成为一处"清净非人世"的"世外"空间。如此这般，严

---

① 《牛头山》第十出，第703—707页。

氏自立的私人领域摆脱了向公共场域的引申或是以之为依托（即与《两须眉》不同），转而向神圣的宗教性空间靠拢，获取了独立自足的空间意涵。这就涉及佛教与女性空间开辟的关系，即日常形态的女性修佛到独立场域的历史性生成。说起明清女性的信佛，几乎上到太后下至民女，是非常普遍的现象。统治者上层的女性崇佛常常以政策上的支持佛教、兴建佛寺为主，下层平民的拜佛则多以进香参拜、赶集庙会等形式体现。而士族女性的信佛则既非对佛教的直接干预，也非直接的功利性求拜和聚会游玩，更呈现出一种在内室空间中设立经堂、焚修诵读的日常形态。换句话说，由于进香参拜对于贵族女子虽亦可行但却受限，所以她们往往将宗教性空间引入家中来完成自己的礼佛参悟之途，在她们的观照中也多了一份更深层的佛学修养。此处的严氏、《两须眉》的邓氏以及《千钟禄》庆成公主这类地位颇高的女性描写中，都突出强调了她们日常情态中的焚香诵经一类的信佛行为。甚至在之前还提及以"萧然日掩关，焚修静守"来赞美庆成公主所居的王侯府。为何此等静修礼佛之姿如此盛行也被大多士族男性认可，何以这独特的一隅天地得以在内室空间中允许确立并被稳定地维护起来，诸如此般的问题颇为复杂，但我们或许可简述几点原因于此。首先是对于佛学自身而言，明代禅宗的盛行使得内心的参省被极大重视起来，也不要求必须入庙进香、对着佛像施礼参拜，这给生活空间被限制于闺阁之内的士家女性而言便提供了极大的便利和可能；同时，对佛理参悟而非行为的看重也使得士族女性的才智得以某种程度上得以施展，换取了士族女性对佛学的偏好[①]。其次从男性而言，虽然他们或是参悟佛理或是自为居士，但

[①] 关于女性的佛学修养可参见［美］曼素恩《缀珍录：十八世纪及其前后的中国妇女》，定宜庄、颜宜葳译，江苏人民出版社2005年版；［美］尹沛霞《内闱：宋代的婚姻和妇女生活》，江苏人民出版社2004年版；陈玉女《明代的佛教与社会》，北京大学出版社2011年版。

他们并不同等赞同女性以出行进香等活动来参与佛教信仰。当"上层阶级用以表示自己特殊的另一种途径是把自家的女人藏起来"①时,这部分男性必然感到居家礼佛以及内设经堂的行为是值得嘉奖的,因为无论从佛理本身还是活动空间来看,这种方式都为他们最好地将女性留在家中。在佛教中国化的传播过程中,在家修持的女性即使并不被典籍记录在册,却也还是其不可或缺的重要教众,但"对在家女性,一般说来佛教总是随顺社会的既成伦理规范,换言之,以男性为中心的伦理规范在佛典中亦得认可"②。故而佛教以焚香诵读为核心的静修方式,也无疑比由炼丹、仪式来参与的其他各教更可获得支持,因为对"静""持"的修炼和对男女等级、伦理秩序的顺从与明代女性静守品行所受到的重视褒奖无疑是相一致的。在这一点上,这种日常念佛焚修的行为不仅得到了男性的极大宽容,也受到那批极力以"妇德"自持、自适的女性的大力推崇与实践。再次,从女性自身而言,这种日常性的持斋礼佛的生活也成为她们获取"妇德"美名的另一途径。在人口流动更为频繁的明代,男性忙碌在外似乎带来了"家中男性的远游又使妇女守贞和闭门不出的品性愈加受到珍视"③,那么佛教推崇的清心寡欲、闭门静修的方式无疑给男女双方都带来便宜,虽然对女性而言获得的更多是隐性的名节利益。此种推崇清心寡欲的佛理教义在以宗教力量锻炼女性内在品性的同时,也为时常面对情感生活空乏的女性提供了一种纾解和支撑。既然这种修持既可为自己带来外在的名声,又可带来内在的妇德,那么生活的单调、感情的孤单似乎就变得不那么难以忍受了。尤其是对于步入人生后半程的中老年女性而言,家族身份地位的提升、子孙

---

① [美]尹沛霞:《内闱:宋代的婚姻和妇女生活》,胡志宏译,江苏人民出版社2004年版,第22页。
② 杨孝容:《佛教女性观源流辨析》,博士学位论文,四川大学,2004年,第87页。
③ [美]曼素恩:《缀珍录:十八世纪及其前后的中国妇女》,定宜庄、颜宜葳译,江苏人民出版社2005年版,第40页。

长大成人以及儿媳等对家务家计的操持，都渐将她们从繁重的家务活动和家族责任中解脱出来，空闲和安稳常常让她们更义无反顾地转向由佛教修持所主导的精神生活。围绕礼佛展开的多种活动便有"它的实用目的是把妇女平缓地送进一个人生阶段，若不如此的话，她便可能觉得自己已经没有用处或被抛在了一边"①。有趣的是，比之结伴诵经学佛或进香朝拜，于上层妇女来讲更多的是抄写佛经等发愿活动。诵经与写经这样重复而单调的信仰行为，似乎更被女性群体看重，这与更多讲究布施斋戒的在家男性居士群体很不相同。仿佛越是单一刻板的工作，就越能展现她们内在的韧性和妇德，而在这种实践坚持之中也愈加体现出她们"虔信"（曼素恩）的态度，甚至仅仅抄录还显不够，要以"血经"等种种艰辛痛苦而必费时更为长久的形式来完成誓愿。

　　总体来看，佛教信仰与女性的联系就不仅是为她们外出行走提供机缘那么简单，而更多时候是对她们精神领域的核心支撑。这种精神生活比重的加大和精神空间的独立也会相应带来其所处物理空间的改变，即她们在封闭的闺阁内室生活中也可为自己设立一方不被打扰的休憩之所：经堂露台之地②。虽然这一空间往往以处私室之深处的更为"内"化的形态表现出来，但从精神生活角度来讲，却是为女性开辟了独立性空间。所以当这样的空间升级为严氏所守的山中之庵时，它便突出代表了严氏内在的志节，并使得严氏依托此一物理空间，完成了以一己之"节义"扭转历史的展演，以精神志节带来其场域历史价值的生成。我们可以看到，在日常形态下，

---

① ［美］曼素恩：《缀珍录：十八世纪及其前后的中国妇女》，定宜庄、颜宜葳译，江苏人民出版社 2005 年版，第 85 页。
② 关于"露台"的介绍可参见［美］白馥兰《技术与性别：晚期帝制中国的权力经纬》，江湄、邓京力译，江苏人民出版社 2005 年版。其基于《清俗》记载的考证及示意图（第 105 页），清楚表明了在不单立经堂的内室中，如何为女性设立一方放松之地并以供桌佛像组成她们的礼佛空间。

女性内在的贞德可由宗教性的焚修静守来外化体现，而在特殊情形下，严氏将宗教性的出世性转化为不与丈夫同流合污的避世性，由自结茅庵这样的一方天地表明自己忠义爱国之节，在这一维度上，佛教与儒教融合统一而互相彰表。此般情形在那些仕途不利而退守修佛的男性士人身上也颇为常见，在出世与入世间佛儒的分流融汇经由士子的志节精神得以统一。同样地，在严氏身上似乎也具有了这种男性化的精神趋向，虽然她不需在仕途沉浮之间抉择，但与家庭内室主体空间的分离，无疑使其如士子一般离开了自己的主战场，与男性放弃或从主战场上退守之后的抉择一般，这种转向带来的是对内在精神的高标。故儒教之下的一己妇德便上升为家国大义的持守，这种自洁避世的世俗行为也就同时得与佛理出世的参悟修行内化统一。不过，这种修佛为表、儒教为本的佛庵场域，在历史的契机降临时，自然而然地便褪去宗教性的外衣，质变为原属男性的政治空间，由严氏对君臣之义的节义坚守来在历史的波澜中促发转折，使作为私领域的个体佛庵上升为历史场域。因此，对于空间的宗教性与儒家义理的融合利用，是严氏十分不同于邓氏之处。

既然庙庵可以作为历史波澜未兴时的救助会逢之所，也可作为历史转折生发中的彰显志节之场，那么自然也可能作为历史事件消歇时的重逢团圆之域。对于女性而言，《风云会》十九出"完玉"女庵，《麒麟阁》二本下第二十一出"惊像"这两折则为突出体现。只不过前者是一条线索的波澜暂时终结而使寄嫂嫂于女庵以待完聚团圆，后者则是在最终的大团圆之前先由女性空间的交合团聚来伏线。当然，这种男女空间两线分行到女性空间的先行会合，再由女性线索的交合聚首带来重回内室下的大团圆的结局模式，在两性性别空间的分离并行与本位回归的层面上显得别有意味，也将于下章详细探讨。综上来看，庙宇空间在史剧情节中所展现的三重功能和结构地位对于男女具有不同的指向和旨归，正是通过这种在相同功能层级上的不同表现，才更体现出女性与佛教及其宗教空间独特的连接方式和文化意涵。一方面，女性可因上香之由而走出内室来到公共场域之中，并像庆成公主一般由其隐性的政治身份力量介入历史，使得一处公共空间升级为历史场域（即我们下节对"进香"之途的分析）；另一方面，她们也可以像严氏一样，经由节义精神而使儒佛两道达成共通统一，将"清净非人世"的私室领域直接提升为历史空间。无论是哪种情形，女性都借助了宗教性的空间特性带来其自身的历史价值的生成演绎。

3.2 道路

自从宋元以来将"内外之别"作为男女两性空间的秩序格局，甚至以缠足的形式变相地将女性尽可能多的禁锢在闺阁之内，女性就在被划出的一方世外桃源中端坐于自己的"正位"之上，维持着一种稳定不变的生活方式和节奏。因此我们可以发现很多针对女性的问题延续朝代之长、引发论争之久，甚而可以覆盖从宋至清末的整个传统社会的后半时期。其中女子的"出行"问题便是典型的代表，道路作为这种内外空间的连接之所，也被大多数卫道者作为重重危险所在之处。即使到了晚清民国的城市空间里，我们依然可以看到女性在城市中的短途行路还会面临着诸多威胁，这点在著名的《点石斋画报》中有极其丰富的表现。在姚霏针对那时的上海城市空间与女性性别空间关系的研究中，就将这种从士大夫到民国男性对女性出行的忧虑称为"舆论营造：建构'危机四伏'的街道"[①]。从传统社会中女性的日常生活而言，无论是深居内闱的大家闺秀，抑或是门庭自守的

---

① 参见姚霏《空间、角色与权力——女性与上海城市空间研究（1843—1911）》，上海人民出版社 2010 年版，第 200—206 页。

小家碧玉，在除去庙观进香、法场诀别这样特殊的场所外，在特定节令下赏灯游春等出行都成为她们走出家门的契机。当这种日常的郊游集会是在丈夫的携带之下以家人集体的方式进行，那还问题不大。一旦是女子独自或即便是三三两两的结伴外出游走，都会引起相当一部分男子的不安。因此，道路虽然成为她们由内室闺阁到公共领域的必经之途，但道学先生们又多将道路上种种的危机弗测来危言耸听地写入闺训，向父母及年轻女子本身絮叨避免出行的必要性。《吴江雪》作者佩蘅子有一段谈论女子"防闲"的言论，言"十防"尤以"第九，不可纵他看戏；第十，不可放他外出烧香"①为重。其实这诸般闺训条框都已被前两者总括，一则是不许"外人入内"、一则为防止"女子外出"，本质上就是要阻断"内""外"之间的连接，将女性与联系着内室闺房与公共领域的"道路"空间相隔绝。一方面，不令仆童、兄弟、姑婆及不正当的女子走入闺房，将外界的威胁经由"道路"引入进来。另一方面，则要杜绝女子自身对外界的涉足，以免使其曝露于危险之中——从精神层面上，便是杜绝易引诱她想入非非的不正词曲；从行动层面上，就要防止她以看戏烧香为名踏入混乱暴露而危机重重的"道路"之中。在女子日常出行的几种途径中，看戏游赏这等消遣娱乐的活动自然被视为女子不该过多涉足之处，更兼戏曲教化本身又常常比"伤春词曲"更加像洪水猛兽，即便是进庙烧香这等以信仰为名的出行，比起道路中的危险来，也是不值得鼓励和嘉奖的。所以，在教化闺训的前提下，男性的确可以有诸般理由和行为来进一步阻隔女性对外界的涉足。但这种情形在季末乱世中会因为稳定秩序的被破坏而大为改易，乃至失控。高彦颐曾经将明末清初女性的生活空间划分为两个维度，即开放性的"空间"（space）与固守性的"家"（place），通过它们所表征的"动与静、游与

---

① 佩蘅子著，司马师校点：《明末清初小说选刊·吴江雪》第1卷，春风文艺出版社1986年版，第2页。

走进历史空间：
李玉史剧女性形象研究

息、未知的将来与具体的目前种种两极"，而带来"生活"在"自由与安稳、冒险与安身之间的动态平衡"①。并由此来区分她们所面对的日常闺房与旅游空间，提出"从宦游"是作为她们走出家门步入广阔的行走空间的重要途径。从表面上来看，这种方式的确为女性提供了极大的安全与便利，不仅使得她们免于礼制上的猜疑和贬斥，而且为行路的安全提供了保障。不过在她们貌似开阔自由的行途之中，她们却依然要忍受艰难的行路之苦，劳顿险途之外更有缠足之苦②；加之又是在"三从"闺范中对夫、父生活轨迹的附属性行路，对整体的妇女而言，这便并非常规性的外出方式，仅可作为少数个案呈现。至于"谋生游"，则以女性承担了男性化的家庭功能和社会活动而体现为向男性空间的靠拢与同化，更为非常态的女性涉外方式。"文字卧游"以精神交游为实质、尺素信笺为载体，不是女性必须跨越闺阁空间的展现。因此，综观而言，似仅有"赏心游"可以含纳宋元明清妇女的日常出行。此外，兼及赏心游乐与宗教功能的进香之举也为又一重要途径。对于明清之际乱世女性而言，避难出行是又一大主题。但其路途更为芜杂多样而危险潜藏，当被男性作为避世桃源的"内闱"空间也随着男性世界的崩塌而被压裂解构，女性的走出又成为一种必然而不得不为之的生存处境。这里既包括家园动荡后投亲避乱的漫漫长途，也有着赏灯游玩时的乱世街市，抑或是上香访庙路途上的机缘际遇。在这些状况复杂的行路之间，她们或主动或被动地构成了历史事件与人物命运的转折节点。那么下面我们就从有着精神指向的进香参拜的道路、日常出行下赏灯游玩的街道以及乱世境遇中避祸寻亲的行途三者，来探讨街道场所作为公共空间如

---

① ［美］高彦颐：《"空间"与"家"——论明末清初妇女的生活空间》，载《近代中国妇女史研究》1995年8月第3期。
② 作者注：女子缠足不耐远游为今人之通观，虽然此处王凤娴一例所言旅途之艰，未曾写缠足与否，但由我们下文所将探讨的两例剧作来看，缠足的普遍性以及在迫不得已的境况中缠足远行的情况是确实存在的。

何为女性提供了历史性生成的场域。

3.2.1 进香礼拜之道路

在女性日常的游赏雅集与节日玩乐之外，最具广泛影响力的当属进香庙会活动。而庙会多有民间节日集会的特点，虽参与者众但多为下层女性，且其虽亦烧香进拜，但带有节日游玩的特点，故也同集会赏游一类活动一样受到士大夫们的排斥。在节日之外，能够以正当理由出入闺阁内外的常规途径则非进香禅会不可。虽然，进香的路途与庙观场所本身也被一部分礼教之士极力妖魔化为危险而污秽的场域，但女性出行的热情与立场却始终因宗教性的力量而得以保存发展。因此，总体而言在女性涉外的诸多方式中，与宗教场所的联结是最为紧密、频繁而有着某种隐含正当性的，而且这种宗教上的正当性时常要与现实中的危险性、伦理上的质疑性相抗衡。所以，从节日的庙集会场到日常的礼拜进香，再到纯粹的禅讲聚会，与庙观相连的出行几乎涵盖了各个阶层的女性，并成为她们走出家门的一大动因与助力。李玉的史剧中也为我们提供了几处例子并涉及我们颇为关心的两个命题，一个是进庙上香的活动是否也能涵盖最上层也最谨严的宫廷女性？而她们的出行上香是在哪种场合下成立？其可能展示出的历史功用为何？另一个则是对于普通平民妇女而言，她们宗教的热情与出行的迫切到底在何种程度上相关联？这是否可以通过道路空间潜藏的危险性来体现？或果如士大夫阶层所言，妇女们的进香之途有着极大的危险与混乱而应被严格禁绝，那么这些威胁又来自何方、有几个方面？总体来讲，在女性进香活动所联通的内外空间中，女性自身的空间如何建立，又是否真的能够完全摆脱对男性空间的依附呢？这也是我们欲稍加探寻的问题。那么，这里我们就先来探讨一下占据信徒绝大部分的中下层女性她们的日常进香之途是何状况,从而进一步查探上层女性的进香出行的场域又有何等特点,进而来尝试揭露女性进香空间这种日常性到历史性的跨越在李玉这里是如何被完成的。

在几处进香之途的描写中,李玉对《风云会》中的韩母仅是侧面的简略介绍。从其所属身份来讲,应为高于平民女性的阶层。其子虽是朝廷命官,却亦是当地一霸,且又为武将,故韩母与士人阶层的女性不尽相同。从文化身份和礼教规约来讲,其可谓是一位虽为将官之母,却更近于民女嫠妇的老年女性。李玉通过其在进香途中所处之危难来展现出对于大部分妇女而言,进香之途的艰辛和虔信心态的某种对应。

[白]呀,一霎里雪越来越大了,怎有处去躲一躲才好![唱]呀,眼望迷,早又见孤松一洞敧。[白]呀,洞里却有石床、石凳。嘎,是了![唱]早难道神仙洞府堪闲憩。[白]呀,为何有许多骨殖在此?[唱]原来是虎豹窠巢且暂栖。[老内白]好苦嗄![生白]呀,此处深山,那有妇人啼哭之声?[唱]跷蹊,为甚的空山有嫠妇啼?[白]那边有几块顽石垒砌在此,待我掘开看来![唱]踌躇,只索去启幽岩将禹穴追。

【水红花】[老旦哭跌上,唱]堪嗟衰暮受灾危,痛伤悲,余生如赘。[拜生介,唱]何期天日得重辉;望提携,洪恩无际![生白]你为何在此?[老旦]我是韩关主之母,为到山进香,被怪兽擒入洞中。天幸得遇壮士,望乞哀救则个!……①

当然,这部分描写有一定的离奇性,故而对韩母出行的实际情况的交

---

① 《风云会》第十七出《辟怪》,第643页。

代也不甚看重。比如在文中并未明确交代出韩母作为"太夫人"的进山烧香是否有所陪同，以及陪从人员为何，其行路方式又为何。但从其身份地位和家族状况通观，加之开篇虞侯对其被掳情形的详述，大体倾向于其是在家丁陪同之下的进香。且从后文山中接韩母备轿一节来看，可能在进香之时也是乘轿撵而行，这是符合其身份家室及年迈体衰，甚至可能是缠足境况最通常的行路进香情形。与情节场景的离奇性相对应的，恰是出行动机的日常性。在这次进香活动之中，我们看不到有何独特的情形缘由作以铺垫，也无所谓室内外空间二者的对峙抗争。反而这种内外之际的联通极为畅达，显得极其平凡不惊。这既体现出明代女性日常进香的经常性，也在这种频繁的日常性与行路的艰辛、可能的危险之二者对比中，昭示着虔信的姿态。甚至包括女性自身，也有意从这种外界的威胁中彰显自己信仰的虔诚，从而获取宗教的名义来对抗内室空间中男性的集权和对闺门的制约。当这种日常的反抗以进香的方式来得以完成时，艰辛危险的行路之途便往往演绎成一幅逃脱家门的平民信女纵情杂游的行乐图。然而从韩母的遭遇看，对于那部分日常上山进香的女性而言，真正的威胁往往来自道路中的实际危险，而并非老夫子及世情小说中所描述的庙观僧侣所带来的失贞可能。即使在香火旺盛的普陀山等进香圣地，在人潮涌动的赶集庙会之时，赴山进香的路途也仍会对人身安全带来不小的挑战，以至于在张岱记录中，我们可以发现信众们竟以菩萨的惩罚与救助来解释那些挤船落水与被救起的人们的遭遇。对于非佛节庙会之日孤身入偏僻深山进香的信女，崎岖的山路在带来行走的艰辛之外，更可能由于道路的分岔和不稳定性带来额外的危机，加上小脚行走的不便（从明代女性缠足的普遍性以及后文所将提到的李玉史剧的两处例子来看，我们做此估言应不为过）、对外界危险抵抗的无力，都会导致进香的路途对于女性而言成为一处危机重重的空间。不过这种延伸性的道路空间相对也为场所的连接和转移提供了便利，在韩母身上，就具体展现为在猩怪巢穴这一场景中与郑恩的相遇。这一空间作为路途中的一处转折，将行走中流动的、延展的线状空间引向一处固定的封闭的点状场所。道路此时通过在线性中对转机之点的凸显，带来人物脉络的交织，从而引申向事件生发的舞台。

与韩母相比，同在此剧中的京娘一家的进香行路的方式则大不相同。首先从其进山烧拜的动机而言，乃是还愿，这无疑更具有宗教虔信的心态在内。故其所赴行途便更为遥远辛劳，也因此生发了更大的危机。其次就其出行方式来看，更为符合士绅朝臣之家身份的居家出行，男主人的在场使其并不直接呈现为纯粹女性的外室空间，甚至在事件最初的叙事空间中也向男性倾斜。

[下。末上白]井邑周秦地，山川古今情。老夫，蒲州赵信。向为女儿姻事，在北岳大帝殿前进香许愿……特令女儿亲自到山酬愿。行了数日，将到恒山了，你看两乘车儿再行不上，不免催他一声。车夫，快些赶上来。

【渔家傲】[杂扮二车夫推老旦、旦上，唱]吹不尽千里风尘点客袭，历遍了野店荒村、青峦碧流。积渐故乡行行远，那堪回首！[老旦白]员外，这里到北岳还有多少路？[末]不多路了，车夫快些趱行！

……[众赶打，末、老哭下。丑]兄弟们，这女子是我要的了！[副]是我打听着的，倒是你要？让与兄弟罢！[丑]我和你好兄弟，不要伤了和气。且将他寄在青牛观中，再去寻一个来，双双的作亲，有何不可？……①

---

① 《风云会》第十三出《兴劫》，第627—628页。

这里的赵信虽为员外,属于士绅阶层,不过由于作为"晚期帝制中国的精英","他们的正式地位来自在国家科举考试制度中的成绩和所取得的功名或头衔。在 16 世纪,士绅集团既指功名及第者,又包括他们由父系亲属、姻亲关系和社交网络而组成的更大的社会圈子"①,所以由于其子赵普赴京应辟,其本质上已经升为士族阶层,属士族朝臣之家,故其家中女眷的礼佛出行,未免带有特定的缘由和规约情状。此处我们既知有"行了数日"之遥,复有"两乘车儿"之架,故从行途和规模本身看,都彰显以家庭男性为主导的进香之途。男性与佛教的关系在李玉的史剧中并未被规避,也不因女性与佛教更为独特的情致扭结而遮蔽,更处于一种在平等的态度中叙及男性对佛教的虔信(尤其是在士绅这一独特阶层中,《一品爵》的莘父或许更为典型)。不过与家人一起,或至少由丈夫陪同的入庙进香,的确是明代女性常有的情形,因为不论宗教的力量如何强大,虔诚敬畏的心态如何帮助凝结起了这份力量来抗争桎梏,女子的出行在宗教的名义和礼教的义理之间,仍然存在着广泛的被人质疑的断隙乃至裂痕,所以这其中的空间仍要由家中男性来加以弥合、调停。换言之,女子无论出嫁与否,都要在家庭的"保护"下展开自己的行动,才能获取正当的礼教的认可。尤其是像剧中这般长途徒行,更无形要求了男性的在场。或者说,由于一家之主赵信的出现,以及他引领了妻女的进香还愿,铸成了一道隐形的移动"家门",使得这种内外空间的联通变得间接而更合礼制。但这一重"家门"毕竟不同于深处宅内的"闺门"那样牢固坚实,当来到"道路"的公共领域来面对外界危险时,这重保护就显得岌岌可危。当京娘面对失贞的危险时,便显示出这种变形的"家门"所能提供的,无非是一种相对虚无的保护,仅仅是在礼教范围内使京娘免于责难而提供一种名义上"正名"式的

---

① [加]卜正民:《为权力祈祷》,张华译,江苏人民出版社 2005 年版,序言,第 3 页。

保护，而不代表现实中的实际安全。从韩母到京娘，从短途的日常进香到长途的赴山酬愿，女性总是直接或间接地借由宗教的力量得以来到外室的场域，然而在这行路艰辛和道路危险中，又总对照着某种宗教虔信的隐喻。

相比而言，《千钟禄》里庆成公主的奉旨进香就显得更为规制整严并淡化了宗教的色彩，展现了"道路"在内外空间的连接之外、人物事件的勾连之中，如何将其公共性深化为一种历史性，如何将围绕危险与失贞展开的性别话语提升为历史的转折关照，如何将日常性的视角拉入到历史场域的展演。

> ［小生太监上］濯龙门外主家亲，鸣凤楼中天上人；谁道神仙不可接，香炉峰顶绕黄云。咱家庆成公主娘娘府中长随便是。俺公主娘娘乃高皇帝嫡女，乃当今万岁同胞姊妹。驸马梅老爷靖难身亡，公主娘娘修斋学道。万岁爷十分钦敬，恩赉倍加。公主遍礼名山，钦奉龙牌移行各府州县，只迎供应，整备公馆，搭造敞篷，差拨人夫，百事齐整。目今娘娘到齐云岩进香，官府道左迎参，百姓香盘跪接，一路行来，好不烜赫。真个是：帝王行香自不侔，风云变色鬼神愁；人传天上神山乐，今日人从天上游。道言未了，公主娘娘鸾驾早来也。［末、生、外、付小太监，二旦宫女，杂车夫，贴公主上，合唱］……［旦内白］阿呀，冤枉吓！［贴］住了。我奉旨行香，先有牌行各府州县，不许闲杂人等喧哗，怎么路边有人啼哭？地方官为何不行禁止？……［贴］我如今不放他，且权养宫中，倘若朝廷要时，我自有话讲……①

这里值得注意的，并不只是奉旨行香之途中公主与程女相遇所带来的

---

① 《千钟禄》第十六出《进香》，第 1070—1071 页。

历史转折，更需看到从始至终庆成公主身上所承载的浓厚政治意味，并在本出中被宗教的外衣遮盖。从庆成公主的出场来看，其奉太后懿旨至朱棣帐中劝降，这一行为已有了对政治场域的直接介入，此后随朱棣的登基正统，使得庆成公主的政治立场处在一种引而不发的微妙境地中。直至此处我们才真正看到其后期政治色彩的交代，值得注意的细节是驸马爷死于靖难，^①这暗示了庆成公主实际的政治立场，包括公主本人也直接训斥了直呼"建文"之名的衙役，更鲜明地带染出一种政治色彩。然而，这种政治性却只能是一种伏笔和暗喻，必要借助他者的包裹才可使庆成以皇女的性别身份在新旧两朝的罅隙中继续生存，这份辅助弥合历史的柔力依旧是宗教。无论是对庆成本人修斋学道受到万岁嘉奖的直面交代，还是此后对其所居驸马府焚香静守的正面描写，都表明庆成的奉旨行香之举，乃是在宗教信仰的包裹下进行政治上的柔化与妥协。因此，庆成的奉旨进香与其看作是一次性的礼佛活动，倒不如看作是一场绵延伸展的政治对峙空间的进一步弥缝。因此，庆成这条长远的行香之途，宛若一条在新旧政治的缝隙中穿行并加以缝合的韧线，代表着某种双方政治势力对抗与毁灭下依然存在的中间地带。而处在出世与入世之间的佛教，无疑极好地与公共权力的中间地区相呼应，经由女性的性别空间铸成历史背面之力。我们也可推想，正是这种权力中间地带张力的存在，使得庆成公主有了救携程女的自主性。这种政治与佛教表里相依的关系，也为本出结尾之辞极好的概括。这种佛教与政治在女性性别空间中的扭结，在《牛头山》严氏身上也有展露。

  总体于女性而言，何以如此钟情佛教自然有着诸般原因，无论是功利

---

① 作者注：明洪武皇帝的马皇后所生两位公主，一为宁国公主、一为安庆公主，宁国公主嫁给精通经史兵法的梅殷，洪武多次委托其辅助幼主惠帝建文，故靖难期间，曾阻挡燕王军队，以进香为由通过淮安并伤来使，后因永乐迫使妹妹宁国公主血书招归朝廷，后死于他人暗害，故永乐亦封宁国为长公主以补偿其孀居的落寞。此处我们似可从庆成公主、梅驸马及与皇帝的微妙关系上隐约看出宁国公主的影子，似为李玉的再次改写。

主导的"庶民"信仰,还是摆脱家门闺房的游玩消费,朝圣佛理的虔诚信女也好,或赶集赴会的游冶俗妇也罢,种种形式下最根本的动力恐怕还是因宗教给予了她们独立于男性之外的一方天地。或者准确而言,佛教在晚明男女间不同的信仰模式,使得女性有了别样的宗教空间,而这份空间融入其日常的生活,就使其获得了某种独立性的心理补偿与行为空间。具体表现为,一则是就内室本身而言,神圣空间与世俗空间的对立,使得佛堂,哪怕是简易的香案佛龛都成为家中女性一方可以躲避的"世外桃源"。不论在底层妇女极其世俗的跪拜祷告中,还是在上层女性焚香持斋、静心礼佛的日常修行中,这方宗教空间的存在无疑很好地在妇德规范允许的空间之内,使得她们有了短暂的避开家务琐事和礼教压制的休憩之所。她们既可以将自己的软弱苦恼以及不符合闺范妇德的一切负面情绪寄托于佛理所阐述的来世与因果之中,也可以安宁地审视自己的内心,并在单一稳定的诵经抄写中以单调平缓的节奏舒遣心理的压力。前者用宗教式的幻想帮助大部分女性维持对于现有生活的忍耐,后者则以净化心灵的方式帮助女性树立了自我完善的信心,使她们因确信自己已经并可以变得更好而在日常中更乐于保持德貌双馨的形象。甚至对于一部分士家、才女、德妇而言,通过佛学听讲、佛理交流所建立起的与佛教更高一层的联系,是极好的智力消遣的游戏,通过这种方式可以带来心灵慰藉之外更高层次上的精神满足。而无论是心灵的慰藉还是精神的满足,都使沉浸礼佛空间中的女性获取了某种精神独立性的感受。如前文所说,这种内室的空间分割和礼佛生活的存在,是不为男性所反对的,也就因此并不为闺范妇德所加以禁绝;同时也是男性所不屑于涉足侵占的,在这一点上,它保障了属于女性的礼佛空间被完整地转化为日常生活中的独立性空间,使得女性得以从完整谨严的内室之中,割离出一小块独属自身的桃源之所。因为对于大部分男性而言,尤其是对性别空间分化更为严格的中上层士家来讲,既然他们以"守"为女性之规、以"静"为女性之美,那么与其任由自家女人如"三姑六婆"般闲来无事而无事生非,不如让她们去诵经念佛。但他们自身在以儒教自立的同时,是不屑于去以相同的方式在日常中时时念佛参拜的,即使是那些布施斋戒的士绅居士,也仅是以捐赠寺院等公益方式来表达自身对其在一定程度上的认同,但更多时候,这是为他们获取地方名誉地位以至权力空间的有利途径,像《一品爵》中莘臧之父便大体可划归于此类①。在卜正民对张岱的研讨中也指出,在几代与宗教紧密联结的张氏家族中,"张岱在他的文集中所提到的这个家族唯一笃信佛教的人是他的母亲","尽管对母亲的虔诚有强烈的记忆,但张岱的参与佛教似乎不像他的母亲那么热烈",甚至在诚心拜访并与高僧论道之后仍在文章中"认为自己只是一个恭敬的参访者,而不是一个世俗的信徒"。面对进山朝拜的善男信女们,他也更愿意以高高在上的文士姿态来加以旁观,把自己"作为精英分子的观察者,而非热诚的宗教的朝圣者"。②也正是由于这种不愿妥协于宗教的儒家精英的男性性别身份的自诩,使得男性与佛教的联系多带有某种隐含的公共性诉求,如像卜氏所讨论的,捐赠寺院既为他们带来某种建立对抗国家的公共权力空间的可能,也使得他们在此过程中披着宗教的外衣却迫切想划清内在对于宗教的依附归顺,像在"从性别看捐赠"一节中所探讨的那样,甚至通过将捐赠的缘由归于家中女性的虔诚来避免使自身可能产生的归附宗教的非议。这样一来,由于脱离了与儒教政治空间的关联和身份定位,使得女性既不以外向性的捐赠建设、论道交游为主要内容,又不含有公共

---

① [加]卜正民:《为权力祈祷》,张华译,江苏人民出版社2005年版。书中着重讨论了士绅阶层如何通过与佛教寺院的捐赠关系建立起自己地方精英的身份地位,从而形成与国家的公共权威部分相抗衡的权力空间。这种男女两性与佛教内在联结的不同,在李玉剧中仍有鲜明体现。如庆成公主、《两须眉》邓氏、《牛头山》严氏等中上层女性皆有诵经礼佛之举,独《一品爵》莘父虽奉佛持斋,却是布施和尚之举常有而被乡里称善尊举。

② 同上书,第43、44、46页。

权力建设的可能倾向，因此她们的信教便理所当然地更为私人化，也就更容易以"信奉"的方式出现。换言之，无论哪一阶层的女性，都不必要做出"俨然"信奉的姿态来，一旦作为信女，都几乎必然是对佛教义理有着不同程度的宗教性的信仰情结。虽然这种情结有时仅仅是多子多钱的世俗祈愿，有时则会表现为诵经论道，但即使女性也参加的禅会听讲，或是自身举行的诵经雅集，她们之间的交游都更以佛学义理本身为旨归，并兼及兴会排遣之途，却并非意图为建立某种公共的交往网络而服务。这种对于宗教的虔诚使得她们有了较充分的动机、理由和勇气去将自己的朝圣之途由室内延展向室外，由个人性的户内礼佛空间向集体性的寺庙公共场域靠拢。于是这就带来了佛教为女性开辟新的独立性空间的第二重方式，即二则是就室内与室外空间的联通来讲，佛教寺院与内室佛堂的分隔与呼应带来了女性日常出行的契机。不过与前者不同的是，男性对于女性的外出礼佛便多有微词，甚至成为朝廷政令、礼教之士竭力规范劝诫的对象。就像我们之前提到的《大明律》中规定："若有官及军民之家纵令妻女于寺观神庙烧香者，笞四十，罪坐夫男，无夫男者，罪坐本妇。"就充分显现出将女性置于男性监管之下的空间意图，一旦以宗教的缘由使得女性脱离了这种管制而有失控之威胁时，需要承担罪责的首先是家中的成年男子[①]。反过来我们也可以看出宗教的力量对原有性别空间的划分所造成的巨大挑战。从佛理来讲，虽然在佛教中国化及三教合流的过程中，佛教女性观不可避免地带有男女尊卑、内外之分的特点，但是从根本教义上来讲的众生平等的观念，使其须对"善男""信女"保有形式上的一视同仁[②]。这才可能出现小

---

① 关于性别角度对于明代法规"罪坐夫男"的讨论，参见万明主编《晚明社会变迁问题与研究》（商务印书馆2005年版）第三章中对于"晚明妇女的法律地位"的探讨（第378—379页）。

② 参见杨孝容《略论佛教女性观及其与社会历史的共相嬗变》，《求索》2003年第6期。

说中描写的女子为争取进香还愿，甚至敢在丈夫面前泼辣怒争①。也正是由于这份抗争中既有着对自身独立性的渴望与认同，更有着真实的宗教敬畏的信仰心理，因此才更显得必然而有力。虽然法规之中明确想将监管之职赋予男性，从而维护内外分野的性别空间到社会秩序的稳定，但却由于这类针对女性的宗教法规"出发点在于维护妇女的传统礼教行为，不是以禁止妇女信佛为主要目的……既不禁止妇女奉佛，却要禁阻与妇女奉佛密切相关的行为，导致双方的抵触频频发生，官方的刑案文书或诸多笔记小说，都相继载录相关的社会案例"②。所以一开始，这样的法令便在与佛理的对抗中丧失了其有利地位，既然承认了佛理也可开放予女性，就暗示了其必然要接受女性通过宗教教义为自己获取权利和空间的命运——因为它已经首先放弃了以完全的世俗权力来压制宗教力量的途径，虽然这种手段在宗教教义上看来是野蛮而不合理的，但在俗世现实层面上却是最有效而合理的。因此，当问题被抛回给社会个体的家庭男性来处理时，他们除了发出些抱怨之辞或卫道之音，在实际的操控中往往是无力的。那么，在提到的佩蘅子"防闲"的言论之外，我们不妨再看一段更为琐细的男性对于女性抛头露面的担忧，我们也可以更具体地看到男性在这种内外空间的联通中，具体在忧虑些什么：

  莫买命算卦，莫听唱说书，莫结会讲经，莫斋僧饭道，莫修寺建塔，莫打醮挂幡，莫山顶进香，莫庙宇烧香，莫招神下鬼，莫魇镇害人，莫看春看灯，莫学弹学唱，莫狎近尼姑，莫招延妓女，莫结拜义

---

① 此处前文已有提及，参见陈玉女《明代的佛教与社会》书中对冯梦龙山歌《烧香娘娘》和《醒世姻缘传》素姐两例的分析，北京大学出版社 2011 年版，第 348—349 页。
② 陈玉女：《明代的佛教与社会》，北京大学出版社 2011 年版，第 322—323 页。

亲，莫来往卦婆、媒婆、卖婆，莫轻见外人，莫轻赴酒席。①

这里不厌其烦地规诫了女子几乎所有的外出和交往方式，仅明确与佛教寺庙僧尼有关的条目就占了三分之一，由是可见宗教力量在对女性稳固闭锁的生活空间中的渗透和改易带给男性对传统礼教崩坏的莫大恐慌。尤其是随着民间信仰愈加广泛地融入佛教，加之"江南的许多信仰活动在发展中还趋于日常化、固定化，从而成为周而复始的节日"，使得在传统的岁时节令的节日之外，更有了很多佛教的"信仰性、祭司性的活动日"，这种民间"信仰活动的规模更趋大型化，并呈现节日化、集会化的倾向"②带来了各级妇女大规模地外出行游，这种"男女相杂"的局面也更加剧了对传统性别空间稳定性的担忧。因为随着商品经济的蓬勃发展，烧香庙会的出行不仅加重了家中香火钱的负担，更存在着女性在集会游玩中的消费。而商业实质与消费行为本身是无分性别的，因此女性赶集式的进香出行就不仅带来了对公共场域及社交网络的介入，更为本质的是她们更能通过抹杀性别之分的行为方式，展现出跨越性别空间的根本可能。然而无论某些礼教之士多么想把女性重新束缚于规范之内、固缚于闺阁之中，女性多少带有宗教痴迷性质和敬畏心理的进香还愿这一类活动却始终不能消歇，这对于部分男性而言，无疑等于是放出牢笼的洪水野兽难再被驯服。一方面是由于女性对于难得的有理由的出行机会和权利的珍惜争取，另一方面也是由于她们宗教心理的虔诚所致。因此，从《风云会》的韩母深山进香到京娘母女赴山还愿，以至《千钟禄》庆成公主奉旨进香，她们都不辞路远劳

---

① 张萱：《西园闻见录》卷三《闺范》，载王有立主编《中华文史丛书》（第五辑），台湾华文书局1969年版印本，第260—261页。现实总是与呼吁相反，就李玉史剧而言，也可看到《万里圆》黄向坚妻子买卦入门的反例。
② 陈江：《明代中后期的江南社会与社会生活》，上海社会科学出版社2006年版，第258、259页。

苦、道艰危险，无一不是抱着坚定虔诚的情怀启程赶路。而男性所能做的，无非是尽力将她们从集会式的进香活动中尽力隔离出来，避免男女相混、各阶层妇女相杂的混乱场面，使她们在家人陪同下，以各守阶层的规范来进行宗教活动。因此，我们可以看到，韩母虽为官员之母，但以其子乃地方恶霸之形容而算不得士族德妇，因此作为普通嫠妇往深山进香则较为日常随意，并无太多规约；待到京娘母女则乃朝廷重臣之家室，故须随家主举家往山还愿；待到庆成公主则以公主之尊，不得轻去寺观烧香，故须从奉旨前行、避道开路之形制。在此三人之中，又从不同层面展现了女性与佛教的联结，也使得进香之途带有了不同的特点和隐喻。于韩母和京娘而言，入山进香代表的更多是日常性的宗教信仰和出行的危险，后者则更深入地展现了公共领域中性别空间的对峙，即女性所独有的失贞之忧。庆成公主则更多代表了一种宗教借由女性，对政治进行弥合。

3.2.2 上元观灯之街市

在我们之前提及的明代女性的日常出行中，大体从进香、节令、游赏三个方面进行了概述，三者对于常守礼制闺阁的女性而言虽然皆有休憩、娱乐和怡情这几个方面的功能，但又情形殊异。非赶集庙会性的进香酬愿，多是个体性的行为，而随家或携友的游山赏亭诗会雅集，则是一种小团体性的集结，至于节日时令的街市游玩，则更多带有全民娱乐的集会性。因此，从三者的形态而非功能上来概括，我们可大体认为明代女性独立性出行的契机有以上三类。而自宋以来至于明，尤以江南地区为最，随着人口、城市、经济的繁荣，节俗活动越来越繁复多样，佛教与日常节俗的融合也更为深入。"假如把梁宗懔的《荆楚岁时记》与宋陈元靓的《岁时广记》、明清时期的地方志（如清顾禄的《清嘉录》等）进行对比，就不难发现佛教节日与日俱增的趋势。""总之，一方面把非佛教节日挂上佛的招牌，另一方面则在佛教节日中加上佛教以外的内容，尤其以娱人的内容掺入较多。"① 所以从现实的层面来讲，我们很难将一切宗教出行和节日游玩完全区别开，甚至于"被城市丰富起来的节庆，大多借助庙祀"②。在上一节中也仅仅是就个体性的日常进香加以解读，而一旦这种宗教行为以集体性的庙会集会形式呈现时，敬神的内涵向娱人的功能偏转，就会带来与节令游玩相类似的情态和价值。那么，与其说我们从进香之途到赏灯之街的论述是以宗教性为区分，不如说是以性质上的个体性与集会性为划分，从而关照在信仰功能之外的、节令习俗对女性外室空间的拓展。在李玉的戏剧中，虽然描写了不少城市中的各类女性以及与之相关的市井图景，如《风云会》韩素梅的勾栏以及诸般舞女生涯等，但详细描写且为较重要情节的节日街道中，女性出行的仅有《麒麟阁》婉儿母女这一处。这一与上元节观灯有关的节日出行，也依旧体现了宗教节日因惯袭成例而与节令民俗相杂糅的特点。"元宵赏灯，据说始于汉祠太乙。明代上元观灯，是其遗风。唐敕金吾弛禁三夜，宋增为五夜，明代因之。"③ 但在祭祀太一神的渊源相传之外，也有说法将此节与佛教旧典相连："相传汉明帝时佛法初来，摄摩腾、竺法兰等高僧与道士角法力取胜，汉明帝即敕令于正月十五日点灯，表示佛法大明，以后便成为上元放灯的习俗。"④ 且不论后者说法是否为佛教徒后世之附会，但"灯节期间，最热闹的当属各地的神庙和宗祠"⑤ 却非虚言。所以我们可以看到以宗教信仰为主的出行和以节日集会为主的游玩所针对的地区还是有所区别的。即使是灯会期间热闹的宗祠神庙，也必不可离城市太

---

① 康保成：《中国古代戏剧形态与佛教》，东方出版中心2004年版，第315—316页。
② 周时奋：《雅俗中国丛书·市井》，第85页。
③ 陈宝良：《飘摇的传统——明代城市生活长卷》，湖南人民出版社2006年版，第144页。
④ 严耀中：《江南佛教史》，上海人民出版社2000年版，第108页。
⑤ 同上书，第109页。

远,这也是由于进香礼佛与节令集会两种出行缘由与形态的不同,使其对出行的宏观空间有着不同的大体圈定。宗教性活动的范围可能会更广地涵盖城乡二元,尤其是从城郊县郡到村野山林,在更为广阔的地域上来凝结人群;而相对来讲,节令集会更侧重于市井,即在城市街道中完成对范围相对收缩的地域人群的聚集。当女性也广泛地被包括在这部分人群之中而得以出行之时,庙宇分布和进香活动的广泛性,便使各级女性在跨越城乡的范围内联结交会,完成对内室闺阁的超越,这种活动范围的开阔,也使在男女相杂的隐忧外,路途中行路的艰辛和山野的危险等种种实际的困难被凸显出来;而在城市之中,在相对固定封闭的空间内,她们被集体性地聚焦和注目,就越发将命题集中地引向了街市道路对于她们的"贞节"所产生的威胁上来。

现在我们就从《麒麟阁》上元观灯的街市来看看平民女子的出行所面临的境况,以及这份威胁中所代表的空间特性及内在隐喻。

[妪白]老身陆氏,嫁与王门;丈夫早丧,母子相依。今当上元佳节,家贫困难支,有个同胞姐姐,住居西城,苦苦要接我们去庆赏花灯,消遣几日。我儿,这是姨娘美意,不好阻拂,趁此黄昏初动,我便带你同走一遭。[婉]母亲在上,虽承姨娘美意,只是此处到西城,路径七八余里,此际灯彩通张,游人杂沓,恐倒招尤受侮,还是不去的好。[妪]儿,不妨。你年纪尚小,况有做娘的同走,何致招尤受侮。我们只捡僻静小巷,慢慢行去便了。[婉]既如此,依着母亲去强走遭。[妪]带我锁上门儿。[同走介]

……[院]妈妈慢走,我家大爷要认一认这位大姐!……[字]是你的女儿么?老妈,造化到了!你可认得我花花公子?今夜看中意了你的女儿子,要送来我,我做个布袋了。院子叫两捎轿子,一起抬回去，连夜就做亲，明朝就拜岳母。[唱]向灯月下把交欢酒尝，正好翻翠被、破花房。

[婉]阿呀，母亲不好了。孩儿原是不肯出来的！①

在这一段的叙述中有着三重维度的呈现：首先是对于上元节赏灯游街男女相杂的明代社会图景的实况呈现；其次是对街市行走中隐藏危险的典型性刻画；最后是女性出行前自身对于街市空间的认识，以及这种认识与身份之间的差异所隐喻的剧作内涵。先从最基本的社会现实而言，明代上元灯节的街道可谓热闹非凡，在各地的地方志中都明确载有男妇交杂的情形，其覆盖人群之广、男女相杂之况，恐亦不亚于最盛大的庙会佛节。由于"明代的大城市如两京、苏杭，女性的活动较之一般城镇和乡村更具有开放性"②，尤其是像上元节这样的节庆活动，女性与男性一般的出游赏灯已是司空见惯的情形，各地各时民风对此皆为许可，从各地方志的广泛记载亦可知。然而，"明代地方志的编撰者主要是当地的绅士，所反映出的地方风俗是绅士眼里的风俗。方志风俗志的记录是从习俗整体出发的，没有侧重女性的习俗，因此对于岁时节日中女性的活动，记录得很不充分"。即使"宋明理学希望对女性进一步加强约束，明代的绅士重视移风易俗，可能在一定程度上会影响到方志对女俗的记录，以利用方志发挥教化与导向的作用"③。故更加关注女性节日出行及其面对的公共空间的仍然是编撰方志外的礼教之士们。这就涉及我们所说的第二个层面的问题，即李玉所描写的这种女性上元出行中"失贞"的危险何以具有典范性的普遍关注。由于这种出行不同于女性日常中赏园游山的雅集或是结伴入寺的香会，有着更强的

---

① 《麒麟阁》第一本卷下，第二十六出《玩灯》，第468—470页。
② 常建华：《婚姻内外的古代女性》(下编)，中华书局2006年版，第172页。
③ 同上书，第172—173页。

娱乐性，并且面对的是城市空间，所以往往会遭到更强烈的反对。这种反对不仅像反对女性入庙上香那样，是恐惧于寺庙空间本身。由于僻远和淫僧对女性构成的贞节威胁，而更是关注于出行路途本身这一延展性的空间。同朝山进香庙会赶集一样，行走途中的男女相杂的状况引起了极大的"有伤风化"的担忧，但远没有节令赏灯的街市更具有实际上的危险。由于后者的道路空间更加收缩紧密于城市的市井空间之内，所以性别空间的话题就显得尤为迫切，因为城市中男女分隔的性别意识是远比乡野分明而严峻的。于是，理学家们的关注视角便不可避免地投向了女性空间外拓而与男性空间相杂所标明的一种礼教上的危机。这种危机的存在和质疑，我们也可从婉儿出门前对母亲的一番规劝中看出。这种对女性生活空间的规范与节日出行空间的拓展之间所产生的抵触，不仅仅是礼教之士的一句担忧抱怨而已，对于女性自身而言也成为一种规约。所以，虽然上元节赏灯出游对于各阶层女性都是一个较为名正言顺的进入外室的机会，但我们相信也总还有一部分女性自愿留守于闺门之内。毕竟，这种以娱乐为目的的游玩，比之以宗教为旨归的拜寺，还是显得不合女子的德范，也许只有当信仰的力量支撑着她们，或是在宗教必要的名义契机下，她们才会心甘情愿地享受跨越内室的出行空间。而且从实际的层面而言，市井街道所带来的人流杂冗也使得女性面对"人"的威胁更高于荒野山林之中，即在摆脱了潜在的野兽锐利的目光和野路幽僻的恐惧之后，女性就需更直接地面对文明世界潜藏的危险——这不仅仅是礼教名义上的质疑，更是如文本所写的实际危险。而婉儿也正是面对这种质疑与危险的双重隐忧，故在出门之前便对母亲加以规劝。就其母亲称谓和语词色彩来看，仅是世俗底层的老妪，婉儿甚至非小家碧玉之门，何以对访亲同游这样一个正当普遍的理由提出如此深重的礼教之忧呢？这就关乎李玉在剧作内对于女性内在的认知和对婉儿采取的定位。即从第三个层面来看婉儿这种对出行外室空间的抗拒寓意何在。我们无意从现实上考证婉儿的情况是否特殊。但婉儿此后与将门之子联姻进入士人阶层，我们不妨将此处她的恪守闺范，作为李玉给予她的进入士族女性群体的通行证，是李玉于士族女子的范型想象。可见，作为城市道路空间的节日街市既给予女性更开放的可能，也同时也给了她们深层的危机与自我规约的抉择。

3.2.3 寻亲避乱之行途

如果说我们之前所述都偏重于女性日常行路之途，意在探讨其对女性公共场域的拓展有何作用，那么还有一类道路是在史剧中更为普遍，并与其政治历史背景紧密相连的，那就是避难寻亲之途。在李玉基于明末清初末世背景所写的史剧中，无论故事的背景是贴合时局还是前朝旧事，这种在乱世背景中寻亲避难的跋涉之途总是最为常见的景况。我们可以看到，一部分女性留守家中而等待羁留宦旅在外的丈夫、儿子的归来，从而以内、外室的分离彰显性别空间的固有模式；但也另有一部分女子，面临着家园的破碎、闺阁的覆灭、家门的倒塌，却无从像《两须眉》邓氏一样为自身建立新的留守空间，那么她们就不可避免地踏上了避难或寻亲的漫漫征途。作为一种长距离的跋涉，与高彦颐所提到的日常随夫父的宦游迁徙不同，总是以孤身来到外室而脱离了男性的保护为常见形态。这一点我们可以从《五高风》中文家母女及老仆去妾室处避难来看。

……［下。老旦上］我儿，我儿！呀，不好了！方才同孩儿逃出府中，又被官兵冲散，不知往那里去了？好苦吓！吾也说不得了，如今且逃往京中，寻张姨处安身，再作道理。

【尾】路东西，心儿恐，一身总是仗天公；愿得母子前途劈面逢。

[下]①

　　[众下。小生先上]王安！王安！呀，王安又不知那里去了，苦杀我也！快赶到前途去寻问；若是不见，只得到京中张姨处去了。正是：屋漏更遭连夜雨，船行又遇打头风。[下。末上]大相公！大相公！不知大相公逃到那里去了，好苦吓！也罢，吾如今只寻到京中张姨处便了。②

这里很有趣的是，虽则是三人一同避难，却一定要以彼此之间的相互分离为行路之情态。甚至在母唤子、子唤仆、仆唤主这种呼苦哀难的语言句式都不差仿佛，最终三人不约而同地选择了唯一可以投身的京中妾室之家为避难之所。在母子分离、主仆分离的各自出处之间，作为唯一女性的主母却是最先与儿子、仆人分开的，体现出某种女性空间与男性空间的率先隔离。因此，女性在这种孤身无援的境况之中更要求寻找到一处安全的栖止，这就像我们上章所提到的《牛头山》张皇后与宫女的避难历程一样。在离开宫廷之后，帝后二人同样被人群冲散，带来男女性别空间的分隔并行，从而使得历史的场域得以在主辅线索的交替中完成立体而深刻的展演。如前文所说的，既然她们离开内室是被动的，她们面对外室空间的姿态也必然缺乏创造性，所以，她们并非要创生新的空间，只是在道路上短暂的停留而寻求另一处规避乱世的安稳空间、另一处未损毁的"世外桃源"。这种行路之途便很难使得道路空间自身获得从公共场域升级为历史空间的契机。反而是道路尽头指向的另一处"家园"，可能会在此面对外界对内室的威胁而与外室空间产生对抗，成为事件的生发之所、历史场域的附从之地，比如《风云会》里张姨处所面临的危机及《牛头山》皇后最后避难的岳府。

---

① 《五高风》第十六出，第1153页。
② 《五高风》第十五出，第1149页。

然而，乱世行路的艰辛和避难的仓皇，又使得道路并不总指向唯一的一个终点，甚至可能是阶段性的。像张皇后随宫女之父寄居其家，就是机缘巧合下的一处暂时栖止之地，最后仍要来到岳府，在避难之处完成历史场域的性质改换。

这也同时带出一个有趣话题：女性内室空间自身的分化与隔离。就像之前谈论《牛头山》的严氏在山中自立佛庵而使妻妾两处、家庭空间分隔一样，此处我们也从赵氏和张姨的分离中看到了相似的空间模式。这里有个妻妾关系的命题。铁爱花在研究宋代士族女性妻妾相处模式时，曾经分其为"和平相处型"与"矛盾斗争型"，就李玉史剧而言，并无后一类型，即便是严氏为守志节将城内之家交托给妾室们而自己另结寓所，也并未有对妻妾间不睦或斗争的直接描写，更多的只是一种不屑为伍的姿态。妻妾间的矛盾斗争似在明清小说中更为突出，在现实境况中后者恐也偏多。铁爱花指出的和谐相处关系往往是在妻无子而妾具有必需性，或妻妾年纪相距悬殊而尊卑分明，如母女婆媳般守礼相处时才容易达成。在李玉笔下，这种无子之妻几乎并不存在，而相应的在有侍妾相伴的女性内室空间里，李玉更将前者升级为一种依从、甚至互助和谐的伙伴关系。像《两须眉》中侍妾胡姬一直作为辅助邓氏建堡的伙伴，同时也对妻主绝对依从附和；其病重后又新纳姬妾，除被送与夫君府邸以资陪伴的两女，又有刘氏一女持斋念佛，而只与邓氏做伴晨昏，显示出一种互助的伙伴关系。至于此处，张姨更为赵氏提供了一处避难之所，在相互支撑中显示为一种辅益的伙伴关系。当然，在这种和谐的互助与陪伴下，仍是以妾对妻的终极依附为本。这种依附性使得妾室在家庭中多处在边缘的位置上，所以"她们的世界不是限定好的、期待中的。会发生什么事，更多地凭个人关系带来的运气，而不取决于习俗或法律"①。这也就很可以说明，为何此处张姨脱离了夫主家的家庭空间而另居一处：

> ［外］我儿，我因苦劾尤权父子奸恶，几遭不测；幸萧侍郎冒死保奏，始得夺职回乡，同你母子回去。［小生］爹爹，二娘为何不同回去？［外］张姨乃无出偏房，况他父母病重，已遣归侍奉，故不带回。②

这里说明了张姨别居京中特殊境况的由来，也是由于父母病重而遣归侍奉这一偶然原因。但我们更要看到本质上其为"偏房"且"无出"的身份，无子的情形固然不利于其提升在主家的地位，不过也同时使得其与夫主家庭的联系更为疏松，因此既不必要紧随夫主家庭空间的迁徙，也更非必须被携带的家庭成员。当历史事件的焦点又聚焦于此一避难院落之时，历史性的附着为这一空间带来了空前性的危机，最终这第二处的避难中的"闺阁"也再次面临破碎，只能由郑彪所代表的男性空间为她们划分另辟一处"桃源"。此时，妾室空间与妻主为主体的内室空间再次汇合，最终从属于夫主整体的家庭空间，而同往"西岐"避难。而与此等临时寓所之偶然性相对的，是《麒麟阁》婉儿母女目的性较强的寻亲之途，即以姻缘为引线的跨州府的跋涉。

> ［白］奴家王氏婉儿。只为前岁元宵佳节，同母亲到姨娘家去，谁想路遇宇文贼子劫抢，若非罗公子一班弟兄奋力相救，命在呼吸，几遭毒手。我母女二人，因得生逃避祸……虽然一言盟订，已成百岁良

---

① ［美］尹沛霞：《内闱：宋代的婚姻和妇女生活》，胡志宏译，江苏人民出版社2004年版，第192页。
② 《五高风》第四出，第1123页。

姻；止恐红叶未投，难免白头之叹。更兼避难，行踪飘流无定。为此同了母亲，不辞跋涉，来到幽州，赁房居住，访问公子消息。①

这种"行踪飘流无定"的避难之途，代表了一种普遍的旅途辛劳以及女性独处外室空间时的不安全性。然而由于道路本身多非历史场域的展现，因此在剧作中，往往多是回溯中的三言两语的概述，以戏曲独特的空间交代方式加以简约的叙及。但女子的辛劳和磨难并不因此而隐退，却更分明地在不断地隐隐诉说。就像在此后"郊坛"一折中婉儿赶路时所唱的："窄窄宫鞋行又褪。一本相依也，何太忍！"也表明了明代女性普遍的缠足亦成为制约她们涉足外室的内在桎梏。无独有偶，《风云会》中的京娘在赵匡胤护送返乡的行路之前，也提到了这种"不耐行走"给女性的长途出行造成的艰难。

> ［旦拜介，唱］仰荷云天高谊，深深拜倒卑微。［外白］限制几时起程？［净］明日就行。［外］一骑乘不得两人，况侄女鞋弓袜小，怎跟得上，可不耽误了？且从容几日，觅辆车儿同去，却不是好！［净］此事我已算过。有了车辆，又费照管；我将赤麒麟与妹子骑了，匡胤誓愿千里步行相送。［旦］有累恩兄远送，但愚妹愧非男子，不能执鞭坠镫，岂敢反占尊骑？［净］你是女流，必要脚力。匡胤脚又不小，步行正合其宜。明日里呵！［唱］我迤逦宁辞劳瘁，千里共驱驰。②

这里的赵匡胤护送义妹赵京娘回家，因其弓足不便，让马于其，徒步千里相送。更在细节中显示当时缠足状况的习以为常。包括婉儿虽非大家

---

① 《麒麟阁》第二本卷上，第七出《侠救》，第518页。
② 《风云会》第十四出《闹观》，第633—634页。

闺秀，但因其具有升为士家女性的身份性质，故也鲜明提及其"宫鞋"袜小之景况。对于士族女性而言，缠足之例似乎概莫能免。不过，两人之间还是存有一个分别，即纯属大家闺秀的京娘往来之途一为乘车、一为骑马，并未亲身行走；王婉儿则恰相反，虽未明确交代其以何方式来至幽州，以其行路之遥、行途之广，虽不至于全然步行，但考虑其母女地位经济，"跋涉"一词中恐怕弓足徒行也不可免。可见明代女性的出行方式与其自身的身份地位密切相关，于李玉史剧中亦可见证。且就妇女出行的车乘轿子等交通工具形态而言，也有"妇女坐的车子，它与平头车相近，只是在其车厢上加棕作盖和垂帘"①。这也是体现日常女性出行中的独特性。但于避难寻亲之途，女子也多只能以徒步、骑马等男性化方式处于道路之中，且以不止居处城市的街道之间，而摒弃了轿子这种常见的出行工具（宇文成德抢亲时尚令院子叫"两掮轿子"以抬婉儿）。因此，在避难寻亲的长途跋涉中，除了凸显男女于外室空间中不同的困窘情态之外，也相对抹杀了出行方式的差异。于女性而言，这种性别分野的消弭反而代表了一种不稳定和直面乱世的忧虑，不愿长久滞留路途之上，而急欲回归，寻求另一内室闺门作为回归自身性别与安全的空间。

　　总体而言，避难寻亲的道路既是史剧背景下最为普遍常见女子出行的契机，也是最为艰难的女子行途的道路空间。然而虽有可想见的重重困难，但其行途状况和道路空间的本身描写简略，历史性只有在路途之终端才会渐趋展开。

---

① 吴刚：《中国古代的城市生活》，载李学勤、冯尔康主编《中国古代生活丛书》，商务印书馆1997年版，第152页。

3.3 法场

法场是李玉史剧中比较特殊的场景，它的存在和演绎事件的频率甚至要高于庙宇。抛开性别空间的话题暂且不论，仅就典型法场情节存在的史剧就有六部：《七国传》《昊天塔》《麒麟阁》《清忠谱》《千钟禄》《五高风》。余者，如《风云会》《牛头山》《两须眉》《万里圆》都不涉及朝野内部的中间斗争主题，故无法场这一激化戏剧矛盾的最典型场景，而《一品爵》虽有忠奸之分，但因莘父本身非为朝官，故仅展现受冤下狱一节，而未发展到直接的法场之上的尖锐冲突。这里我们就可以初步看到"法场"这一典型戏剧空间的功能：法场的重要性在于它是个体生命面临毁灭的一个关口，也自然暗示是事件发展和忠奸斗争的一个高潮。所以，它虽然比之寺庙更是一次性的场域，但具有极强的指向性和功能性。对于个体内在而言，它将个体生命与家国大义直接对立起来；对于外部对象来讲，它打破了常规的礼法的制约，而允许女性以极端的方式来到这一公共场域之中。或者说，从性别空间的意义层面来讲，对于男性来讲，法场是以个体生命对国之大义的悲壮承担；而对于女性而言，家之完整面临覆灭、伦理之序面临断裂，所以她们往往代表家庭出席在这样一种公共场域之中。而法场强烈的功能指向，又来自其情节发展的明确性，即在法场情节中必然分为两种情况，一类是多数的主角的获救，另一类是少见的人物就义被戮（如《清忠谱》）。在前者中又分为依靠自身的自救和诉诸外力的侠救两种。而从性别关系上来讲，由于身处法场的几乎必然为男性士臣，所以在自救的过程中是纯粹男性空间内的角力。此者以《七国传》的孙膑为典型，而这种自救不代表一重波折的过去，反而寓意更大波澜即将兴起。不过一旦需要外力的介入来获取事情的转机，女性出场的机会就大为增加，或由巾帼女将直接劫法场以救义士，或寡母亲赴朝堂、法场等国家公共领域求取圣旨解救。关于前者，我们可对比《麒麟阁》靖璇飞公主与《五高风》义士郑彪二者的法场侠救，而后者则以《昊天塔》佘太君为典型。但这种母亲的出场，却又时常代表某种无力感和忠孝难全的对峙，如《清忠谱》中五义士就戮时颜佩韦之寡母泣别，以及《麒麟阁》罗成之母于廷堂上力争不能而唯有法场送行。除了这些母亲角色在法场的出席外，还有一类女子也可能无力改变事件的结局，但仍在法场域所中占据一席之地，那就是表明婚盟的女子。此类以《麒麟阁》婉儿以及《五高风》法场认公媳而明婚盟的萧家小姐为首。但婉儿毕竟于"道路"中引出了靖璇飞的出场侠救，具有对历史间接介入的作用，后一位则为纯粹的文臣小姐、大家闺秀。所以，在这类女性身上体现的不是直接的历史功能，而是对历史中的价值观念的表露。换句话说，女子于法场的订立婚盟、殉夫之志，表面展现的是对明代贞烈观的信奉追慕，但深层代表了乱世文人对坚守儒家道德价值的期许，而在女性身上尤是。很有意思的是，这样的情节对比于反复出现的擂台、校场此类纯粹男性场域而言，前者代表了女性最根本的价值操守，后者代表了男性最典型的建功立业的追求和场域，让我们看到李玉在性别空间上的精细架构。然而，无论主角是否得到救脱，或是其被救是否来自女性，得以在法场中出场的核心女性基本为母亲和未婚妻二者（妻子反因闺范而不在场，尤其是当男性最终能获救归家之时，如《昊天塔》）。偶尔亦有特例，如直接介入历史救劫法场的沙陀公主，但从本质上讲，她仍是婉儿搬来的救兵，不与男子直接相连，故除在情节上的巨大推动以外，鲜能展露更为深刻的文化内涵。作为核心的母亲，尤其是未婚妻则不相同，概括来讲，母亲的在场（无论是否能救子有成）往往代表了家对国的终极控诉；而未婚妻的法场盟誓则体现一种婚姻的伦理之义、女子立节之志。且对法场的史录多为空白,故可认为法场是一处承载特定寓意的纯粹戏剧化的场域。

3.3.1 女子婚盟中的志节主题

首先来看看作为订婚盟约的女子赶赴法场与未婚夫的诀别所代表的文化蕴含。实际上,在这种婚约为媒介的关系中,男女双方被放在了更为鲜明的两性空间里,从而具有了对时代性别文化的深刻诠释。涉及这一情景的主要有《麒麟阁》及《五高风》。在这两场法场姻缘缔盟中,婉儿和瑞英有三方面基点的不同:一是盟约对象有所差异,她们一个直面夫君、一个对向公爹;二是殉节从夫的姿态不同,前者尚有自主刚健之气,后者虽也心意弥坚,但却以春闺弱质的外在姿态展露,自谓"吾是女流,有何用处,惟死而已";三是与此相应的,两者情节功用之别,婉儿引出沙陀公主作为历史转折的间接促发,瑞英则仅以一身明志而将劫法场的具体情节交托于其离去后的义士郑彪完成。这种分别在表层结构上取决于未婚夫的在场与否,正因为瑞英误以为缔结姻缘的对象已死而欲"一死谢文郎",故而只能与公爹在法场上昭告婚约、立节明志,婉儿则与罗成对面陈志、完成誓约。不过有趣的是,双方有一相通之点,即这种私下盟订的婚约,最终仍要在家族长辈在场的情况下才最终确立并生效。瑞英以媳妇身份送别公爹、言明婚盟,实际上就是在伦理上的正名成约;而婉儿与罗成本已双方互结约盟,但在本属二人的法场空间内,却仍有未离去的罗母的在场,罗成将婉儿托给母亲,一则是不愿婉儿殉节殒命,而隐含的行为寓意则是代表婉儿最终进入了对方的家族。这种长辈的在场,代表的是一种男方家族对于私下婚约的最终认定,这就将青年男女间的爱慕衷情升级成更为神圣的家族间缔结盟约的伦理行为。这种婚约的完成形态表明了中国婚姻的一贯实质,即婚约不只是两个人间的个体行为,私人化的盟约从来不具备完全的自我

"正名"的能力，而一定要通过更高伦理关系的缔结来达成，即当婚姻变成两个家族之间的正式盟订之时，在礼节的程序中彰显婚姻的社会性承载。即便是瑞英与文郎之间纯粹的情投意合、两情相许的情爱关系，也最终要经由家族长辈的认可才能提升为合礼合法的婚姻伦理（哪怕其形式上并未能遵从完整严格的礼制程序）。也就是说，婚约的成立并不是在二人结定盟约时，而需要最终在法场场域中明定公媳伦理关系之后，才得以完成。这种私下婚盟的不可倚靠，在婉儿那里也明确显露，在奔赴幽州的避难寻亲之途中，虽为投奔而来，但婉儿已明言道："止恐红叶未投，难免白头之叹。"这不免暗示出其何以选择投奔罗成而来，并有颇为急切难待之态，其中难免也有着恐婚盟不定、日久生变之忧。故而，婉儿一方面以自己的志向感动了罗成，最终将一种报恩之举缔结成为更为牢固的双方认可的情义相属；另一方面，这种报恩许身、情义殉节对婚盟神圣性的提升，仍不能完全弥补现实伦理上神圣性的缺失，故以罗母对婚约的认定、婆媳关系和名分的明定来最终完成这种世俗婚约。正是这种家族认定在婚盟中所具有的崇高地位和世俗伦理神圣性的赋予，使得瑞英在归家之后受到父亲极为严厉的责骂，似"劈空认那文洪一个无头的公媳"[①]是最可羞愧之事。虽则这代表的是更早之前的文郎、瑞英二人私定的婚约，但其父在此却忽略了这一更为本质的先行的事实，而对公媳身份的确立认为是"岂不羞杀人也"[②]！二女更本质的区别在于其所属阶层的不同，使其内在的文化属性和表露的性格特征迥然有别。瑞英乃是纯粹的士族阶层的大家闺秀，故其面对婚盟对象的失去，展现的是更传统的妇德贞节，即自命为无用女流而以死殉夫。当然这种未嫁而守节乃至殉节的问题，既是被明代士大夫们几番论争的话题，也更是记录在史传碑志中的无数事实案例。婉儿则不是对命

---

① 《五高风》第二十出，第1164页。
② 同上。

运无可奈何的抱怨，是更多某种自主的、也更为刚烈的殉义从死。或者说在婉儿这里并不只是为婚约殉节那么简单，而更多带有一种感恩图报，不惜以身殉义的平民义气，甚至近于江湖道德。但无疑殉节也好、殉义也罢，在表层的对私订婚盟的生死坚守中，体现的都是女子对情义的看重，尤其是对于瑞英而言，"一死谢文郎"绝非一种空洞的名节之守，而是真情实感下的、相思无着之后的对于情义的感念坚守。报恩也罢，守约也好，无论是"报"是"谢"，所张扬的无非是一种至情至性、至真至纯的感人力量，这也应是不同于理学家们所讨论的纲常伦理中的"守节"，而更生成一种人性至情，有内在的真实，故在超脱了书面的教化之旨，具有了感人至深的戏剧力量。下面我们再从女性更有丰沛伦理内涵的"母亲"身份上加以研讨。

3.3.2 母子诀别中的家国对峙

母亲角色在法场中的出席则更为普遍和突出，因为母子永别这种最为悲剧性的人情终极的展演，本身就在人情义理的空间内为女性涉足公共场域提供了充分的基础。换言之，母亲身份的崇高性使其在家庭伦理中被赋予了更广泛的权力，而人类对母爱、母性的诉求与崇敬，也使得母子之情具有了超越人为礼法的终极性。故而，从礼制等级到人情义理，母亲身份都具有超脱性别意义之外的指向，其对法场这一特殊的公共领域的广泛涉足，自然也在情理之内。母亲角色的普遍在场，既有《清忠谱》的悲剧性叙及，也有《七国传》的转折性赋予，更有《麒麟阁》赋予家国意涵之下的控诉详陈。

……［老］孩儿今日行刑，老身一则去别他一别，二则去收他骸骨,你道惨也不惨?[生]我亦为送爹爹而来,不知那三家怎么不来?[老]自然来的,我和你先去罢。[生]竟到司前去便了。[共行介]

....

【千秋岁】[老、生]意慌忙,寸步难移上;一霎神魂惊荡。[老]我儿在那里?[生]爹爹在那里?[各抱哭介]饮血餐刀、饮血餐刀,早难道是伊前生孽障![净]孩儿不孝,不能奉养母亲终身,真罪人也![侩]闲人闪开些![老、生]生离别、难轻放,亲骨肉、难抛向,怨气高千丈!定三年不雨,六月飞霜。①

……(老)焦赞杀人自有国法,我孩儿为何也要处斩?罢、罢,拼着老命就到御前救他便了……(老持杖介)(小生)太君先到法场上留住六爷,然后见驾才是。(老)有理。(前腔)儿和父、儿和父,尽亡边地存孤子,孤子又遭毒计无端餐刀身□,闻言心惊雨淋珠泪……②

(老旦)(下山虎)泼天灾异彻骨悲。我的儿,在那里?叫得我肝肠碎……(白)什么人在法场上啼哭?……(老)你说圣上旨意,和你就去面圣。(付)快把二人枭首!(老)住了!还要面圣定夺,动不得手的吓!(扯付下)③

这里可以看到,《清忠谱》内颜母的出场较为减省,对这一角色的交代也仅集中于此,前文在书场听书一节里,由颜佩告母亲而知颜母的存在。但总体来看,在这部史剧中,法场这一情节独一无二地承载了完全的悲剧性,颜母的出场既不代表某种转折,比之《麒麟阁》罗成之母也不具有深刻的文化拷问,故只是典型的呈现出母子诀别这一人世最大的苦难痛楚,

---

① 《清忠谱》第十八折《戮义》,第1374—1375页。
② 《七国传》第二十七出,第292—293页。
③ 《七国传》第二十八出,第293—294页。

以忠孝难全的悲剧冲突来进一步凸显忠奸对立的尖锐和引起观剧情绪的激化。与此相反的是《昊天塔》中的佘太君,由于家门身份和隐性的社会政治力量,佘太君成为直接带来转折的法场角色。这里,与其说是着力刻画母子痛别的场景,不如说是由于直接的情节功能的赋予,才带来佘太君涉足公共领域的必然性和合理性。当然在颜母与佘太君之间,社会身份和家门地位的不同,使其能展现的力量和涉足公共领域的合法性都有所差别。但作为母亲的女性于法场别子的场景情节,首位的功能就是对人间悲痛的最深切呈现,其次才是带来剧作内部事件的转折。不过这种转折功能的赋予,与其说取决于其母亲身份,不如说取决于其家门地位等潜在的社会政治力量。那么母亲这种角色内在的意义价值和法场别子更为深刻的悲剧原因为何,则可从《麒麟阁》罗母身上再加详探。

【饶饶令】[夫人带梅香上,唱]我闻之心痛切,欲救步仓皇。[见成哭介]阿呀,我那儿吓!原来你赤身绑缚在此。[成哭介]阿呀,我那母亲吓!爹爹要把孩儿即刻典刑了![老]有这等事儿?咳,相公!孩儿虽然有罪,我和你年过半百,止有这点骨血,难道你就要将他斩首?[唱]却不道父子天恩须情量。[罗白]咳,夫人!谁要你出来多讲?你乃妇人之家,擅到公堂之上,哭哭啼啼,也成甚么体统?快进去![老夫人唱]难道你吞噬亲儿胜虎狼?

【收江南】[罗唱]呀!谁教他逆君背父呵,全不顾败门墙。[老夫人白]就是你在此做官,上则报国忠君;下则封妻荫子。怎么为了朝廷家须些事情,就把一个亲生儿子杀害么?[罗]你是个女流见识,不知大义。自古一人造反,九族全诛。前日蒙圣上垂念老臣,不即加罪。不然,你我两块老骨头,不知断送在那里去了![唱]却不道朝廷赤族起萧墙,做不得白首双双闹云阳。[老白]阿呀,相公吓!如此说,我

第3章 史剧女性走入公共场域

和你断宗绝嗣了！还是饶恕他罢。〔罗唱〕咳！你何须苦央、你何须苦央，便做了断宗绝嗣也无妨。

〔白〕快推出去，斩讫报来！〔老〕阿呀，相公吓！

【园林好】〔唱〕总然你忠臣扶纲，须念我亲娘断肠。〔白〕当初你我将他金装玉裹，掌上之珍，养大起来。〔唱〕百年事将他指望。〔白〕咳，也罢！我只得跪在这里恳求。望你〔唱〕须念我老糟糠！须念我老糟糠！

〔罗艺白〕咳，咳，夫人你起来！夫人你起来！

……〔白〕也罢！看夫人面上，与他个全尸。叫旗牌官！〔旗应介。罗白〕你到郊坛之内，搭起高台一座，上设酒席一筵，押他上去。待他尽醉，令四十名弓箭手乱箭射死，不得有违！〔旗应介。罗唱〕代那西魏筑坛拜将，宴功臣列土分疆。〔老白〕你父子之情灭绝，难道夫妻之义也没有了么？〔罗唱〕我只知有君臣忠亮，那顾得夫妻情况？……〔老夫人〕分付打轿，你随我前去。〔中〕夫人如何去得？〔老夫人〕我儿既死，老身岂望存活？〔唱〕鬼门关一齐同往。〔中白〕是，待小官同夫人去送公子一送。〔合唱〕不痛不悲除非铁石肠。〔下〕①

这一段中通过夫妻二人之间的对话，将罗艺所坚守的国朝大义和老夫人所代表的家庭人情层层展现，通过互相的辩驳申诉来剖析深入。实质上的核心，便是围绕着从国来讲罗成必须死的原因，以及从家来看罗成可被宽恕的理由。那么此处我们就将其对话中所陈列的理由逐层剖析，来看其内在的尖锐对立。在这一大段的唱词中，是老夫人一步步地陈词、恳请引出罗艺坚持斩子的理由。首先，老夫人自然而然地提到为首的父子之情，

---

① 《麒麟阁》第二本卷上，第六出《斩子》，第 515—517 页。

提出了虎毒不食子的人世常情、人间常理。此天性之情指向的是罗艺自身，而从最初罗艺知信恼怒、到决心斩子的几段陈词中，就已经从内在对父子之情和君臣之义加以了衡量。故从罗艺自身来讲，其内在的情感难关已经被其理性节制，老夫人提出的父子天性，必已不可能成为阻挡其斩子的屏风。随后，老夫人对他的君臣伦理以及国家大义，更是无法从家的立场上加以附和，在她看来，为了朝堂"须些事情"就抛弃父子人伦、家人情感是十分荒谬的。当然罗艺此处又稍微详述了其所认为的"大义"及现实情形，这种"大义"对于罗艺到底意味着什么，我们随后析论。在父子之情外，老夫人只能从更大的家族的角度搬出"断宗绝嗣"的理由加以阻拦。但是在罗艺看来，罗成对于君臣大义的背弃，从根本上对父亲教诲和家族责任的放弃，故以其有负家教、愧对宗庙，则是万死莫赎、斩不为过。所以，从家族伦理责承的角度来看，罗成同样不具免死的理由。由老夫人提出的这两点最为牢靠的理由，在之前也同样被别人提出，先是在罗艺做出斩子决定之后，罗成自身以父子之情乞求父亲的宽恕，后又有诸将官以宗祧之承加以劝阻，皆未得许。所以，老夫人再次提到这两条理由并无新奇，也就必然重蹈失败的覆辙。最终，老夫人只能以自身不可取替的"妻子"身份，对罗艺提出恳请"须念我老糟糠"之辞。这种夫妻人伦之下的夫妇之情，最终方使得罗艺做出一部分怜妻恕子的让步。这里就不禁让我们想要更细致地追问，这里的君臣大义对罗艺来讲到底是什么，为何能促使其放弃私人的父子之情和家族的宗祧之伦这两点关于"家"的最本位的因素？从外在的现实处境来讲，罗艺已经言明"不即加罪"，故即使从自身生死及家族存亡上考虑，也无必须斩子的契机，则其斩子理由便几乎全系于君臣义理上。首先，作为一个个体来讲，罗艺有着做忠臣扶朝纲的中国古代士大夫最典型的家国理想，而罗成对于这种君臣之义的背弃是与他本性背道而驰的，甚至是对他终极的人生理想的挑衅，故也成为其抛却父子之情的基本理由。其次，作为一个家族中的男性而言，他背负着家族的宗祧之责、家门荣辱，虽然"断宗绝嗣"是对这种家族责任最大的罪过，但罗成这种在根本上不再能光宗耀祖，而让家门蒙羞的行为，却从文化伦理上断绝了其承担宗祧的必需性。故而即使在现实的威胁、家族的颠覆、"两把老骨头"断送无处的危险并未真正降临的情况下，对于罗艺而言仍有着斩子明志、偿还义理的必须性。同时，我们可以看到，在罗艺身上两性意识是十分突出而鲜明的。一方面体现在其对男女不同人生职责与志向价值的认识，另一方面则体现在其对男女两性空间区分的严守。故此，其一则斥责罗成"全不想受巾帼甘冒羞，怎做了玷衣冠成何样！"从男性应有尊严的缺失上，来指责罗成是从根本上放弃了男性的价值本位、志节大义。一则又认为老夫人的出场乃"妇人之家""擅到公堂之上"，不合体统，叱令回房。这不仅仅是因对老夫人陈词理由"女流见识""不知大义"的不认同，而对于两性内在的区分，更是对表层性别空间的严格分界，即体现为对内室公堂分隔的坚持。所以这就引出老夫人作为最传统典范的士族妇女得以出席公共场域的根基价值，即老夫人的出场，代表的是更深层家与国在特殊节点上的对立，通过一节母亲别子的痛诉完成了一场家对国的控诉。因此，老夫人以妻子、母亲的双重角色在公共场域中的出席，就变得意味深长。母亲的身份帮助其涉足法场，提供了人情常理上的依凭，妻子所代表的人伦之义，又与男性士臣代表的君臣大义形成对峙，正是由于女性在家庭中具有的这两层伦理身份，使其最终能够以代表个体性"家"的意涵情感向公共性"国"的纲常义理提出抗诉。这也使得老夫人从公堂苦劝到法场别子，不仅从情感层面上展露了家国冲突间的人情悲剧，更带有了对伦理层级的内在批判，让人获得了重新省思"家""国"关系的空间。故而法场空间中母亲角色的出场，主要就是将表层的忠奸斗争或家国忠义的主题引向更深层的对家国话题的探讨。通过女性在公共场域中的出席和痛诉，来将一种忠孝难两全的矛盾冲突更为外化,并将"家""国"诉求的伦理人情的内在冲突层层披露,更使得母亲在法场空间中的出席有了深刻的寓意。

此外,在《千钟禄》中也有庆成公主请旨救下法场待戮的史家三口并将史妇收纳府中,但其并未直接在法场中出场,故已在上章对庆成公主的探讨中加以介绍,而此处却不涉及其所处的法场空间。《七国传》则仅由孙膑以兵法为诱饵自救,乃是忠奸二者间直接的角力对峙,故属纯粹的男性场域,此亦不做述及。总体而言,法场比之庙宇、道路,更是一处戏剧化的空间,故女性在此由内室到外室的空间跨越,也多有对日常性的脱离,转而向更深层的意涵升华。无论是法场婚盟所展现的两性伦理,还是母子相别体现的家国冲突,无一不借由这一悲剧性场域将一种私人情感上升为某种普泛的公共诉求,因此在公共伦理的获取间,也使法场空间承载了更深层的文化内涵,并在激化矛盾、转折赋予中上升成具有独特意义的历史性空间。

结　语

　　本书以李玉史剧为研究对象，探讨了在易代文人笔下赋予女性的走入历史空间的多种可能。从一个角度来看，这些可能的途径往往基于女性群体自身，在她们传统的生活空间内，由于身份地位的层级不同，她们有了走出内室的不同依凭与方式，这包括宫廷女性通过政治的权力直接楔入历史的进程，士家女性依靠文化的力量在自身才智与道德的双重展演中来统合社会资源而介入历史的波澜，平民女子则凭借自我本心的道义坚守和气节标彰，来为自己在历史转折的节点赢得浓墨重彩的一笔。从另一个角度来看，在李玉史剧中，这些途径的生成形态又与具体场域外在的特征息息相关。当女性走出闺阁内室来到广阔的公共领域之时，一些具有不同性别文化指向的空间场域就会为她们介入历史提供深层的支撑。因此，从典型场域承载的性别文化角度来讲，某些特定场域及其特征也在为女性提供走进历史空间的便利之时，引导了她们行进的方式及其内在的文化映照。无论何种可能，李玉史剧中的女性形象，通过跨越内室生活与走入公共场域的空间重构，都带来了自身新的价值维度产生的可能，即从日常的生活价值中走出，生成自身的历史价值。

　　在这种女性与历史的关系构建中，我们可以领悟李玉对于性别文化与历史空间的深层思考。当性别随着社会的变动而产生新的文化承担与空间构成之时，性别也会反过来，由其在历史中的定位与内涵来揭示历史语境中的某些特定文化主题。因此，当我们统观李玉对其笔下女性群像的构塑时，这种文化寄寓的揭示，一方面要求我们从面貌塑造、内涵赋予、审美风貌的表层特征上加以研讨；另一方面更要求我们深入性别本位、空间结构、模式隐喻这些深层的建构内涵上来析读。总而言之，当我们在看李玉史剧写了什么样的女性，以及她们在历史空间中有着怎样的展演之时，也同时希图探究李玉采用了怎样的写作策略与结构模式，来将一种文化隐喻和理想寄寓潜隐在表象之下。

从李玉"说什么"到"怎么说"之间，我们可以发现他始终抱有回归传统文化统序和稳定社会形态，并使男女两性各安本位的文士理想。在他对理想国的重建中，虽带着几分不合时宜的守旧色彩和书本化倾向，但这种对于文道观念和精英意识的自觉执守，未尝不是一种易代之际的文人气格。在他对性别文化与历史空间的思考中，不求之于形象的奇异、途径的特立与风格的激进，却在温柔敦厚的风范中，不自觉地涤洗着暴戾恣肆的士论时风。在他对两性之于历史的不同定位中，存在着士人与妇女处境同构下的文化反思，在士节与女贞的对应隐喻中、在雅正敦厚的趋同审美中、在各归本位的殊途同归间，我们既看到了在理想国形态间蕴藏的李玉自身于易代主题的思考，又看到某些那一时代士人对自身反思的普泛命题。在独特历史境遇的主题下，李玉史剧对于女性走进历史空间的展现，同时也是男性直面历史空间的反照，这之中寄寓了李玉个人于历史境况中的感伤，也包含了群体对时代语境的再度反思。因而，当我们面对李玉史剧中女性走进历史空间的话题时，我们便不仅在面对一种书写姿态，更在沉思这样一种书写姿态中所包含的文化命题与历史感受。

附录：李玉史剧女性身份表格

剧目	人物	身份关系	主要情节	品质特征
麒麟阁	宁氏 张氏	秦琼母亲 秦琼妻子	夫靖难身亡、寡母抚孤、寿宴、伏侍婆婆	
	秦氏	秦琼姑姑，罗艺夫人、罗成母亲	与秦琼相认赠金、公堂救子、法场别子	罗艺言"才德贤能"
	王婉儿 陆氏	罗成盟订之妻 王婉儿母亲	观灯遭劫、获救定姻、投夫路遇靖璇飞法场救夫	靖璇飞赞其"贞节女子"，罗成赞其"守节松筠"
	靖璇飞	沙陀国公主	法场救劫罗成	飞铙神技、神威一奋
	张紫烟	歌女	潜入军帐报信郑恩、自尽全义	郑恩赞"英风""劲节"
	李氏	柴妻、李渊之女、世民之妹	领兵助父兄而庙遇张氏、婆媳宁氏、张氏驸马府聚	自言"壮志""佩剑""雌伏愧须眉"
风云会	赵京娘 赵老夫人 梅香	郑恩妻、赵匡胤义妹 京娘之母 丫头	盟订姻缘、北岳还愿遇劫、与赵匡胤认为兄妹千里送还、进京途中争驿与韩氏相聚	京娘自言"性好悠闲，心耽贞静""纵能博涉韵书，不能吟风弄月"
	韩素梅	赵匡胤之妻	沦落南唐歌姬、不甘勾栏而为赵匡胤所救、郑恩护嫂寻兄	自言"良家女子""又不屑向勾栏中供人欢笑"
	韩母	韩关主之母	上山进香遇怪而为郑恩所救	

续表

剧目	人物	身份关系	主要情节	品质特征
风云会	赵夫人	赵匡胤之母	修书令子五台山避祸	
牛头山	李氏	岳飞夫人、岳云母亲	忧夫持家，侍奉皇后"诚敬"	相夫教子、忠孝传家
	张娘娘 刘翠华	皇后 宫女	"深宫怎觅全身计"求帝携带出城、离散寄宿宫女家与岳府	
	严氏	奸臣黄潜善正妻	"规谏"丈夫、结庵"焚修"	皇帝赞"节义无亏"
	巩金定	乡女	兄妹领兵乡勇、与岳云定姻赴岳府、退番兵救得夫人皇后	兄言"深闺娇养，昂藏志气多豪爽，英雄武艺真奇创。"
千钟禄	程女 老乳娘	程济之女 程家仆妇	被公差抓而为庆成公主所救 "老儿夫妇撞死了"	
	文氏	史妻	法场为庆成公主情旨而救	
	庆成公主	朱棣之妹	军帐传旨、救程女、史妻回府	出入军帐朝堂又"焚修静守"
	马氏	建文帝皇后	不肯受辱于叛兵火海自尽	贞烈"怎俘囚，生招乖丑"
清忠谱	吴氏	周顺昌妻	"儒素守家传""口茹淡泊。织纴伴藜辉"、教女"妇道"	自言"堪云克相夫子；频繁寄中馈，怡然乐守齑盐"
	周女	周顺昌女	父许婚于魏、父遗命送至魏家	自言"女红日习，更娴却椒花诵献。"
	颜母	颜佩韦母亲	寡母抚孤书场诫子、法场别子	

续表

剧目人物		身份关系	主要情节	品质特征
五高风	赵氏	文洪妻、文锦母	文家遇难而至张姨处避难	文洪言其"贤淑齐家"
	张姨	文洪妾	无出偏房归家而成避难处	
	萧家小姐梅香	萧女丫头	随从赵氏而私定姻亲于文、法场认公公、死节又重生	相思痴情、坚贞殉节
一品爵	杨氏	莘父续弦、莘臧继母（莘母言氏早逝）	嫁入莘家纵子窃财盗爵、嫁祸莘父、随嫁寇首	"败伦丧节，贻害夫家，这等恶妇"
	萃容	金声女、汤木天甥女（其母汤氏早逝）	父寄女于汤木天处，后遭莘臧接回	父言"工容贞静，事识过人"
	徐氏	汤木天夫人	伴萃容归父所遇劫为莘臧救	
万里圆	朱氏	黄孔昭妻、黄向坚母	随夫任上后归家	
	吴氏	黄向坚妻	守空闺持家抚幼子、忧夫算卜	自言能"苦守糟糠"、夫赞"贤"
	黄女	黄向坚之女	父寻亲而从夫家周济母亲	母言"颇知孝道"
两须眉	邓氏	黄禹金妻	力茔坟屋存邻、赈饥立寨抗贼	自言"颇识诗书，夙慕侠烈"
	胡姨刘、金、潘	黄禹金妾	助邓氏织旗守寨后病逝 邓氏后备三妾	邓氏言刘氏"生性幽娴，雅志贞静"
	奚母	寇奚惠王之母	心怀天朝、教子忠孝归附朝廷	颇识忠孝

续表

剧目	人物	身份关系	主要情节	品质特征
昊天塔	佘太君 媳妇(旦占) 杨八妹	杨门主母（老太君） 杨六郎之妻 杨家女儿	坐镇家中、领家丁边关退番兵、抗拆天波楼、面圣救子	自言"随封诰、沾荣贵，休咲少须眉巾帼男儿气"
昊天塔	烧火阿婆 杨拍风	杨府烧火丫头	祝孟良救杨六郎	恩义报主、武艺高、"英豪"
七国传	金花、宝带	庞涓府中侍儿	泄露庞涓奸计，保全孙膑	

后　记

2009年的秋天，我与好友共同拜入郭英德老师门下学习，并不约而同地将戏曲作为硕士论文的选题。这样的兴趣与思考，大抵源自郭师在本科授课时对戏曲独到幽微的讲解。来自南方的萌筱自幼爱戏，以戏为题不为意外；而我与苏墨皆来自并无深厚戏曲传统的东北大地，得从郭师解戏达情的讲授中萌发兴趣，乃是意外之喜。恰逢因拜读郭师《优孟衣冠与酒神祭祀——中西戏剧文化比较研究》一书怀古思今、心旌摇荡，又于观剧时对历史题材剧作独有衷情，因此一度想从历史叙事的角度作中西史剧的比较。幸而得郭师及时指点，避开了大而无当的题目和无法闭合的比较逻辑。最终我以"易代"为视域，选取了明末清初的苏州派史剧来进行研究。后又经郭师指点重新回归文本，于是我在剧作的细磨研读中进一步将题目缩小为以李玉史剧为中心，并选取了女性形象这一视角作为研究核心。

在文献的前期爬梳中，我以"史"为经，览阅了明清易代及明清史剧题材的相关研究，进而发现其中女性多围绕"节烈"主题反复出现在文士的写作和评断间；同时，我以"性别"为纬，在高彦颐等西方汉学家对明清女性的解读中、在传统的戏曲女性形象的研究外，探寻戏曲这一文体赋予女性的独特书写空间：由于生旦结构的并行，戏曲女性比任何文体都具有更开阔的表演场域，并随着叙事次第展开而有更强的生长性和主体性，而其他文体中的易代女性很可能只作为"节烈"的符号单薄、简短地呈现。因此，比之"女性研究"一词，我更愿意将自己的选题归入"性别研究"

的范畴，意在探讨戏曲文体所生成的两性互动的空间及史剧题材文本对女性走入历史书写的赋能。

  在近三十年由西方汉学带动的女性研究中，受女性主义及社会人类学影响，妻妾、妒妇等涉及社会权力场域的边缘女性多受关注，而对书写本身的权力场域的挖掘并未凸显。因此，本文意图通过易代文人对女性的或虚构书写或实事改编，探讨文学修辞中性别主体互相生发、联动及运转的相应关系，探讨这样的语权分配所承载的易代蕴涵。在历史的视域下，对戏曲文本赋予女性角色的主体性加以关注，对其生成的历史空间加以研讨，对此类性别书写本身指向的易代反思加以挖掘，是本文希望做到的有别于传统戏曲女性形象研究的视角。至于全书意有所指而笔力未达之处，也敬待各位方家指正，并作为我日后深化研究的方向。而于此，我仅能希望这本小书是一次有益而有趣的尝试。

  这本小书从选题到成稿的每一步，都要深深感谢我的导师郭英德先生，他不仅以渊博的学养、严谨的治学和雅正的人品导引于前，更以同门之间的相互琢磨、字斟句酌的亲笔修订帮我完善落实了论文的每一个章节。老师育人有"不愤不启，不悱不发"之风，既给了学生思考的最大自由，也激发了逻辑思辨的最大深度，同时又以过程监控法及时把关、提高效率并砍斫散漫的文风，使得这篇小文得以早日成形。还要感谢北师大古代文学所的诸位老师和各位同门在小文成形过程中给予的无私指导，以及我这么多年来从他们的论著、讲授和讨论中所汲取的每一分营养。虽然这部小书还留有许多遗憾，不足以回馈我从学一路所受的师恩与指点，但这一程字字辛苦的学术探索仍是我继续深造的基石与砥砺，我将继续澄心正意再赴征程，愿在不远的将来能以更朴实深远的研究回响于此。

2019 年冬于北京